影のない四十日間　上

オリヴィエ・トリュック

JN095614

クレメットとニーナは、ノルウェー、スウェーデン、フィンランドにまたがるサーミ人居住地でトナカイ関連の事件を扱うトナカイ警察の警察官。二人が配置されたノルウェーのカウトケイノで、サーミ人のトナカイ所有者マッティスが殺された。直前にクレメットたちが、隣人からの苦情を受けて彼のもとを訪れたばかりだった。トナカイ所有者同士のトラブルが原因なのか？　サーミ人を排斥しようとする勢力、サーミ人の権利を主張する勢力、様々な思惑が入り乱れるなか彼らは捜査を進めるが……。フランス批評家賞など23の賞を受賞した傑作ミステリ。

登場人物

クレメット・ナンゴ……………………トナカイ警察の警官
ニーナ・ナンセン……………………クレメットの同僚
トール・イェンセン（シェリフ）……カウトケイノ署の警部、署長
ロルフ・ブラッツェン………………カウトケイノ署の警部補
フレデリック…………………………犯罪鑑識官
マッティス・ラッバ…………………トナカイ所有者
ヨハン・ヘンリック…………………トナカイ所有者
アスラク・ガウプサラ………………トナカイ所有者
オラフ・レンソン……………………トナカイ所有者
ニルス・アンテ………………………クレメットの叔父
チャン…………………………………ニルス・アンテの恋人
カール・オルセン……………………農場主、ノルウェー進歩党の議員
ベーリット・クッツィ………………オルセンの農場で働く女性
ヘルムート・ユール…………………博物館の館長
ラーシュ・ヨハンソン………………牧師
レーナ…………………………………パブのウエイトレス

ウルリカ……………………………レーナの妹
アンドレ・ラカニャール…………地質学者
マッツ……………………………カウトケイノのアウトドア・センターの経営者
ポール＝エミール・ヴィクトル……探検家
アンリ・モンス……………………探検隊の隊員
ポール・モンス……………………アンリの息子
エルンスト・フリューガー…………探検隊員、地質学者

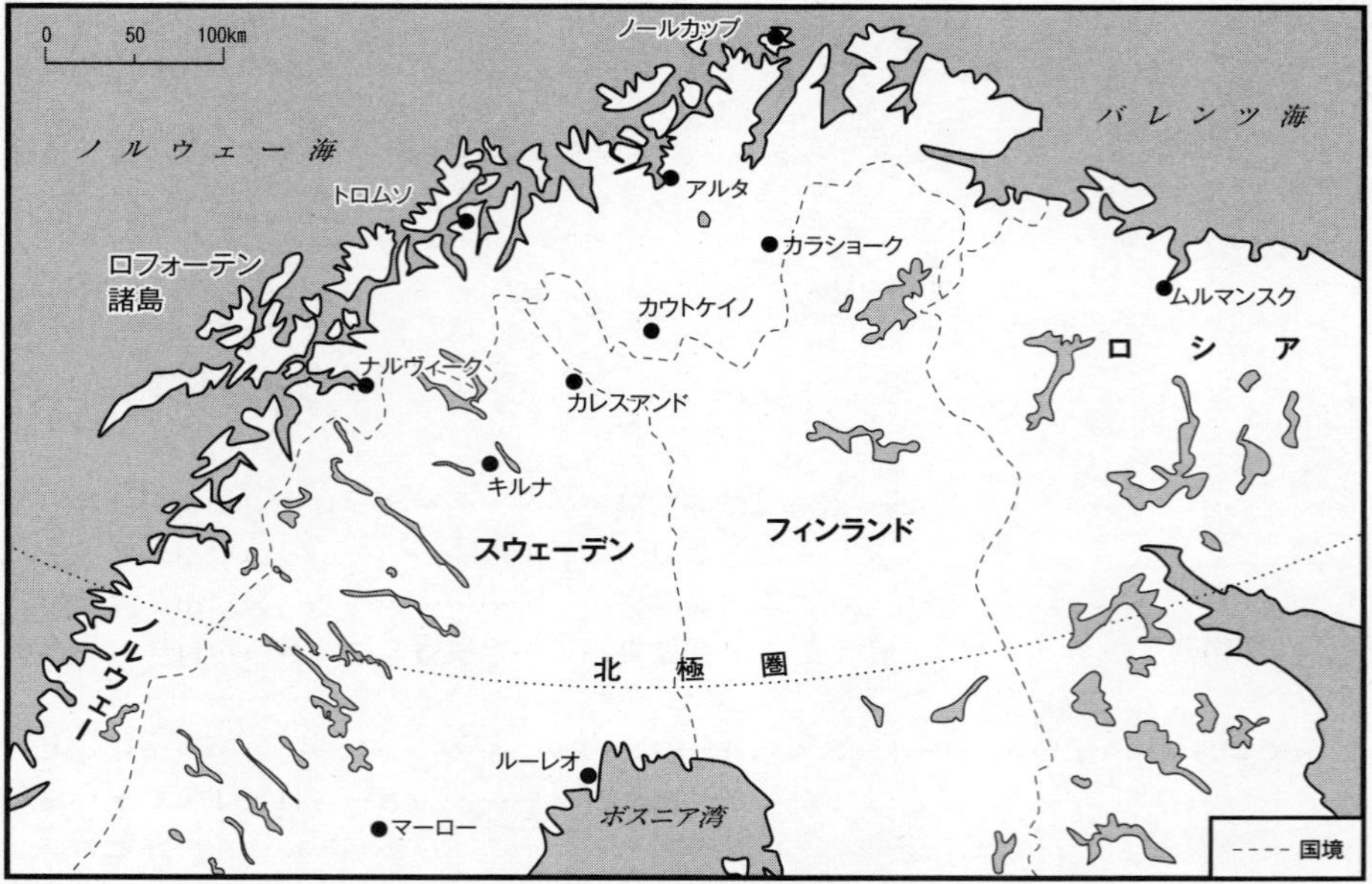
0
50
100km
ノルウェー海
ノールカップ
バレンツ海
トロムソ
アルタ
ロフォーテン
諸島
カラショーク
ムルマンスク
カウトケイノ
ロシア
ナルヴィーク
カレスアンド
キルナ
フィンランド
スウェーデン
ノルウェー
北極圏
ルーレオ
マーロー
ボスニア湾
国境

影のない四十日間　上

オリヴィエ・トリュック
久　山　葉　子　訳

創元推理文庫

LE DERNIER LAPON

by

Olivier Truc

影のない四十日間　上

一六九三年
ラップ族の地　中部（ラップ族は古来より北欧ラップランドに暮らし、現在ではサーミやサーメと呼ばれる先住民族。昔はラップ人と呼ばれていたが、現在では「ラップ」という呼称は蔑称に当たる）

アスラクは足を滑らせた。疲労の兆候だ。普段の彼ならいつだって確かな足取りなのだから。それでも、ラップ族の老人アスラクがそれを手から放すことはなかった。守るように抱きしめたまま地面に倒れた。ヒースに覆われた地面が衝撃を和らげてくれる。タビネズミが一匹逃げだした。アスラクはまた立ち上がった。肩ごしに振り返り、追跡者たちとの距離を目で測る。高い犬の吼《ほ》え声が近づいてくる。もうあまり時間がない。老人は音を立てぬよう走り続けた。頬骨、そしてこけた頬が、彼の容貌に謎めいた雰囲気を与えている。目をぎらぎらと光らせ、足がまた勝手に小道を捉え始めた。身体全体が脚になったかのようだ。アスラクは笑みを浮かべ、呼吸を速めた。頭がくらくらする。それでも軽々とした足取りで、警戒した目つきで、確実に足を踏み出す。もう転ばないことはわかっていた。この美しい夜を生き延びられないことも――。あの人間たちはずっとあとをつけてきている。そろそろ終わらせなければいけない。

アスラクは周りの風景をひとつひとつ、詳細に目に焼きつけた。隆起した台地《プラトー》、入り組んだ岩岩の輪郭《りんかく》。熊の頭のような形の湖、その湖岸は美しい急斜面になっている。遙か向こうには、何も生えていないなだらかな丘の連なりにまどろむトナカイの群を見分けることができた。滝が流れている。アスラクは立ち止まった。息はほとんど乱れていない。ここにしよう——彼はそう決めた。滝は湖へと流れこんでいる。丘陵にはトナカイの小道が東へと続いている。その後ろから太陽が昇りかけていて、彼の人生最後の日が始まりを告げていた。真剣な面もちのまま、アスラクはそれを強く抱えこんだ。湖が湾になったところに小さな島が浮いている。アスラクはそれを目指して進んだ。ヒメカンバの房をいくつもナイフで切り取る。小島はヒースと低木に覆われていた。犬の吼え声が近づいてくる。アスラクは履物を脱ぐと、ヒメカンバの房を地面に撒き、泥に足跡が残らないようにした。そうやって進み、小島までたどり着くと、岩をよじ登り、ヒースをもち上げた中にそれを隠した。すぐに踵《きびす》を返すと来た道を戻り、また走りだした。もう恐怖は感じない。犬たちはやはり追いかけてくる。さっきより近づいている。まもなく男たちも丘の向こうから姿を現すだろう。アスラクは最後にもう一度だけ、じっと見つめた。湖を、滝を、高原を、そして小島を。太陽が雲に青と紫と橙《だいだい》の筋を差している。アスラクはまだ走っていたが、自分の足がもうそれほど遠くまでは連れていってくれないことを感じていた。まもなく犬に追いつかれた。犬たちは彼に触れることなくとり囲み、うなっている。アスラクは身じろぎひとつしなかった。もうおしまいだ。男たちも追いついてきた。激しく息を切らせ、怒りに目を見開いている。汗を流し、意地の悪い顔つきだ。しかしその目には大きな畏怖の念も宿っていた。彼らのシャツは破れ、脚絆《きゃはん》もびしょ濡れだ。杖に寄りかかっている。そして待っている。そのうちに、一人が前に進み出た。老いたラップ人はその男を見つめ返した。老人は知っていた。これから何が起きるかわかっていた。遙か昔にも見たことのある場面だ。男は老人の視線を避けるように、背後に立った。

激しい一撃が頬骨を割り、顎を砕いたとき、老人は息をのんだ。あっという間に血が噴き出す。すぐに杖の二発目がやってくるだろう。ラップ人は立ったままよろめいた。衝撃にそなえて身体を硬くしていたはずなのに、それでもショックを受けた。そのとき、痩せた男が現れた。最初の男は振り上げていた腕を下ろし、杖を脇へやった。まだ背後に立ったままだ。痩せた男は黒ずくめだった。男は冷ややかな目でまずアスラクを、そして杖の男を見つめた。見つめられた男は数歩後ずさると、目を泳がせた。

「この老人の衣服を調べろ」

男が二人進み出た。沈黙が破られてほっとしたようだ。乱暴な手つきで老人の上着をはぎとった。

「野蛮な悪魔よ。抵抗するでないぞ」

アスラクは黙っていた。抵抗もしなかったが、それでも男たちは彼を畏れていた。アスラクの身体に痛みが広がった。男たちがアスラクの衣服を引っ張り、はぎとり、トナカイの毛皮のズボンも脱がせたからだ。脚絆もむしりとると、四つの風の帽子（四つの房のついた伝統的なフェルト素材の帽子で、サーミ人が自らを太陽と風の民と称したことから）は男の一人がしっかりと唾を吐きかけてから遠くに投げ捨てた。もう一人はトナカイの角と白樺でつくられたナイフを奪った。

「あれをどこへ隠した！」

風が凍原《ツンドラ》の大地を吹き抜けた。アスラクにはそれが心地よかった。

「あれをどこへやった⁉　この邪悪な生霊《いきりょう》め！」黒ずくめの男が怒鳴り、その恐ろしげな声に仲間まで一歩下がったほどだった。

黒ずくめの男は静かに祈りを唱え始めた。風が止んだ。そして一匹目の蚊が現れた。太陽は今、丘に寄りかかっている。ラップ人の頭はかすかに揺れている。あまりにも痛い。杖が今度はこめかみを割ったときにも、その一撃に気づかなかったほどだった。

痛みで目が覚めた。耐えられないほどの痛みだ。頭が割れたにちがいない。太陽は空の高いところにかかっている。周りの異臭に気づいた。男たち、女たち、子供たちが自分を覗きこんでいる。ぼろ布をまとい、歯がなくて、狡猾《こうかつ》な目をしている。彼らから、恐怖と無知が臭ってきているのだ。アスラクは地面に倒れていた。蚊は姿を消し、蠅と入れ替わった。開いた傷にたかっている。

黒ずくめの男が進み出て、小さな人だかりが後ろに下がった。ノラエウス牧師だ。

「言え！　どこだ！」

アスラクは熱に浮かされているような感覚だった。泥まみれのコルト（サーミ人の民族衣装）から血が流れ、異臭に吐き気がする。女が一人、彼に唾を吐きかけた。子供たちが笑う。アスラクは病気の息子のことを考えた。ラップの神々を呼び出して息子を救おうとしたこともあった。牧師がいちばん近くにいた子供に平手打ちをくらわせた。

「あれをどうした！」牧師が怒鳴った。子供たちは母親の後ろに隠れた。

真っ青なシャツの男が進み出て、牧師の耳に何かささやいた。しかし牧師は顔色ひとつ変えない。それからうなずいた。青シャツの男が老人に手を伸ばした。他の二人の男が老人の脇をつかみ、身体を起こす。老人は悲鳴をあげた。その目には苦痛が溢れている。男たちは天井の低い小屋へと老人を引きずっていった。この村での催しごとがすべて行われる場所だ。

「この罪深き偶像崇拝を見るがいい」ルーテル派の牧師は、老人から奪ったサーミの神々の小さな木像を見せ、吐き捨てるように言った。「これに見覚えはあるか？」

アスラクは呼吸が苦しかった。頭が粉々に爆発しそうだ。熱が上がっていくのがわかる。蝿のせいで耐えられないほどの痒みもあった。潰された頬に、山ほどたかっている。村人たちが集会小屋にひしめき、息苦しいほど暑かった。

「この豚はもう蝿だらけだ」村人が顔をしかめた。そして唾を吐きかける。当たった唾が、アスラクにはナイフのように感じられた。

「もういい！」牧師が吼えるように怒鳴った。「ラップ！　お前には審判が下る」そして丸太でできた質素なテーブルをどすんと殴った。愚民たちを静めるために。

牧師はここの人間たちのことがおぞましかった。望みはひとつだけ――ウプサラ（スウェーデンの都市。北欧最古の大学があり、学問とキリスト教の中心地として中世より栄えた）へ帰ること。

「静まれ、皆の者！　神と国王に敬意を！」

牧師の怒りの視線は、ラップの神々や北欧神話の神トールの絵へと戻った。

「ラップよ。偶像化された異教の神々が、ひとつでもお前に善きことをしてくれたことがあるのか？」

アスラクの目は閉じかけていた。彼の目には、子供の頃に親しんだ湖や丘が浮かんでいた。何度も走り回ったあの場所。ツンドラに密に茂った苔《こけ》、柔らかなそれに寝転ぶのが好きだった。ヒメカンバの枝をナイフで削って木工を覚えた。

「ラップよ！」

アスラクは目をぎゅっとつむった。そしてかすかに身体を動かした。

「治してくれた……」瀕死の老人は絞り出すような声だった。「お前たちの神よりもましだ」

ざわめきが小屋の中に広がった。

「静まれ！」牧師が吼えた。「いったいどこに隠した？　さあ、言え！　どこだ！　火刑に処せられたいのか。穢《けが》れし者よ、さあ、話せ！　話すつもりはないのか⁉」

「燃やせ！　燃やせ！」だらりとした白い乳房に吸いつく赤子を抱いた女が叫んだ。

他の女たちもそれに続いた。

「燃やせ！　そいつを燃やせ！」

「黙れ！　黙れ！」

「ラップを棒に縛りつけろ！　地獄へ送れ！」

牧師は汗を流していた。さっさと終わりにしてしまいたい。異臭と、顔を血だらけにした色黒の悪魔、それに醜く無能な農民たちにこれほど近づいたことが耐えがたくなっていた。これは神の試練だ。誰も行きたがらないこの未開の、ラップ人の地で神に仕えたことを、ウプサラの大司教にはよく覚えておいてもらわなければ。だがもう充分だ。

「ラップめ」そう吐き捨てると、静寂を要求するために人差し指を立て、声をあげた。「お前は異教を信じ、罪深い人生を生きた」

静けさがたちこめたものの、爆発しそうな興奮もそこにあった。

牧師は各ページに装飾を施した厚い聖書を手に取り、その指が非難の言葉を指した。

「ヱホバをおきて別の神に犠牲を獻《ささげ》る者をば殺すべし」急に墓の中から聞こえるような恐ろしい声で叫んだので、その場にいる人々は怯えた。

よく太った農家の嫁が顔を真っ赤にして、ため息のようなものをついたかと思うと気絶した。暑さにやられたのだ。アスラクは床に倒れこんだ。

「是故にこの預言者もしくは夢想家を地の面《おもて》よりのぞかん。ヱホバに叛《そむ》くことを教ふるによりて」

男も女もひざまずき、祈りの言葉をつぶやき始めた。子供たちは恐怖に怯えた目をきょろきょろさせている。外ではまた風が吹きだし、生ぬるく澱《よど》んだ空気を流している。

牧師が黙りこんだ。外では犬たちが吼えている。そして村人たちまで静かになった。そこに残ったのは異臭だけだった。

「王国の首都ストックホルムの王立裁判所で判決が下った。ラップ、神と国王の正義を施行させよ」

薄汚い男が二人、アスラクをつかみ上げ、乱暴に引きずっていった。村を形成する十軒余の小屋と湖岸の間に、火刑のための木がすでに立てられている。

アスラクは木の幹にきつく縛りつけられた。この地域にはこのような儀式に適した木が生えていないため、沿岸部から川を使って取り寄せたものなのだろう。牧師は蚊に血を吸われながらも、ストイックなまでにじっと立ちつくしていた。

村人たちは、湖に少年が姿を現したことに気づかなかった。少年の舟には、他の品と交換するためのトナカイの毛皮が山積みになっている。少年は陸の光景を目にして、石のように固まった。どれほどの悲劇が起きようとしているのか、瞬時に理解したのだ。木の幹に縛りつけられた老人のことは知っていた。すぐ隣の一族の老人だ。

農夫が木に点火したところだった。炎はあっという間に枝まで広がった。アスラクはうめいた。怪我をしていないほうのまぶたを、なんとか開こうとしている。

アスラクには湖が、そして丘が見えた。そしてラップ人の少年の硬直したシルエットが目に入った。炎が彼を舐め始めた。

「お前は皆を救ってきたのだろう？　今度は自分で自分を救うがいい！」隻眼で片腕しかない男があざ笑った。

牧師はその男の頭を突いた。

「賤《いや》しめるでない！」そう怒鳴り、もう一度男を殴った。男は逃げだすと、一本だけの腕で頭をかかえた。

「ラップ、ラップ、地獄の炎に燃やされろ！」男はその場を去りながら叫んだ。「呪われろ、呪われろ！」

子供が一人、泣きだした。

そのとき突然、老人が雄叫びをあげた。炎に包まれながら、アスラクは吼え、叫んだ。人間のものとは思えない、二度と耳から離れることのない絶叫。すでに人間ではなくなった者の口から出た叫びだった。それがゴロゴロと喉を鳴らす悲痛な音に移行し、苦痛を超越した周波数に落ち着き、老人の声は別の次元へと移ったかのようだった。激痛に呪われたせいなのか、そこから、予期せぬ旋律のようなものが解き放たれた。それはそこから苦痛をそぎ取ることができる者にとっては、一点の曇りもないメッセージだった。

「呪われし者め、異教の神に祈っていやがる！」怯えた村人がそう吐き捨て、自分を守るように頭をかかえた。牧師は顔色ひとつ変えない。その目はラップの視線を追っていた。炎を通して、自分が捜し続けてきたものの隠し場所を見破ろうとするように。

アスラクの絶叫に、舟上のラップ人少年は金縛りにあったように動けなかった。恐怖に固まったまま、その旋律がラップ人の喉歌だとわかっていた。ラップの言葉を理解できる、その場で唯一の人間。後を引くような喉音のヨイク（サーミの伝統音楽）が、少年をこの世界を超えたどこかへといざなった。しかしそのヨイクも次第に途切れがちになり、早口になった。地獄の炎に囚われたラップ人は最後の力を振り絞り、伝え継ぐべきことを伝えようとしたのだ。

声が途切れた。そしてあたりに静寂が広がった。ラップ人の少年も黙ったままだった。舟の向きを百八十度変え、頭の中には死にゆく老人の喘鳴《ぜんめい》が満ちたまま漕いでいく。血が完全に凍りついていた。そして、あることが明白になった。自分の使命――それを理解したのだ。自分のあとは息子が、そして孫が引き継ぐべき使命。

1

一月十日　月曜日

極　夜

サプミ（伝統的にサーミ人が暮らしてきた土地）内陸部　九時三十分

それは一年でいちばん特別な日、人類の期待をすべて背負った日だった。明日、太陽がよみがえる。この四十日間、北の原野に住む女と男は命の源を奪われた状態で、魂まで慎ましくあることで生き延びてきたのだ。

クレメットは警官で合理的で、いや、警官だから合理的なわけだが、そんな状態におかれることは人間の原罪が存在する揺るぎない証拠だと見ている。でなければなぜ、このような苦痛を強いられなくてはいけないのだ？　四十日間も、地面に影を落とすこともできないなんて。地表と同じ高さにまで低められ、まるで這いまわる虫だ。

それに、明日太陽が現れなかったらどうする？　しかしクレメットは合理的な男だった。なにしろ警官なのだから。大丈夫、太陽はよみがえる。地元紙フィンマルク・ダーグブラードも今朝の朝刊で、明日の何時に呪いが解けるのかを書いてくれていた。技術の発展とは素晴らしいものだ。太陽が戻ってくる日を、そして冬も終わりに近づいていることを新聞で読むことのなかった祖先たちは、どうやって耐えていたのだろうか。そもそも希望なんてものは、知らなかったのかもしれない。

明日の十一時十四分から十一時四十一分まで、クレメットはまた人間に戻ることができる。ちゃんと影のある人間に。その翌日はさらに四十二分長く影を保つことができる。太陽がいったん仕事にとりかかればあとは早いのだ。

北極圏の丘の連なりも、また起伏と威厳を取り戻す。太陽が谷底にも忍び入り、まどろんだ風景に新たな命を吹きこむ。サプミの内陸部の荒涼とした高原が、穏やかではあるが哀愁に満ちた雄大さに目覚めるのだ。

たった今太陽は、オレンジと汚いピンクの雲に映る希望の筋でしかなかった。その雲が流れていく山々の頂上は、青みがかった雪をかぶっている。

この壮観を目にするたびに、クレメットは父方の叔父のニルス・アンテのことを思いだす。地元で天才と謳《うた》われるヨイク歌手だ。尾を引くような喉歌ヨイクによって、詩人である叔父はこの世の奇跡と神秘を語るのだった。

ニルス・アンテはクレメットの子供時代を象徴する存在だった。魔法のようなヨイクや幻想的なサーミの神話は、幼いノルウェー人たちが家で読む絵本にも負けない存在だった。クレメットには絵本など必要なかった。叔父のニルス・アンテがいたから。一方で自分がヨイクを唄うのは苦手で、周囲をとり囲む大自然を言葉で表す能力はないと思っている。

「クレメット！」

サーミ語でヴィッダと呼ばれる、カラショークとカウトケイノの間に広がる広大な高原をパトロールしているとき、ときどきクレメットはこんなふうに、自分に短い休憩を与えて過去を振り返る。しかしそのことは口には出さずに、ヨイクの思い出や自分は詩人ではないという考えを頭から消した。

「クレメット！　写真を撮ってもらえない？　あの雲を背景に」

若い同僚が小さなカメラを差し出している。マリンブルーのオーバーオールのポケットから取り出したものだ。

「今ここでか？」

「ぼーっと考えごとをしてるよりはましでしょ？」ニーナはそう言って、カメラを渡した。

クレメットは口の中でぶつぶつと文句を言った。ニーナはいつも迅速に受け答えができる。クレメットのほうはたいていあとになってからいい答えを思いつくのだった。さっさとすませてしまったほうがいい。クレメットはそう思い、手袋を外した。空は澄みわたり、嚙みつくような寒さが増している。マイナス二十七度くらいまで下がっているはずだ。

ニーナはアザラシとキツネの毛皮でできた帽子を外し、金髪をなびかせた。スノーモービルにまたがり、まだらな色の雲をバックに、満面の笑みをカメラのレンズに向けた。息をのむほどの美人というわけではないが、見ていて心地よい、感じのよい顔つきをしている。表情豊かな大きな青い瞳が、いつも正直に気持ちを映しだす。それはとても便利だとクレメットは思う。

シャッターを押すときに、わざとフォーカスを少しずらしておいた。ニーナはトナカイ警察に三カ月前にやってきたばかりで、ヴィッダをパトロールするのは今日が初めてだった。まずはスウェーデン側にあるトナカイ警察の本部キルナの警察署に配属され、今はノルウェー側のカウトケイノ署に勤務している。

ニーナに写真を撮ってくれと頼まれるたびに、クレメットは苛立つ。だからいつも自分の指先が写りこむようにするのだ。それからニーナに結果を見せられ、毎回優しい笑顔で、指が入らないように撮ってねと諭《さと》される。まるで十歳の少年のように。ニーナのその口調が我慢ならなかった。だから指を入れるのはやめて、何か別のことをしようと企んだのだ。

風が立ち始めた。この寒さでは、ちょっとした風も拷問のように感じられる。クレメットはスノーモービルのGPSにちらりと目をやった。ヴィッダのことなら知りつくしているクレメットの反射的な行動だ。

「さあ、行くぞ」

クレメットはスノーモービルにまたがり、走りだした。ニーナが後ろからついてくる。丘を下ると、氷と雪に完全に覆われた小川にそって走る。ヒメカンバの枝を避けながら、ニーナがちゃんとついてきているかどうかを確かめようと振り返った。だがニーナはすでに完璧にモービルを乗りこなしている。二人は丘を上がり、谷へ下り、一時間半ほど走り続けた。ラゲスヴァッリの丘の頂上付近では、斜面が急になった。クレメットは立ち上がり、アクセルレバーを強く握った。ニーナはまだちゃんとついてきている。二分後、あたりは静かになった。

クレメットは毛皮の帽子の上にかぶっていたヘルメットを外し、双眼鏡を取り出した。スノーモービルのペダルに立ち、片膝はサドルにのせて、長いことじっくりと周囲を観察する。尾根を凝視し、雪の中で動くしみのようなものがないかを探す。それから魔法瓶を取り出し、ニーナにもコーヒーを勧めた。ニーナがクレメットのスノーモービルのほうに歩いてきたが、あっという間に腿までパウダースノーに埋まってしまった。それでもなんとかクレメットのところへとたどり着いた。クレメットの瞳がいたずらっぽく光ったが、笑うのは我慢した。おれに写真なんか撮らせたばちが当たったんだ。

「ここは落ち着いているようだけど」コーヒーの一口目と二口目の間に、ニーナが感想を述べた。

「そのようだな、だがヨハン・ヘンリックは群が離散し始めたと言っていた。餌が足りないんだ。そのトナカイたちが川を渡ったりしたら、頑固なアスラクがまた怒り狂うだろう。彼の性格はよく知っているから」

「アスラク？　テントに暮らしているトナカイ所有者のこと？　ヨハン・ヘンリックとアスラクの群は混ざってしまうと思う？」

「おれの予想では、もう混ざっている」

クレメットの電話が鳴った。あわてることなく、電話を毛皮の帽子の耳当ての中に入れる。

「トナカイ警察、クレメット・ナンゴです」

クレメットは長いこと相手の話を聞いていて、その間ずっとカップを両手で包んでいた。コーヒーを飲む合間にときどき声に出してうなずいては、ちゃんと聞いていることを相手に知らせた。

「わかった。数時間後にはそっちに着く。もしくは明日だ。本当に誰も彼を見かけていないのか？」

クレメットは相手の返事を聞きながら、また一口コーヒーを飲んだ。それから電話を切った。

「さてと、結局またマッティスの群が放牧地から逃げだしたらしい。電話はヨハン・ヘンリックからだった。マッティスのトナカイが三十頭も川を渡り、彼の放牧地に来ているそうだ。今からそこへ向かうぞ」

2

カウトケイノ　五時三十分

博物館の入口は完全に壊されていた。両開きのドアが大きく開き、中に雪が吹きこんでいる。割れたガラスが雪と混じりあい、極寒の風に凍りついている。

スノーモービルのヘッドライトが建物の前で急停車し、その光景を照らしだした。動きづらいオーバーオール姿の運転手は、ぎこちなく入口へ急いだ。執拗《しつよう》に頬をこすっている。嫌な予感を振り払うために。

彼は妻とともにノルウェーの北極圏という未知の世界へ、ここが観光地化される前にたどり着いた。サーミ人、そして類まれな美しさをもつ銀細工に魅了され、夫婦ともに燃えるような情熱を傾けられる場所をカウトケイノに見いだしたのだ。

二人は根気よく何年もかけて、この町でもっとも目を引く場所を創りあげた。谷を見下ろす高台に、形のてんでばらばらな建物が十棟ほど並んでいる。ヘルムートは懐中電灯のスイッチを入れると、辛い確認作業を始めた。禁じられた町——彼が創りあげた場所をそう呼ぶ者もいる。サーミの伝統を重視する美学者は異議を唱え、サーミ人芸術家たちも懐疑心を露《あら》わにした。

それでもヘルムートはサーミの銀細工の技能を身につけ、この地方を代表するスペシャリストになった。展示室を提供し、遊牧生活の中で分散していったサーミの芸術にかつての栄光を取り戻すこと、それに情熱を捧げた。そしてある日、自分が認められたことを悟った。カラショーク西の偉大なヴォリエ一族の首領イサック・マッティス・サラが幼少時に使っていた白樺の揺りかごを携えてやってきたのだ。彼の博物館で、サーミ人の生活を展示している部屋に飾ってほしいと。今では、北欧随一の見事なコレクションを擁しているのだった。

ヘルムートは次の展示室へと進んだ。そこは巨大な部屋で、中央アジアの品々が展示されている。銀の装飾品も土器もちゃんとあった。何もかもそのままのようだ。

そのとき、遠くで割れたガラスを踏む足音が聞こえた。入口のほうからだ。ヘルムートは動きを止め、耳をそばだてた。かすかな反響が博物館の部屋を抜けて聞こえてくる。息を止め、さらに耳をすました。反射的に壁に飾ったアフガニスタンの短剣をつかみ、懐中電灯を消した。

「ヘルムート！」

誰かが彼の名を呼んだ。ヘルムートは安堵の息を吐いた。

「ここだ！　アフガニスタンの展示室だ！」ヘルムートも叫び返した。短剣を壁に戻す。

数秒後には、厚く着こんで丸々とした人影が現れた。厚手のオーバーオールに埋もれていても、ラジオ局の記者だというのがすぐにわかった。

「ヨハン、驚かすなよ。なぜわかった？」

「ベーリットから電話があったからだ。三十分ほど前に、ここから立ち去るモービルを見かけたそうだ」

ヘルムートは不安な気持ちのまま先へ進んだ。だが展示室の中は何もかもそのままのようだ。酔った若者が入口のドアを壊しただけなのか？　その印象は、最後の展示室にたどり着いたときに強まった。白の間——そこにはサーミ芸術の秘宝と言うべき品が多数飾られている。極上の銀に秀逸な彫刻の入った輝ける銀細工だ。

その瞬間、倉庫のドアが目に入った。開いている——。ドアの取っ手がもぎ取られていた。誰かが強引に壊し開いたのだ。胃がきゅっと縮んだ。

まもなく、冷たい光が大きな倉庫の中を照らしだした。壁ぞいの棚に番号つきの箱が並んでいる。部屋の真ん中には、古いパイン材のテーブルがある。特におかしな様子はない。よかった、よかった。ヘルムートの視線がまたいちばん手前の棚に戻った。そこにある二箱には、カンダハールのアトリエで製作された角細工のラクダが入っている。それも無事だ。しかし、その下の段は空っぽだった。胃の痛みが耐えがたいほどになった。そこは空であってはいけないのに。あの箱がなくなっている——。

ラジオ局の記者はドイツ人の表情を見て、すぐに察した。

「何がなくなったんだ⁉」

ヘルムートは口を開けたままで、その瞳は絶望を表していた。

「ヘルムート、何がないんだ？」

ヘルムートは記者を見つめた。口を閉じ、ごくりと唾を飲みこむ。

「太鼓だ」やっとそれだけ言った。

「なんてことだ……」

3

サプミ内陸部　十一時三十分

ニーナはスノーモービル上で前のめりになり、アクセルレバーを押した。ヒメカンバの枝が顔に当たる。パワフルなマシンが軽々と急な斜面を上がっていく。厚く積もった雪が丘と谷の高低差を減らしてくれるから上がりやすい。クレメットの数秒あとには、ニーナもマッティスのグンピに到着していた。狭い谷からなだらかな丘を半分ほど上がったところだ。ニーナはいまだに毎回驚いてしまう。トナカイ牧夫たちはこんな質素な小屋に何週間も、それも真冬に暮らしているなんて。外はマイナス三十五度、いや四十度になることだってあるのだ。何もかもから、そしてあらゆる人から隔絶されたこの場所で。いちばん近い村でも何百キロと離れている。風が強まったが、砂漠のような北極圏の丘陵地帯で、風をさえぎってくれるものは何もなかった。このグンピは頂上より少し下にあり、それで少しは風から守られてはいるが。ニーナはヘルメットを脱ぎ、毛皮の帽子をかぶり直し、サーミ人のグンピをじっと見つめた。キャンピングトレーラーとプレハブの仮設小屋が合体したようなものだ。しかもかなり小さい。板金の煙突から煙が立ち上っている。白いグンピは大きな橇《そり》にのっていて、牽引《けんいん》することができる。

側面は板金で補強され、到底美しいとは言いがたい外観だった。だが、このツンドラの大地で美観を気にする者などいない。

ニーナはグンピの外の惨状を見つめた。スノーモービル、薪を割るための簡素な作業台。斧は切り株に刺してある。金属の缶やポリタンクがいくつも転がり、スノーモービルの後ろにつけた小型トレーラーには金属の箱がふたつのっている。ビニールコーティングされた投げ縄の切れ端がいくつも散らばっている。おまけにトナカイの皮と頭部までグンピの前に投げ捨てられ、雪が血に染まっている。破れたビニール袋から内臓が散らばっているのは、おそらくキツネの仕業だろう。クレメットはノックもせずに入っていった。ニーナもクレメットのあとについて小さなドアをくぐった。

マッティスはゆっくりと身体を起こし、目をこすった。

「やあ《ボレス》」クレメットが声をかけた。

さっきいつものように湖の上でまだ電波がいいうちに、クレメットはマッティスに電話をかけ、向かっていることを告げたのだ。

ニーナが歩み寄り、ベッドの中のマッティスに手を差し出した。

「どうも、ニーナ・ナンセンです。トナカイ警察には入ったばかりで、クレメットと二人でパトロールP9をやっています」

マッティスがオイルのついた手を差し出し、ニーナは笑顔でそれを握った。

ニーナは汚れて散らかった部屋の中を見回し、鮮烈な印象を受けた。家具は最低限しかない。

左側の長いほうの壁には、棚に色のついた液体の入った容器や缶詰が並び、壁には釘に道具や革紐、伝統的なナイフなどがかかっている。よく見ると、棚は比較的きちんと整理されている。トナカイ牧夫にとって大切な品々なのだろう。あとは二段ベッドがある。

右側には薪ストーブと、背もたれのついた伝統的な木製のベンチ。ベッドとベンチの間には細長いテーブルがおかれている。二段ベッドの上の段はビニール袋が満載され、中から洋服や食べ物のパッケージが覗いている。縄、毛布、スノーモービル用のオーバーオール、厚手のトナカイの毛皮、何組もの手袋、毛皮の帽子がひとつ——そういったものがすべて汚いままごちゃまぜになっている。マッティスはベッドの下の段で大きな寝袋に入って横になり、その下にはトナカイの毛皮が敷かれている。寝袋にはさらに何枚も破れた毛布がかかり、それにも食べ物やオイルのしみがたくさんついていた。

小さなストーブの上では、大きな鍋の中で何かが弱火で煮こまれている。ストーブの脇の床にもまた別の鍋があり、その中で雪が溶けかけていた。

グンピの壁から壁へと渡された紐に、トナカイ革の脚絆《きゃはん》が一組、比較的清潔そうな靴下が何足か干されている。なめしたトナカイの革も二枚。頑丈な冬のブーツが二組、棚の下から覗いている。

ニーナは質素なグンピの内部に目を走らせながら、心底驚いていた。写真を撮りたかったが、さすがにその勇気はない。汚くて吐き気がしそうだった。それと同時に、感動してもいた。たった今、知らない世界に足を踏み入れたのだ。自分が生まれ育ったノルウェーでこんなふうに暮らしている人がいるという事実は、ニーナの理解を超えていた。どちらかというと、テレビのドキュメンタリー番組で見たルーマニアのロマ人野営地を思わせる。ここに足りないのは半裸で走り回る子供たちくらいだ。同時にニーナは居心地が悪くもあった。理由はよくわからない。クレメットのほうはちっとも居心地が悪そうには見えない。だが彼はここが地元なのだ。だから知っている。つまり、これがニーナの母国ノルウェーのもうひとつの顔だということを。クレメットからも、マッティスがこのグンピに定住しているわけではないのは聞いている。それでも、ノルウェーにこんな場所があるなんて！　南ノルウェーにあるニーナの故郷の村では、漁師たちがやはりこのくらいのサイズの小屋に住んでいる。水ぎわに建てられた漁師小屋だ。小屋の中にボートを停め、網を吊るす。ニーナは子供の頃、ときどき漁師小屋に隠れ、村に戻ってくる大きな漁船を眺めていた。母親には港に近寄ることを禁じられていたのに。あの男たちは過ちをもちこむ――ニーナの母親はそう言った。母親はどこにでも過ちをみつけた。

だが漁師小屋にはここのような惨めさは漂っていなかった。いや、このグンピにも惨めさは漂っていない、とニーナはすぐに考え直した。このグンピはむしろ不安を発している。

母親ならこの哀れな魂を救ってあげられたかもしれない。母親はいつだってどういう決定を下せばいいのかわかっていたし、善と悪を見分けることができた。クレメットも同じことを思っているのだろうか。それともこういう光景は見飽きているくらいなのか。あるいは、このような生活条件はごく自然で当たり前のことだと考えているのか。

マッティスは当惑したような顔で二人を見つめた。そして目を泳がせる。

「まったく、驚かすなよ」マッティスはやっとクレメットに向かって口を開いた。クレメットはちょうどベッドの向かいでクッションのついたベンチに座ったところだった。「さっき電話してきたとき、『警察だ』なんて言っただろ？　めちゃくちゃびびったじゃないか。トナカイ警察だって言えよ」

クレメットは笑い声をあげ、リュックからカップを取り出した。

「まじな話だ」マッティスが続けた。「警察から電話があったら、どれほど悲惨なことが待ち受けてるかわかったもんじゃない。でもトナカイ警察なら、まあとんでもなくやばいことじゃないのはわかる。そうだろ、クレメット？」

クレメットは自分の悪ふざけが成功して満足しているようだった。透明な液体が入ったペットボトルを取り出す。

「ははは」マッティスが大笑いした。「おれの目はごまかせないぞ！」

「いやいや、今日は本当に水だ」クレメットが請けあった。

マッティスはリラックスしたようだった。そして歌を口ずさみ始めた。ニーナに向かって両手を広げて。ヨイクだ——震えるような、尾を引くような歌声、ときに喉音が混ざる。ニーナは一言も理解できなかったが、きっと歓迎のヨイクなのだろう。クレメットは歌を聴きながら笑顔を浮かべていた。

ニーナはベンチのいちばん端に腰かけた。そこもしみだらけだ。

「勝手に座る前に、ストーブの上の鍋を取ってこい」マッティスがニーナに命じた。

ニーナの目に怒りが宿った。しかもクレメットも立ち上がる様子は一切ない。

「ええ、喜んで」ニーナはすぐに笑顔を浮かべて答えた。「あなたはずいぶんお疲れのようだし。ところで、素敵な歌ですね」

マッティスが酔っているのは、ニーナの目にも明らかだった。ニーナはそういう状態の人を見るのが好きではない。心底嫌な気分になるのだ。帽子を脱ぐと、それをおくために少しでも汚くない場所を探した。それから気前よく立ち上がった。鍋を運び、それをテーブルにおく。マッティスはすぐに鍋にフォークをつっこむと、肉を一切れすくい上げ、寝袋に肉汁がこぼれるのもかまわずにかぶりついた。

「おれの叔父もヨイク歌手だった」クレメットが言った。

「ああ、そうだったな。あんたの叔父のニルス・アンテは優秀なヨイク歌手だった」

「叔父は即興でヨイクを唄うことができる。相手の目の前でね。そして語るんだ。見かけた風景や人、印象に残ったことなどを。普通に話しているときでさえ、少し尾を引くような声だ。叔父の瞳が輝きだしたら、これからヨイクを唄うつもりなのだとわかった」

「叔父さん、最近はどうしてるんだ?」

「もう年だ。今は唄わないよ」

クレメットも肉にナイフを刺し、すくい上げて自分のコーサ（白樺の瘤でつくったサーミ伝統のカップ。スウェーデン語でコーサ、フィンランド語ではククサ、北サーミ語ではグクシと呼ばれる）に入れた。ニーナはクレメットを好きなようにさせておいた。彼はトナカイ牧夫との交渉に慣れている。それにはまず、じっくり時間をかけなければいけない――

クレメットはそう言っていた。それに、トナカイを殺して食べるのは日常茶飯事なのだろうか。

クレメットはまた鍋に手を伸ばした。どう見ても急いで会話を始めるそぶりはない。今度は脛骨《けいこつ》をみつけたようだ。

「これ、もらってもいいか？」クレメットはマッティスに尋ねた。

マッティスは返事代わりに顎を上げ、自分はタバコのパッケージを取り出した。

クレメットがトナカイの脛骨をナイフの柄で割ろうとした瞬間に、携帯電話が鳴りだした。

「くそっ！」クレメットがつぶやいた。

そして一瞬だけ、その細い骨を見つめた。まるでそこに答えがあるかのように。しかし、塩水で煮た肉の筋が何本かついているだけだった。不機嫌な顔で、クレメットはマッティスに向き直った。マッティスはちょうどタバコを巻き終わったところだった。肉汁で顎が光っているし、髭には小さな肉片がひっかかっている。クレメットは手にナイフと骨をもったまま顔をしかめた。着信音と着信音の間に、シベリアからの無慈悲な風の音だけが聞こえている。ここ二日間、フィンマルク県を麻痺《まひ》させている強風だ。マイナス三十度の寒さだけじゃ足りないみたいに。

マッティスはベッドの下から三リットルのポリタンクを取り出した。それをテーブルの上におき、中身をカップになみなみと注ぐ。

クレメットの携帯はまだ鳴っている。何もないヴィッダの真ん中だというのに、ときには電波が届くこともあるのだ。

携帯が急に鳴りやんだ。クレメットは着信画面を確認したが、何も言わなかった。ニーナは同僚をじっと見つめた。するとクレメットはやっと携帯をニーナに渡した。ニーナはそこに浮かぶ名前を読んだ。

「あとでかけるから」クレメットはそう言っただけだった。

どうやらトナカイ所有者というのは、トナカイの群が混ざるとすぐに動揺し、一分も待てないようだ。

マッティスがクレメットのほうに容器を押しやった。

「いや、けっこうだ」

マッティスはニーナのことも見つめたが、ニーナも首を横に振って、笑顔で断った。マッティスはカップの半分を飲み干すと、目をぎゅっとつむって顔をしかめた。

クレメットはナイフをつかみ直すと、一気に脛骨を割った。それをニーナに差し出す。若いニーナの顔に笑顔の名残はなかった。ベンチの背にもたれて、オーバーオールは上半身だけ脱いだ状態だ。グンピの中は耐えられないほど暑かった。

「いらないのか?」

「いらない」ニーナは冷たく言い放った。それでも結局、クレメットのお気に入りのジョークを聞かされることになるのはわかっていた。

クレメットはゆっくり骨を口に運ぶと、大きな音を立てて骨髄を吸った。その間、じっとニーナの目を見つめたままだった。そして手の甲で口をぬぐい、マッティスにウインクすると、目を輝かせてニーナに視線を戻した。

「これはサーミ人のバイアグラだ。知ってるか?」

マッティスはどう反応していいかわからない顔で二人の警官を交互に見つめていたが、そのうちにクレメットが笑いだした。

ニーナもクレメットを見つめた。はいはい、もうそのジョークは聞き飽きました。一緒にパトロールするようになってから四日の間に、少なくとも二回は彼の口から出たのだ。

マッティスも笑いだし、歯のない口が奥のほうまで見えている。ニーナが驚くほどの、頭がおかしくなってしまったのかと思うような笑いかただった。そして自分も鍋から骨をすくい上げると、勢いよく骨髄を吸った。

「そうだそうだ、サーミのバイアグラだ!」

そう言いながらも笑いが止まらないようだ。大きく口を開けて、歯茎を全部見せている。口から小さな肉片が飛び散る。ニーナは、自分はいったいここで何をしているのだろうと思ったが、顔には出さないように努力した。クレメットがちょっと自分をからかっているだけなのはわかっている。あとは、どこまでなら調子にのってもいいのかをわかってくれているといいが。ニーナはまだ自分がトナカイ放牧の世界で初心者なのを心得ていて、マッティスのことをどう思うかなど口に出す権利はない気がしていた。

そして今、マッティスが肉汁のしたたる骨をニーナに差し出した。口の周りはべとべとだ。

「さあ、ほら。サーミのバイアグラだぞ!」

そしてまた弾かれたように笑いだすと、クレメットのほうをちらりと見た。新しいヨイクを唄い始め、強調したい箇所は手の動きもつけた。ニーナから視線を離さないまま。酔っていて、ちゃんと見えているとも思えないが。クレメットはこの状況を面白がっているようだった。目の端をぬぐうと、笑顔でマッティスを見つめた。

ニーナはベンチのできるかぎり端に座ったまま、膝を抱いて座り、顎を膝にのせていた。オーバーオールを着ていると楽なポーズとは言えないが、拗《す》ねたときはいつもこうやるのだ。ニーナは機嫌を損ねていた。しかし見た目には礼儀正しい笑顔を浮かべて、トナカイ所有者が勧める骨を断った。このあたりではどう考えても女性を見かけること自体滅多になさそうだ。

「いやあ、元気が出てきたよ」クレメットがしつこくそう言い、いたずらっぽい視線をニーナに投げかけた。

するとマッティスがまた笑いの発作に襲われ、膝を叩いて笑い転げた。

「この子が美人だからだろ!」マッティスはしゃっくりをしながら言った。

するとクレメットは急に立ち上がり、肉汁を一杯すくった。クレメットが真顔に戻ったことに気づいたマッティスは、突然笑うのをやめた。ニーナは肉汁も断り、コーヒーを飲もうとカップに手を伸ばした。マッティスはこっそりニーナのほうに視線を戻すと、紺のセーターに浮きあがった胸の形をじっと観察した。それからクレメットをちらりと見て、目を伏せた。

ニーナは心底嫌な気分だった。この気色の悪い男には吐き気がする。いや、本当は気の毒に思わなければいけないのに。

「ところでだ、マッティス。きみのトナカイが川の反対側へ行ってしまったようだ。ヨハン・ヘンリックの放牧地にいるのは知ってるな？　おれに電話があった」

マッティスはクレメットの急な変化に当惑していた。不安そうな顔でクレメットを見つめ、それからニーナを見つめ、その視線はまた顔から胸へと下りていった。

「そうなのか？」マッティスは無邪気な顔で訊いた。首の後ろをもみながら、クレメットの顔色をうかがっている。

携帯電話がまた鳴りだした。クレメットは携帯を取り上げたが、マッティスから視線を離さないままだ。今度はさっきより早く切れた。画面にはカウトケイノの警察署からだと表示されている。だが今は待ってもらうしかない。

「知っているのか？」クレメットがまた問いかけた。

ニーナは目の前のサーミ人トナカイ所有者を観察した。高い頬骨に二重顎、雨風にさらされた顔、サーミ人にしては濃い髭。話すときはいつもまず顔をしかめるような表情になる。目を細め、下唇を上唇に重ねてから、目と口を開く。ニーナはこの男のそばにいるのが不快だったが、目が離せずにもいた。今までこんな人間には会ったことがない。南ノルウェーの故郷の小さな村、ここから二千キロ離れたフィヨルドの村には、こんな人間はいなかった。とにかく絶対に存在しないのだ。

「ふん、知らないな」

クレメットはリュックを開き、五万分の一の地勢図を取り出した。鍋、そしてタバコの吸い殻でいっぱいになった豆の缶を押しのける。マッティスはその隙にカップの中身を飲み干し、また顔をしかめた。それからさらに酒をなみなみとカップに注いだ。

「ほら、今はここだろう？　これが川で、トナカイはこの湖から北へ向かって餌を求めて移動した。今現在ヨハシ・ヘンリックのトナカイは森の中、ここここにいる」

「そうなのかい」マッティスはあくびをした。

「そしてお前のトナカイは川を渡ってしまった」

「川か……」マッティスは笑い声を立て、またしゃっくりをし、それから真面目な顔になった。

「それはわかるが、うちのトナカイたちは地図に描かれた境界線が読めないからなあ」

「マッティス、おれが何を言いたいかはわかってるだろう？　お前のトナカイは川のあっち側にいてはいけない。春になるとまた大変なことになる。きみとヨハン・ヘンリックがトナカイの群を整理するとき、またいつものように大げんかになるんだ。トナカイを分離させるのがどんなに大変な仕事か……」

「じゃあ、ツンドラの真ん中で真冬にたった一人で群の世話をするのは大変な仕事ではないと言いたいのか？」

「あなたの冬の放牧地はどこまでなんです？」ニーナが尋ねた。

ニーナには今のところまだ、キルナの本部のつけ焼刃のような研修で習った理論的なトナカイ放牧の知識しかなかった。子供の頃、母親が飼っていたヒツジの世話をしたことはある。家畜というよりは趣味みたいなものだったが。ヒツジたちはフィヨルドの奥のほうで勝手に暮らしてくれるのだ。ニーナの故郷ではヒツジを飼うのは職業ではなかった。よくて暇つぶしだ。だからトナカイの番をするために凍えるように寒い嵐の中で夜を過ごすなんて、ニーナには理解不能だった。理解するためには、具体的に測れる事実が必要だと思ったのだ。

マッティスはまたあくびをして、目をこすり、蒸留酒を一口飲んだ。ニーナの質問は聞こえないふりをしている。

「で、ヨハン・ヘンリックはなんでそんなに文句を言ってるんだ？」マッティスはクレメットに訊いた。「自分の群を丘のほうに移動させればいいだけだろう。人手もあるんだから、あっちは」

「マッティス」ニーナがまた言った。「あなたの放牧地はどこまでかと訊いたんだけど？」

ニーナは、マッティスが聞こえないふりをしているなんて想像もできずに、落ち着いた理性的な話しかたをしていた。

「ああ、ヨハン・ヘンリックには人手がある。だがそれでもお前のトナカイが彼らの放牧地に入ってるんだ。それだけのことだ。お前は自分の群に責任がある」

「だからなんだってんだよ。おれが境界線を引いたわけじゃないんだから。引いたのは国家トナカイ飼育管理局のお役人さんたちだろ。暖かいオフィスに座って、色とりどりのペンと長い定規を使って」

マッティスはまた一口飲み、今度は表情を変えなかった。苛立っている様子だ。

「おれのほうは、一晩じゅう外でトナカイの番をしてたんだ。それが楽しいと思うか？」

「マッティス、お願いだからあなたの放牧地がどこまでか教えて」ニーナの声はまだ穏やかだった。

「手伝ってくれる人はいないのか」クレメットが尋ねた。

「おれをか？　誰がだ」

「アスラクはたまに手伝うだろう？」

「ああ。だが今回はちがう。この冬は誰にとってもきつかった。アスラクもまだ怒っているんだろう。それに充分に食べ物があるトナカイなんて一頭もいない。苔《こけ》を食べたくても氷を割れないんだ。おれはもううんざりだ。市販の餌を買うような金もないし。だからおれのトナカイは食べ物を探して移動するんだ。森の中で木の幹に生えた苔を食べられれば満足する。それ以外にどうしろって言うんだ？」

マッティスは満杯のカップに口をつけた。

「まあ、だが、もうすぐ見にいくから」

マッティスはカップを空にした。おれに占ってほしくて来たのか？」

「で、お嬢ちゃん。おれに占ってほしくて来たのか？」

「お嬢さんはお前の牧草地がどこまでかを教えてほしいそうだ」

「それならクレメットに教えてもらえよ。じゃあ、本当に占いはいいんだな？　そうかそうか、それならおれは寝るよ」

そしてマッティスは二人に背中を向けると、寝袋の中で眠ってしまった。

クレメットはあきれて天井を仰ぎ、もう行くぞとニーナに合図をした。

外に出ると、クレメットはマッティスのスノーモービルを調べた。エンジンを触ってみて、しばらくその場に立ったまま観察している。

「クレメット、マッティスはなぜわたしには答えてくれなかったの？」

「ここはちょっとマッチョな環境だからな。真冬にツンドラのど真ん中で女性を見るのには慣れていないんだ。ましてや警官なんて、どう対応していいのかわからないんだろう」

「ふうん。でもあなたはわかってるでしょ？」

「どういう意味だ？」

「別に。なんでもない。それで、放牧地の境界線はどこ？　あなたのお友達はあなたが教えてくれるって言ったけど？」

こんなに寒いのに、また雪が降り始めた。クレメットは自分のスノーモービルのサドルに地図を広げ、ニーナにマッティスの放牧地を指し示した。

「森がいいなら、群を北西に誘導すればよかったんじゃない。そこならもっとずっと大きな森が、彼の放牧地のど真ん中にある。ヨハン・ヘンリックのところからは遠く離れて」

「ああ、そうだな。だがそこにはもう行ったのかもしれない。それに、群の大半はその森に残っているのかも。行って確認してみるか。そのあとにヨハン・ヘンリックのところだ」

二人はまたスノーモービルにまたがった。数分後には、クレメットが湖の真ん中で停止した。ここなら電波が届くのを知っているからだ。一件目の留守番電話メッセージはヨハン・ヘンリックからだった。どうにも腹に据えかねているようだ。二件目はカウトケイノの警察署からで、声はもっと厳しかった。パトロールP９は即座に署に戻るようにと要請している。ヨハン・ヘンリックにはもう少し待ってもらうしかない。

4

カウトケイノ　十二時

カール・オルセンはピックアップトラックのエンジンをかけたままだった。この駐車場はカウトケイノの町から数キロ離れた場所にあり、他の車はほとんど停まっていない。一台だけ棄てられたトレーラーが、この時期には使わないトナカイ用の牧草地の前にあるくらいだ。ここなら道路からも姿は見えない。オルセンはコーヒーをまたカップに注ぎ、熱々のを飲むと、周りを見回した。まもなく農業機械のメンテナンスを手配しなくてはいけない時期だ。オルセンはグリーンのキャップ帽をさらに目深にかぶった。つばは茶色で、額のところに肥料メーカーのロゴがついている。オルセンは頭をかくと、目を細めた。今年は必ず豊作にするぞ。トマトのハウス栽培にも挑戦してみるつもりだった。新しいEUの助成金ができたのだ。もちろん、地元で消費するためではない。こういうのは観光客に受けがいいのだ。サーミランド産トマトなんて売れそうじゃないか――オルセンは独り笑みを浮かべた。

盗難のことは九時のニュース番組でもトップニュースだった。「ここサーミの地に伝統の太鼓が戻ってきたのは、今回が初めてだったんだ」ドイツ人がラジオでそう訴えていた。「太鼓はサーミのシャーマン、ノアイデと呼ばれる人たちが使っていたものなんです。ここの住民にとって、あの太鼓には計り知れない価値がある。盗まれたのは悲劇としか言いようがない。われわれは何十年も闘ってきたのに……太鼓が祖先の地に再び戻ってくるように」

インタビューを聴いていたカール・オルセンの顔に意地の悪い表情が浮かんだ。

「祖先の地だって……？　この馬鹿者め。ドイツ人のくせに、祖先の何を知ってるっていうんだ」

オルセンは冷えたコーヒーを窓から流し捨てた。要するに、今朝から何も新しいことは判明していないわけだ。そしてまた新たにコーヒーを注いだ。

数分後、韓国製のピックアップトラックの横に真っ青なボルボが停まり、口髭を生やした細身の男がトラックの助手席に座った。

「コーヒーは？」

「ああ、もらおうか」車に入ってきた男は帽子を取った。「で、なんの話だ？　急いで頼むよ。時間がないんだ」

「太鼓の件で忙しいのか」

「ああ、全員駆り出されてる」

「なあ、ロルフ。きみの親父さんのことはよく知ってた。いいやつだったよ。あいつのほうも、おれのことを気に入っていたと思う」

「それで？」

「警官になって何年だ、坊や」

「十七年だ。こんなところに呼び出したのは、おれの人生の話をするためなのか？」

「それで、どうだったかな……この町に戻ってきたのは三年前か」

「ああ、三年ちょっとだ。あんたも知ってるだろう」

「知ってるさ、坊や。ところで太鼓の件だが、面倒なことになったな」

「ああ、残念な事件だ、もちろん。で？」

「なあ、そのせいで誰もかれもが興奮しだすだろう？」

「もうしているが」

「ああ、そうだな。今ちょうどあのヒツジ並みの脳みそのドイツ人がインタビューを受けているのを聞いたところだ」オルセンは博物館館長のドイツ語訛りのノルウェー語を真似た。「ヒゲキダ、ヒゲキダ」

ロルフ・ブラッツェンもそのドイツ人のことは嫌いだった。サーミ人ばかりを重視するから。ノルウェー人のことはないがしろにして。

カール・オルセンは身体ごと、もう少し警官のほうに向いた。寝違えた首が痛くて、相手を見るためには痛みをこらえて首を回さなければいけない。そうやってロルフ・ブラッツェンのことを冷ややかな目で見つめた。

「なあ、ロルフ。何がどうなっているのか、おれが教えてやろう。おれはそういう人間だからな。つまり、そういうことを人に説明してやるような人間なんだ。おれが誰だかは知っているな？　ノルウェー進歩党（反移民政策をとる右派政党）の党員だということも。そしてうちの党がサーミ人をどう思っているかも知ってるだろう」

　警官は黙っていた。

「お前がどう考えているかは知らないが、お前の親父さんがどうだったかは知っている。おれと同じ考えかただった。親父さんはいいノルウェー人だっただろう？　で、お前はどうだ？　坊や、お前もいいノルウェー人か？」

　オルセン老人はその姿勢にも疲れてきたため、手を伸ばしてバックミラーの角度を変えた。横を向かなくても警官の顔を見られるように。

「なあ、坊や。お前がいいやつだってのは知ってる。親父さんもそうだった。なあ、かつては親父さんとおれで、アカのやつらに辛酸《しんさん》をなめさせたもんだ。それにサーミ人、あいつらも同じようなもんだ。共産主義者とその仲間たちってとこだな。決まり文句のように土地の権利のことを口にするという点では同類だ。だが土地を見る目があるのはおれだ。そして土地のほうは、自分で誰に属したいかを決める。土地に選ばれた者がその世話をするんだ。それ以外のやつじゃなくて！　わかるか？　おれはちゃんと土地の世話をする。なのにあの太鼓みたいなのが、やつらを勢いづかせるんだ。おれたちの太鼓、おれたちの土地——ってね。わかるだろ？　あいつらのたわごとはおれたちには迷惑でしかない。それにオスロからわざわざここまで来て首をつっこんでくるやつらが増えてしまう。首都から間抜けどもに来られても困るだろう。おれたちはここで自分たちだけでやるほうがいい。だがもちろん、サーミ人がいなければもっといいわけだ」

　オルセンは一瞬口をつぐみ、冷えたコーヒーを捨てると、また熱いのを注いだ。

「お前も無口なんだな。そこは親父さんとそっくりだ。いいやつだった。まっすぐで、信用できる男だったよ。まったく、アカのやつらをどんな目に遭わせたか。お前も似てるよ。親父さんはお前のことを誇りに思っただろうな」

「よく聞け、オルセン」急に警官が言った。「おれだってサーミ人など、あんた以上には好きじゃない。ロシア人がわがもの顔で歩き回るのも気に入らない。パキスタン人の侵略もだ。だがおれは警官なんだ。わかったか？」

「おやおや、坊や。ずいぶん息を巻くんだな」オルセンはわかったような顔でうなずき、やっと会話が始まったことに満足した。「お前さんは警官だって？　そりゃそうだ。それもいい警官だ。ただ知っておいてほしいんだよ。お前は独りじゃないってことをな。あいつらにいろいろ思いつかせちゃいけない。それに、あの太鼓は戻ってこなくてもたいしたことじゃない。そうでなきゃあいつらはいろんなことを考えつくからな。なんとまあ、専用の警官まで用意してもらって……」

「トナカイ警官のことか？　どんなばかばかしい部署だよ！　まったく役に立たない、ままごと警官だ！」ブラッツェンはそこで初めて激高した。

「なあ、わかるか」ロルフ・ブラッツェンは続けた。「カウトケイノ署のトナカイ警官たちが、堕落したマッティスのところへ行った。トナカイの番もせずに、唄ったり酔いどれたりしてばかりのやつだ」

「ほう、マッティスのところへ？」オルセンは興味を引かれ、また警官のほうを向こうとした。そしてすぐに言葉を継いだ。「ああ、堕落っていうのはまさにああいうやつのことだな。だって、あいつらは誰とでもやるだろう。マッティスの父親が誰だかは知っているな？」

「あのおかしな老人じゃないのか？　皆がノアイデだと言う」

「皆そう思いこんでるだけだ、坊や。真実は、マッティスの父親は、母方の伯父なんだ。つまり母親の実の兄。わかるか？」

ロルフ・ブラッツェンはあきれたように頭を振った。

「そうかそうか。もう、署に戻らなくては。あんたがうちの親父とそんなに親しかったとは知らなかったよ」

ブラッツェンはそこで初めてオルセンに向き直ると、その顔を遠慮なく眺めた。

「あんたの話など、一言も聞いたことがなかったが」

オルセンはまっすぐ前を睨みつけている。

「さあ、仕事をしてこい、坊や」カール・オルセンは相手の目も見ずにそう言った。「そして、誰が味方なのかを忘れるなよ。それに、太鼓はそんなに早くみつけてやらなくていいと思うぞ。じゃなきゃ共産主義のサーミ人どもに手を焼かされる」

5

カウトケイノ　十六時三十分

クレメット・ナンゴとニーナ・ナンセンは町の南東にある丘の斜面を下って帰ってきた。それから、町を横切る太い川——冬の間は凍って〝ハイウェイ〟になるのだが、そこを走って町の中心部にある署へ戻った。署の入口は国営酒屋に隣接しており、客が間違えて警察署に入ってくることも珍しくはなかった。

太陽はもうずっと前に地平線の向こうに沈んでしまったが、薄青い光が残っている。クレメットとニーナはスノーモービルを警察の駐車場に停めると、箱に入った荷物を協力してすべてガレージにもって入り、それからオフィスが並ぶ二階に上がった。

「ああ、あなたたち、いいタイミングで到着したわね。シェリフの部屋でちょうどミーティングが始まるところよ」階段で鉢あわせた秘書が言った。「まったく……太鼓の件で一秒も休む暇がない」

「太鼓がどうしたって？」

「あらまあ、知らないの？　まあすぐにわかるわ」秘書はそう言って書類の束を振った。「わたしも急がないと」

二人の警官は装備を自分のオフィスにおくと、ミーティングが行われる部屋へ向かった。中に入るとトール・イェンセン警部の声に迎えられた。カウトケイノ署の署長で保安官《シェリフ》と呼ばれている。始終肩をぐるぐる回し、私服のときは毛皮のカウボーイハットをかぶっているからだ。

シェリフは二人が座るのを待った。そこにはすでに四人の警官が座っていたが、クレメットは警部の補佐を務めるロルフ・ブラッツェンの姿がないことに気がついた。

「月曜の未明にヘルムート・ユールの博物館でサーミの太鼓が盗まれた」トール・イェンセンが口を開いた。「あの太鼓が特別な存在だというのはきみたちも知ってのとおりで、サプミの地に初めて戻ってきた太鼓だ。わたし自身はサーミ人ではないが、彼らにとってはどう考えても非常に意義のあるものだ。クレメット、きみもそう思うかい？　きみはこの中で唯一のサーミ人だからな」

「そうだな……。いや、おれにはよくわからない」クレメットはそう言って、ちょっと困った表情になった。

「ともかく、すごい騒ぎになってしまった。サーミ人たちは、またしてもアイデンティティーを盗まれただの、やはり今でも差別にさらされているだのと主張している。首都オスロも決して喜んではいない。三週間後にここで国連の世界先住民族会議が行われることになっているんだから。そしてサーミ人はノルウェーが誇るべき先住民族だ。ニーナ、警察大学でそのことは習ったかい？　いや、習っていたら驚くな。つまりだ、この事件のことはオスロの政治家たちも懸念を示している。国連会議ではクラスいちの優等生でいたいんだから。特にノルウェーは国連に莫大な金を出している立場だ。太鼓くらいでお説教をくらいたくないだろう」

「誰がやったという推測はあるんですか？」ニーナが尋ねた。

「いや、ない」

「仮説は？」

「その前に、まずは最初からだ」

秘書が部屋に入ってきて、ホッチキスで止めた書類を各人に渡した。

「太鼓は錠のついた箱に入っていた」シェリフが続けた。「最近、個人の収集家が博物館に寄付したものだ。それが箱ごともち去られた。どうやら博物館からなくなったものは他にはないようだ。つまり侵入強盗。壊されたドアは二枚。入口のガラス扉は粉々に割られていた。それが写真1だ。倉庫のドアが、写真2。それもこじ開けられているが、何でこじ開けたのかはわからない。博物館の見取り図もある。そういうことだ。これでなんとかがんばってくれ」

クレメットは素早く書類に目を通した。たいした内容ではない。あわてて揃えた資料だった。

「覚えておいてくれ。この事件には、オスロから強い政治的圧力がかかっている。それだけじゃない、ここ地元のサーミ人議員からもだ。極右のやつらは言わずもがな。サーミ人を口実に、大声で移民排斥を主張する。クレメットとニーナ、きみたちも助っ人として捜査に入り、町をパトロールしてくれ。いろいろ起きているからな」

「それで、仮説については？」ニーナは穏やかな微笑を浮かべて尋ねた。訊いた相手が自分の質問に答えなかったのは今日二度目だし、次第に苛立ってきていた。

シェリフは黙ってニーナを見つめた。

「唯一わかっているのは、近所の住民が……」シェリフはそこで貧弱な報告書に目を落とした。「ベーリット・クッツィという名の女性だ。夜中にスノーモービルの音を聞いたらしい。トナカイ牧夫が昼夜を問わずスノーモービルを乗り回すこと自体は珍しくないが、その時間にその場所でというのは普通はありえない。だが車輪の痕は雪嵐に消されてしまった。ああ、それで、捜査はブラッツェンが担当することになった。明日の朝、報告のためにまた全員集まってほしい」

「ヴィッダの様子はどんな感じだ、クレメット」皆が部屋を出ていくと、シェリフが訊いた。

「また雰囲気がぴりぴりしている。今年の冬は厳しいからな。小規模なトナカイ所有者たちは苦労を強いられている。所有者同士のいさかいが増えるだろうな」

「クレメット、国連会議のことを考えると、あまり大きなもめごとは起きてほしくない。意味はわかるな?」

クレメットは口をとがらせて不満を表した。

「じゃあ自分でヴィッダへ行って、トナカイ所有者に伝えることだろう。それがきみの仕事だ。だがまずはニーナと町に出てくれ。クレメット、そこなら仕事をする気にもなるだろう? ニーナとおしゃべりばかりしてないで」

「シェリフ、あなたはまったくうるさい人だ」

「きみのことはよく知ってるからな」

クレメットとニーナはアルタ通りにそって数百メートル走り、交差点までやってきた。皆から〝交差点〟と呼ばれる場所だ。地理的に考えて、カウトケイノでもっとも重要な交差点だからだ。この道路は北はノルウェー沿岸のアルタに始まり、フィンランドを通って、スウェーデンのキルナまで続いている。長距離トラックの運転手たちも、南ノルウェーと北ノルウェーを移動するときに利用する道路だ。国境を二本越えなければいけないが、まっすぐ移動できるというメリットがある。アルタからノルウェー沿岸のフィヨルドぞいを南下すると、くねくねした道路が永遠のように続くのだから。アルタ通りと交差するほうの道路は、そう遠くまでは続いていない。片端はスーパーの駐車場に始まり、もう片方はいくつか会社を通りすぎたあと、美しい木造教会で終わっている。この町の印象を形づくるような建物だ。

その交差点の真ん中に、十人ほどの人だかりができていた。その大半が伝統的なサーミの民族衣装を身につけ、カラフルな色が雪に鮮やかに映えている。高齢の女性が二人、横断幕を掲げているが、あわててつくったようで、ろくに読めないような状態だった。滲《にじ》んだ文字で〝わたしたちの太鼓を返せ〟と書かれている。言うまでもないが――とクレメットは思った。サーミ人たちは脚のついた鉄製の大きな炉の周りで暖をとっている。外はわずかに寒さが緩み、せいぜいマイナス二十度程度だ。それでも、少し風が吹くと噛みつかれるような寒さだった。

二人はスノーモービルを駐車場に乗り入れると、炉のそばに停めた。交通量はわずかだ。つまり、いつもどおりということ。六十歳くらいの女性が二人のほうを振り向き、コーヒーを勧めた。

「やあ、ベーリットじゃないか。ここで何をしているんだ？」クレメットが尋ねた。

ベーリット・クッツィのことは昔から知っている。顔の表面にぴったりそった薄い皮膚。高い頬骨が皮膚をぴんと張っているかのようだ。笑うとき以外は皺《しわ》がない。その顔には善良さが滲みでていて、まぶたは目の端で軽く垂れ下がり、瞳は共感に満ちていた。ところで、クレメットはここでデモをしている人たちのことを全員知っている。皆サーミ人だが、いちばん若いオラフ以外はトナカイ牧夫ではない。そのオラフはある車にもたれ、ウインドウを下げた運転席に座る男と話している。彼以外のトナカイ牧夫はここでデモをやっている時間などない。ヴィッダの只中でトナカイの番をしているか、おそらくマッティスが今そうしているように寝ているかだ。極寒の中で過ごした昨夜の睡眠をとり返すために。そしてまた数時間後には厳しい冬の中に出ていく、という現実を忘れるために。服を何重にも着こみ、二日酔いを振り払い、スノーモービルのスピードを上げて、たった独りでツンドラの大地へと出ていくのだ。事故に遭わないようにと願いながら。凍死したトナカイ牧夫がスノーモービルの付近でみつかったのは、一度や二度ではない。雪の下に隠れていた岩に激突したのだ。トナカイの放牧というのは、北極圏でもっとも危険な仕事だとされている。

「あらまあ、クレメット。可愛い子を連れて」ベーリットが笑いながら言った。それから二ーナに向かってこう言った「まったくもう。お嬢さん、騙されちゃだめよ。クレメットは女を釣るのが得意なんだから。そんなふうには見えないかもしれないけど、お利口にしているようにしっかり見張っていてね」

ニーナはクレメットを見つめ、ちょっと困った笑みを浮かべた。北の住人たちが赤裸々な発言をすることに、ニーナは驚いていた。同じ北欧とはいえ、もっと南の緯度の地域とは共通点が少ない。

クレメットとベーリットは子供の頃からの知りあいだった。だから今でもベーリットはいつもクレメットのことをからかう。

「ベーリット、例のスノーモービルは本当に博物館に停まったのかい？」

「ええ、でもそのことならもう全部ロルフに話したけれど。夜中にスノーモービルの音が聞こえたとき、最初はトナカイ牧夫が北の谷あいを走っているのかと思った。博物館の斜面の反対側をね」ベーリットはニーナのために説明を加えた。「トナカイの群はそちら側にいるから。でもスノーモービルは博物館の前で止まった。そんなこと、普通は真夜中にはありえない。それにエンジンはかかったままだった」

「それは何時頃でした？」

「朝の五時か、もっと早かったかしら。いつもその時間帯に目が覚めるから。また眠れるのだけれどね。でもそのときはスノーモービルがまた走りだして、エンジン音に起こされた」

「スノーモービルを運転していた人間の顔は見ませんでしたか？」ニーナが訊く。

「一瞬、ヘッドライトが寝室を照らしだして、昼間みたいに明るくなった。だから目がくらんで運転手の顔は見えなかった。前からはね。でも通りすぎてから、後ろ姿が見えた。鮮やかな黄色のオーバーオールだったわ。ほら、工事現場の人が着ているような」

ベーリットから聞けた話はそのくらいだった。シェリフが思いこんでいるのとはちがって、太鼓が消えたことはクレメットにとってはショックでもなんでもない。犯罪が起きたという以上のことではない。クレメットは正統派のサーミ人ではなかった。それにはいくつも理由があるが、あまり掘り返したくはない。ましてやサーミ人ではない人たちの前では。

ベーリットは交差点の道路脇へ戻っていった。デモ仲間とそこに立ち、教会に続く道路をふさいでいる。

デモ隊の中でいちばん若いオラフはまもなく五十歳になるところで、傲慢《ごうまん》で自信満々な足取りでクレメットのほうに近づいてきた。高い頰骨の下には、意志の強そうな顎と強欲そうな口が見えている。波打つ黒髪をハーフロングに伸ばし、クレメットの茶色の髭の剃り痕とは対照的だった。

「おやおや、警察のお出ましか」

オラフは早口だった。

「なんの用だ、クレメット。もう太鼓はみつけたのか？　やあ、初めまして」オラフは色男のような流し目でニーナを見つめた。

「初めまして」ニーナは礼儀正しい笑顔を浮かべて答えた。クレメットのほうは、オラフに挨拶する意味などないと思っているようだ。

「クレメット、お前にもまだサーミの血が数滴でも流れているなら、太鼓の盗難がとんでもないスキャンダルだということくらいわかるだろう。致命的な痛手なんだ。われわれサーミ人は絶対に許さない。これまで我慢に我慢を重ねてきて、これが盃を溢れさせる最後の一滴みたいなもんだ。わかるか。なあ、クレメット、わかるか？　それとも自分がサーミ人であることを忘れてしまったのか？」

「オラフ、いいからちょっと落ち着け」

「太鼓を見たことはありました？」ニーナが訊いた。

「いや。数週間後に展示される予定だと聞いていた」

「なぜそんなに大事なんです？」

「あの太鼓は、サプミの地に戻ってきた唯一の太鼓なんだ」オラフは二人の警官を交互に見つめた。「何十年も、おれたちはスウェーデン人、デンマーク人、ノルウェー人の牧師に迫害され、ノアイデは太鼓を奪われ、燃やされてきた。牧師たちは太鼓を恐れていたんだ。考えてもみろ、死者と対話したり、病気を治したりできるんだから。それで何百という太鼓が燃やされた。今では世界じゅうで五十ほどが残っているだけ。ストックホルムの博物館や、ヨーロッパの他の場所にだ。個人の収集家のところにもある。だがおれたちのところにはない。このサーミの地には。信じられないだろう？　そして今、やっと初めて太鼓が一台戻ってきたんだ。なのにそれが盗まれた。こんなの、サーミ人に対する挑発でしかない！」

「そんなことをして得をするのは誰？」ニーナはなんとか食らいついた。

「誰かって？」オラフは顎を突き出し、髪をかきあげた。「きみが言う、太鼓がなくなって得をする人だよ。サーミ人に大手を振って暮らしてほしくないやつらに決まってるだろう」

クレメットはオラフを見つめた。このトナカイ所有者の、いつも自分がなんでもいちばんよく知っているという態度に腹が立つ。オラフ・レンソンはトナカイ所有者なのに、いつだってこの類のデモに参加する時間があるのだ。面白いやつではあった。七〇年代の半ばから、サーミ人の権利を主張して過激な活動をしてきた。当時はノルウェーやチリ、オーストラリアなど複数の国の企業がサプミの地で鉱山やダムをつくっていた。そのうちの一社ミノ・ソロはチリの企業で、従来あまりないやりかたで地元民を敵に回し、そのときのデモでオラフ・レンソンはリーダー的存在だった。そうやって活動家でありクレーマーだという評判を得たのだ。それに、クレメットには定期的に罪悪感を覚えさせもする。

トラックが二台交差点に近づき、高齢のサーミ人女性二人に止められた。女性たちは取り決めどおりに、それぞれトラックの前にしばらく立ちはだかった。運転手はナンバーからしてスウェーデン人のようだが、特に腹を立てる様子はなかった。反対車線には車が数台列をなしている。赤いボルボを運転する男がクラクションを鳴らし、まもなく別の車もそれにならった。小さな女性たちは、自分たちのペースで車の前に五秒ずつ立ちはだかっている。

トラックが交差点にさしかかった。前部座席には二人座っている。スウェーデン人の運転手はご機嫌で、助手席に座る男と調子よく肘を合わせていた。クレメットにも、助手席に座っているのがミッケルだとわかった。裕福なトナカイ所有者のもとで働いている牧夫だ。運転手はウインドウを下ろし、こんなに寒いのに、刺青《いれずみ》の入った腕で窓枠に肘をついた。近くにいたクレメットは、スウェーデン人の運転手が大声で叫んだ内容が耳に入った。「おいこらばあさん、犯されたいのか？」

幸いなことに、女性たちは彼の言葉を理解しなかった。運転手は息が止まりそうなくらいに大笑いをしながら、助手席の男とハイタッチをして走り去った。クレメットは屈辱を覚えながら頭を振った。同じ男として恥ずかしかった。

オラフは交差点の向こう側に戻っていた。赤いボルボの前に堂々と立ちはだかり、一言も発さずに運転手を睨み返している。それからクレメットに視線をやった。まるで挑発するように。それからお優しいことに、運転手に通ってもいいぞと合図した。

そのとき、ラジオ局の記者ヨハン・ミッケルセンがやってきた。マイクをオラフのほうに突き出すと、オラフはむっとした顔になった。クレメットはオラフが何を言っているか唇を読めそうなほどだった。激しく腕を振り回し、独特の背中を丸めた姿勢でインタビューに答えている。すると一台のミニバスがスーパーの前の道をやってきてクラクションを鳴らした。記者は音のするほうにマイクを差し出した。十八時のニュースに臨場感を与えてくれる効果音だ。大柄な男がミニバスからうなりながら出てきた。牧師だ。大柄で金髪のちぢれた髭のせいで開拓者のように見える。騒がしい木こりを思わせた。

クレメットとニーナも交差点に近づいた。

「さあきみたち、そこをどいて！　皆を通らせなさい。いったいどうしてしまったんだ」

牧師は冷静さを失って怒っていた。行く手をふさいでいたデモ隊、つまり三人の老人は親切に横へ退き、牧師を通した。すると牧師もすぐに冷静になった。

「きみたち、いったいどうしたんだね」

「あの太鼓のせいですよ」老人の一人が答えた。

牧師の顔が曇った。

「太鼓、太鼓……。さあさあ、きみたち。もちろん太鼓のことは残念だった。だがきっとみつかるさ。だからもう家に帰りなさい。ここに立ってわたしの道をふさいでいないで」

オラフも、二人の警官と記者と同時に牧師のところへやってきた。記者はまだマイクを差し出したままだ。

「牧師さんよ、これはあんたの道じゃない。それにあの太鼓はただの太鼓じゃない。そのことなら、あんたが誰よりもよく知っているはずだろう。あんたの前任者たちが他の太鼓を燃やしたんだからな」

小さな人だかりを前にして、牧師はものわかりのいい表情を浮かべようとした。しかし口はぎゅっと結んだままで、冷静さを失わないよう努力している。

「まあまあ、きみたち。そんなことはどれも過去の話だ。わかっているだろう、オラフ。きみはわかっていて当然だろう？　この善良な人たちをけしかけるんじゃない」

「けしかけるだと？　あの太鼓はおれたちの魂なんだ。おれたちの歴史だ！」

すると、牧師がまた怒りを爆発させた。

「あの呪われた太鼓は悪魔の道具だ！　さあきみたち警官は、教会へ続く道がちゃんと通れるように取り計らってくれ。これから信者たちが来ることになっているんだから」

牧師と会って、クレメットは心底嫌な気分になった。レスターディウス派の牧師だから、世間知らずのお坊ちゃんというわけではない。ただ、クレメットは自分の家族のことを鮮明に思いだしてしまうのだ。

「オラフ、デモを続けてもかまわないが、道路は通れるように。いいな？」クレメット・ナンゴは命じた。

「おやおや、クヴィスリング氏（売国奴の意。ナチスに協力して政権を握り、戦後処刑されたノルウェーの政治家にちなむ）がやっと口をきいたか」オラフはクレメットを侮蔑した。「いつだって長いものに巻かれるんだから。そうだろう、ナンゴ？　結局のところお前は制服を着ているわけだしな。じゃ、そういうことで。さあみんな、太鼓を燃やすのが趣味の紳士を通しなさい」

牧師は殺さんばかりの目でオラフを睨みつけた。

「牧師さん。あなたはさっさと教会に入って、口を閉じてなさい」

そう言ったのはニーナだった。全員が驚いてニーナを見つめた。オラフは彼女に笑顔を送った。しかし皆の注目はすでに交差点に戻っていた。

クラクションの音がさらにひどくなっている。車の列はどんどん長くなり、そろそろなんとかしなければいけない段階にきていた。農業を営むカール・オルセンも他の車に挟まれ、クラクションを鳴らし続けている。怒りで顔を真っ赤にしていた。そしてベーリット・クッツィの顔をみつけた。

「勘弁してくれよ、ベーリット。どうかおれを通すように皆に言ってくれ」

「ええ、もう少し急ぐように言いますね」ベーリットは相手が誰なのかに気づくとそう言った。

「だいたい、今日は農場に手伝いに来る日じゃなかったのか?」オルセンが吐き捨てるように言った。それからうめくようにため息をつくと、急発進してクラクションの渦の中へと消えていった。

「あまり感じのよくない人ね」ニーナがベーリットに言った。

「ここの生活は常に楽しいわけではないわ。だけど善良な心がヴィッダを守り、平和が訪れますように」ベーリットはそう言うと、向こうへ行ってしまった。

6

一月十一日　火曜日
日の出：十一時十四分、日の入：十一時四十一分
二十七分間の太陽
カウトケイノ　八時三十分

昨日の出来事で、パトロールP9は、トナカイ警察が普段滅多に目にしないような興奮した人の渦に投げこまれることになった。警察大学を出たばかりのニーナのほうが、まだ心の準備ができていたかもしれない。二年間過ごした首都オスロは、政治や社会問題について常に激しい議論が交わされる環境だった。交差点での出来事はニーナの予想に反して、このような場所にも政治的緊張が存在することを証明した。ニーナはこれまでサーミ人の問題については何も知らなかったが、ポピュリスト右派政党であるノルウェー進歩党所属の国会議員は一度など、サーミ人の問題だけを扱うサーミ裁判所についてこんな懸念を洩らした。「では次の一歩は？パキスタン裁判所でもつくるのか⁉」議員はこらえきれずにそう叫んだ。その差別発言に対する批判は生ぬるいものではなかったが、時間とともに忘れ去られた。進歩党が度を超えた発言

をすることに、国民のほうも慣れてしまったのだ。

　この朝、二人がまず訪ねることになっているのはラーシュ・ヨハンソンだった。彫りの深い、骨ばった顔の牧師だ。教会へ行くには例の交差点を通らなくてはいけないが、そこではまだ十人から十二人ほどのサーミ人が昨日と同じ儀式を繰り返していて、警察もそれを免れることはなかった。ベーリット・クッツィは五秒経過してから脇へのき、ニーナとクレメットに手を振った。クレメットは〝牧師さまの道〟に車を進め、美しい木造の赤い教会の前に車を停めた。牧師は準備室（教会堂の中の控室）で仕事をしていた。

　署内で手分けして事情聴取することになったから二人はここに来たのだが、クレメットが牧師のことを好きでないというのはニーナにも見てとれた。

　ロルフ・ブラッツェン警部補とその部下は、土曜の夜に町をうろついている連中を当たることになった。暇をもてあました若者がパブのビリヤード台に集まり、アルコールの霧の中で愚行に及ぶ。ブラッツェンの意見では、深刻なことは滅多に起きないが。ゴミ箱が倒されたり、騒音で近所の人が目を覚ましたり、カーチェイスをしたり——車じゃなければ凍った湖上をスノーモービルで。あとは、街灯に石を投げつけたり。女性がぞんざいに扱われたり、無理に嫌なことをさせられたりというのもある。ブラッツェンはそんなろくでもないやつらを一人一人聴取することになっている。そうすればまもなく、どいつが博物館で大暴れをしたのかが判明するはずだ。クレメットとニーナは他の連中を当たることになった。ブラッツェンが軽蔑した口調で〝政治的なやつら〟と表現した連中を。牧師、進歩党の党員、その他考えつくかぎりの人間のことだ。

「やあ、ラーシュ。太鼓盗難の件で来たんです」クレメットが挨拶した。

「ああ、例の太鼓ね。どうせわたしが燃やしたという噂になっているんだろう?」

牧師は大きなため息をついた。

「太鼓をここに戻すなんてちっともいい考えじゃなかったんだ。お嬢さん、なぜだかわかるかね? 太鼓自体が問題なのではなくて、それを取り巻くすべてがね……。太鼓——あれは呪われた魂だ。トランス状態に陥り、太鼓があらゆる度を超えた行為を引き寄せる。それにトランス状態になるために摂取するもの、それはつまりアルコールなんだよ、お嬢さん。アルコールが人生を崩壊させるんだ。わたしはそれを許しはしない」牧師はまくしたてた。

警官たちはすぐには言葉が出なかった。牧師はぎろりと目を光らせ、顎を細かく震わせている。

「わかるかね。サーミ人を悪のスパイラルから抜け出させるのに何十年もかかったんだ。神の慈悲のおかげで、そしてサーミの古い信仰を捨てることで、彼らはやっと救われた。信じたまえ。それでようやく心の健康を取り戻したんだ。神を畏れる——それでいいんだ。だが太鼓が邪悪を連れて戻ってくる。法がなおざりにされ、アルコールが苦難を引き起こし、家族は散り散りになる。ここ百五十年かけてわれわれが必死で築きあげたものが無に帰するんだ」

この問題について議論するには、自分はあまりにも無知だ——ニーナはそう痛感した。クレメットが居心地悪そうにしていることにも気づいた。

「最近ではノアイデを信奉するサーミ人はあまりいない気がするが」クレメットが異論を唱えた。

牧師は怒りの視線を向けた。

「信仰心の薄いお前に何がわかる？　いつから魂の救済なんかに興味をもつようになったんだ？　お前の家族は敬虔な信者だった。だがお前は？　若い頃から教会に来るよりも車いじりやパーティーに夢中だっただろう」

「すみません」ニーナが牧師をさえぎった。「太鼓を盗んだ可能性のある人を知りたいだけなんですが」

「盗んで燃やしたのが誰なのかを知りたいんだろう？　わたしが太鼓を手に入れていたら、とっくに燃やしているよ！」

しかし牧師はすぐに冷静になった。

「あくまで仮定の話だ。わたし自身は、わが友サーミ人の文化に敬意を払っている。まあ、文化と言っていいようなものなのかはわからんが……」

「ずいぶん見下したようなことをおっしゃるんですね」ニーナが指摘した。

「見下した？　いやいや、誤解しないでくれ。だがこの事件の裏で何がくすぶっているのかはわかっている。邪悪な力にどれほど魅力があるのかも。その火を消そうと努めているのだ。先駆者であったレスターディウス牧師は誰よりも先に、どうすればサーミ人たちを救えるか悟っていた。弱みは一切見せてはいけないのだ！」

牧師の声がまた熱を帯びてきた。

「ラーシュ、日曜の夜は何を？」

「クレメット、口を慎みなさい。本気でわたしが太鼓を盗んだとでも？」

ニーナは牧師がなぜクレメットに対してこれほど個人的な口調で話すのかと不思議に思った。それにずいぶん尊大な態度だ。気に入らない。

「いいから質問に答えてもらえますか」ニーナは感じよくするのはやめることにした。「警察の聴取だというのを忘れないでください」

牧師はものわかりのよさそうな笑顔を浮かべた。

「日曜礼拝のあとは毎週、午後は家族と過ごしている。妻と四人の娘と、長い散歩を楽しむんだ。温かいクランベリーのジュースとオートミールのクッキーを携えてね。お菓子を食べるのは毎週日曜だけと決まっている。妻がその日の朝に焼くんだ。そして夜は早めに夕食をとる。いつもパンに具をのせたものだけだ。その前に娘たちの宿題をみる。だいたい毎週そんなふうですよ。夕食後は家族で聖書を読み、早めに就寝する。この日曜もまさにそうだった。妻と娘たちが証言してくれるでしょう」

「太鼓がカウトケイノに戻ってきたことで、この町の人々が懸念しているのを感じました？」

ニーナが続けて訊いた。

「もちろんだとも。信者からも相談されたよ。彼らはわたしほどその危険性を察知していたわけではないだろうが、それを非難するつもりはない。素朴な者たちなのだ。神は素朴な人間を愛する。わたしはもちろん彼らをなだめたよ。信者をなだめるのは牧師の務めだからね。だが彼らにあんな罪を犯すことはできない。ここの信者たちは神を畏れ、人間の法にも敬意を払っている。それはわたしが保証しよう」牧師は反抗的な口調でそう言った。

カウトケイノのような小さな町には本物の犯罪者などほとんどいない。だから何か知りたいことがあれば、ちょっと相手を揺さぶればいいだけだった。もちろん、トナカイ関係のいさかいは別にしてだが。そこには別のルールが存在する。カウトケイノは薬物の問題も比較的少なかった。もちろんドラッグも存在するにはする。それはどの町でもそうだ。しかしここの売人といえば、基本的には町を通過する長距離トラックドライバーだけだった。

ロルフ・ブラッツェンはお気に入りの容疑者候補がどこにいるのかを把握していた。学校や職場にいない場合は、という意味だ。あとは失業保険を食いつぶしているようなやつらもいる。サーミのヒップホップとかそんな感じの無価値なことをやっているやつらだ。いちばんいいのは、そのうちの一人をさっさとぶちこむことだ。少なくとも拘束する。例の国連会議の前に。そうすればいちばん格好がつく。トナカイ警官たちとはちがって、ブラッツェンは私服で捜査をしていた。それで何か変わるわけでもない。人々は遠くからでも彼に気づく。同じ場所に長く住むことの欠点だ——とブラッツェンはつぶやいた。さっきカール・オルセンに何年ここの警察で働いているのかと訊かれたのを思いだした。その年月で何を達成できた？　カウトケイノでは常にサーミ人が勝者だった。過去に迫害されたと主張する先住民族に対して、国が罪悪感を覚えているせいで。そんなの、たわごとだ！　その結果、ノルウェー人は強く出られなくなってしまった。芝居のエキストラのような役回り――ブラッツェンにあてがわれた役割はそれだった。あくまでエキストラなのだ。車を劇場の裏に停めると、思ったとおり三人の若者がそこでタバコを吸いビールを飲んでいる。ブラッツェンはそれを見てにやりとした。三人はブラッツェンが車から出てきても、一歩も動こうとしなかった。

三人ともブラッツェンにとっては知った顔だった。けちな犯罪で前に捕まえたことがある。それがブラッツェンの教育法だった。警察がちゃんと睨みをきかせていて、ほんの小さな間違いを犯しただけでもトラ箱が待っているというのを学ばせるのだ。プレッシャーが緩まないようにする。サーミ人だからといって何をやっても許されると思われては困るのだ。

「おやおや、試験前の追いこみか？」

若者たちは黙って手巻きタバコをふかしている。そして顔を見あわせてにやにやと笑った。不安そうには見えない――とブラッツェンは気づいた。

「週末は楽しく過ごしたのか？」

「ああ」やっと一人が答えた。こんなに寒いのにスニーカーをはいている。

「パーティーか」

「ああ」

「日曜の夜はどこでパーティーだった？」

「日曜？」

スニーカーの若者は記憶をたぐっているようだった。ここの若者の多くと同じようにカナダグースのダウンジャケットを着ている。

「どっちにしてもあんたは呼ばれてなかったな」傲慢《ごうまん》な態度でそう言うと、友人二人が笑った。

その瞳には別の感情も宿っていたが、理由ならいくらでもある――とブラッツェンは考えた。

「なあ、お前ら。かっこいいダウンジャケットを着てるじゃないか」

若者は答えずに、タバコの煙を吐いた。

「ちょっと見せてみろ」

ブラッツェンは相手に近づき、ダウンジャケットをまじまじと見つめた。腕のところから出ている白いものを引き抜く。羽根だ。それをつぶさに観察する。他の二人のジャケットも同じようにじっくり確認した。三人は不安そうに視線を交わしている。

「どうやら最近ここに雁の群が飛んできたようだな。まだそんな季節じゃないはずだが」

三人は訳がわからないという表情でブラッツェンを見つめ返した。

「おい、お前ら。おれが馬鹿だとでも思ってるのか？　お前らのジャケットはコピー製品だ。どうせ長距離トラックから転がり落ちてきたものなんだろ？」

ブラッツェンの指摘に長い沈黙が流れた。

「返事が聞こえないぞ！」

「あんたに隠しごとはできないな」スニーカーの若者はタバコを吸い終わり、手をポケットに入れた。

「おい、エリック。おれを怒らせるつもりなのか。日曜の夜、パーティーには行ったのか？ そこに誰が来ていた？ 何時までいた？ 帰りはどの道を通った？ 他にどんなパーティーがあった？ 全部教えろ。今すぐにだ！ じゃなきゃお前らの偽物のダウンジャケットを尻の穴につっこむぞ！」

エリックは素早く友人の表情を確認した。

「日曜にあったパーティーはひとつだけだった。アーネのところだ。ユースホステルに泊まってる」

「博物館の近くのユースホステルか？ おやおや、なんてことだ。じゃあ、暖かい警察署ですべてを話してもらおうか、坊やたち」

教会から出てまた車の座席に座ると、ニーナは同僚に向き直った。

「クレメット、あなた、なんだかあの牧師のことが苦手みたい」

クレメットは答える前に長いことニーナを見つめていた。それから人差し指を唇に当てた。

「しーっ、今はだめだ。じゃなきゃ一年で最高の、魔法のような瞬間が台無しになる」

ニーナは訳がわからないという表情で相手を見つめ返した。するとクレメットは今朝のフィンマルク・ダーグブラード紙を取り出し、最後のページを見せた。天気予報が載っているページだ。ニーナはすぐに理解して、笑顔になった。そして時計を見た。あと十五分もない。クレメットは急いで車を走らせた。署を通りすぎ、カウトケイノの町を出て、町を見下ろす山の頂点までくねくねした道路を上がっていった。そこでは町の人たちが雪の上にトナカイの毛皮を敷き、サンドイッチや魔法瓶を手に座っている。子供たちが奇声をあげて走り回り、母親たちが静かにするように注意している。大人も子供もアノラックや毛布、毛皮の帽子を着こんでいる。その場でぴょんぴょん飛び跳ねている人もいる。その全員が地平線を凝視している。遙か彼方にわずかに浮かぶ雲、そこに映る神々しいほどの光が次第にはっきりしてきた。ニーナは言葉を失った。時計を見ると十一時十三分だ。地平線の一点にはっきりと、震えるような太陽の暈《かさ》が見え、皆が一心にそれを見つめている。ニーナはとっさにオーバーオールのポケットに手をつっこんだが、クレメットに写真を撮ってくれと頼むのはやめた。同僚が感動に打ち震えていることに気づいたからだ。ニーナは代わりにこっそりクレメットの写真を撮ると、自分も振り返ってその瞬間を満喫しようとした。子供たちも騒ぐのをやめている。大いなる静寂が流れる、尊い瞬間だった。ニーナはこんな瞬間を南ノルウェーでは経験したことがなかったが、それでも全身で満喫したし、純粋に心に迫るものがあった。クレメットと同じように車にもたれ、ついに現れた今年最初の太陽の光を楽しんだ。それから同僚のほうを見た。クレメットはその場に立ったまま目を細め、畏怖の念を抱いているような表情だった。太陽はまるで昇るのが困難なように、地平線のすぐ下にとどまっている。クレメットは雪の上に伸びた自分の影を見つめ、まるで一流の芸術品をみつけたような顔になった。それから子供たちがまた遊びだし、大人たちは拍手をしたり、その場でぴょんぴょん飛び跳ねたりしている。太陽は誓いを守ったのだ。全員が安堵していた。影ももてぬままに待ち続けた四十日間——その日々は無駄ではなかったのだ。

日の出、そしてすぐに日の入りを迎えたあと、クレメットとニーナはアウトドア・センターに昼食を食べに行った。大自然の中に立つ宿泊施設だ。

サーミ人の町カウトケイノは約千五百人が暮らしており、地理的にはノルウェーの沿岸からずっと奥に入ったサプミの地の只中にある。川の両側に広がる町を見下ろすこの丘からは、ヴィッダを遥か遠くまで見渡すことができるが、それでもこの市《コミューネ》の広さを把握することはできない。レバノンのような国と同じ大きさなのだ。さらにもう千五百人が、その一部はトナカイ牧夫なわけだが、この広大な市の中心部の外で、隔絶された小さな村々に暮らしている。

二人は日替わりメニューを頼んだ。トナカイのデミグラスソースの煮こみに、コケモモのジャムとマッシュポテトを添えた料理だ。ニーナは手をつける前に写真を撮った。そして食事中ずっと、サーミの伝統料理のことでクレメットを質問攻めにした。やっとニーナが満足したとき、クレメットは食事の一口目から口に出かかっていたことを言った。

「ニーナ、聴取のときにおれをかばったりするな。牧師の前ではまあいいが、トナカイ所有者たちの前では絶対にだめだ。わかったな？」

「いいえ、ちっともわからないけど？　警官に対して敬意を払わない人がいたら、それはわたしに敬意を払わないことと同じ。見て見ぬふりはできない」

「そういうことじゃないんだ、ニーナ。サーミ人には特別な上下関係がある。きみもそのうちわかるかもしれないが、ちょっと……古い感覚なんだ。そこでは役割が意味をもつ」

クレメットは自分が言わんとすることをニーナがわかってくれるのを期待したが、ニーナは彼をじっと見つめ返したまま、続きを待っている。クレメットはそれでよしとすることにした。

ここの経営者のマッツがやってきて二人のためにコーヒーを注ぎ、テーブルにかけた。

「で、商売はうまくいってるのか？」クレメットが尋ねた。

「落ち着いたもんだよ。フランス人が一人、長距離トラックの運転手が数人、デンマークから来た年寄りの観光客。まあこの時期はいつもこんな感じだ。そっちは？」

「落ち着いているとは言いがたいな。この時期にしてはね」クレメットは笑みを浮かべて答えた。「ニーナを紹介していなかったね。うちの新人だ。出身は南のほうで、スタヴァンゲルのあたり」

「ようこそ、ニーナ。カウトケイノは気に入ったかい？」

「ええ、すごく。何もかも目新しくて」

「しかも不思議な事件で始まったな。あの太鼓は……」

「ええ、でもあれは本当はわたしたちの担当じゃないんです」ニーナが訂正した。「ちょっと手を貸しているだけで。そうだ、午後にはマーゼまで行って、交通事故で死んだトナカイの報告書をつくるんです。トナカイ警察に生ぬるい日常が戻ってきた感じ」

「それにマッティスのトナカイがまだあちこちでうろついている。周辺のトナカイ所有者に電話をして、状況を確認するしかないな。ニーナ、マーゼからの帰りに国家トナカイ飼育管理局に寄って、マッティスがトナカイを何頭登録しているのかも確認しよう」

「だがあの太鼓は……すごい事件だ」マッツがしつこく言った。「どこもかしこもその話でもちきりだよ」

「で、皆はなんて？」

「それは気にするな。ただの噂だよ。ロシアのマフィアか、昔のノアイデの仕業か。おれに言わせりゃ、ただのくだらない妄想ばかりだ。だが、あの太鼓がなぜそんなに特別なのかなあ」

「それはおれたちも不思議だ」クレメットはそう言って、ニーナに行くぞと合図をした。


パトロールP9が午後遅くに署に戻ったとき、太陽との短い邂逅《かいこう》はすでに遠い過去の記憶になっていた。この日ニーナは生まれて初めてトナカイの事故報告書を書いた。専用の書類には驚いたことにトナカイの絵が描いてあって、どこに怪我を負ったのか丸をつけるようになっていた。所有者の印が刻まれた両耳はもち帰った。証拠品として、他の耳と一緒にトナカイ警察の冷凍庫に保管されるのだ。同じトナカイに対して複数回賠償金を請求できないようにだった。


国家トナカイ飼育管理局では、役所がマッティスの群に対してどう思っているかをはっきり知らされることになった。状況はよくなかった。二人がまた車に乗ったとき、クレメットの電話が鳴った。クレメットは相手の話を聞き、すぐに通話を切った。その目にはニーナが今まで見たことのない感情が宿っていた。

「すぐに直行するぞ。マッティスのグンピだ。彼の死体が発見された」

7

サプミ内陸部　十九時四十五分

クレメットとニーナはスノーモービルを停めたが、ヘッドライトはつけたままだった。ニーナは疲れ果て、できればエンジンの暖かさから離れたくなかった。前回と同じルートを逆に走ったのだが、夜の闇に倍の集中力を要求された。クレメットを見ると、彼のほうは寒さも疲労も感じていない様子で、光の環に浮かび上がるグンピへと向かっている。グンピの周りにはポリタンクや薪の山やロープが散らばっている。前日と同じ惨状だった。

「おやおや、騎馬警官のお出ましかい」そう言ったのはグンピから出てきた男で、ニーナはすぐに見覚えのあるオーバーオールと毛皮の帽子に気づいた。男の口調に親しみはこもっていない。ロルフ・ブラッツェンだった。その光景をスノーモービルのヘッドライトが照らしだしている。光の中を粉雪が舞い、影が通りすぎる。非現実的な光景だった。

「トナカイを全頭連れ帰って、暇をもてあましているのか?」ブラッツェンがまた嫌味を言った。

ニーナにはなぜだかわからないが、この警部補はクレメットのことが好きではないようだ。

「あいつは誰に対してもああなんだ」クレメットがニーナの考えを読んだかのように小声でささやいた。そしてあたりを見回す。冷たい歓迎のことはもう忘れたかのように。

「おい、おでぶちゃん、いつからトナカイ警官が本物の警官ごっこをするようになったんだ？ここで死んでるのはトナカイじゃないぞ？　何をしに来た？」

「シェリフに指示されて来たんだ」クレメットが答えた。「トナカイ所有者同士でもめたのかもしれないから」

「トナカイ所有者同士のもめごと？　馬鹿言うな！　酔っぱらい同士のもめごとってことだろ？」

「おでぶちゃん？」ニーナが笑いながら同僚を見つめた。

「ニーナ……」

クレメットの顔に笑顔はなかった。

「仕事をしろ」

ニーナはまだ笑っていて、クレメットはそれに苛立った。しかし顔には出さなかった。

「可愛らしいニックネームじゃない」

「ニーナ！」

「冗談よ」

クレメットはグンピの横を通りすぎた。警官が二人、斜面の少し上のほうで動き回っている。東風からグンピを守っている丘だ。深雪の中をそこまでスノーモービルで上り、ヘッドライトで周囲を照らしている。

「やあ、クレメットか」クレメットの姿が目に入ると、警官の一人が声をかけた。

「やあ」

「ここだよ。こんなの見るのは初めてだろう」

死体は大きな岩の上にあった。雪が一部よけられている。

「なんてことだ」クレメットはうめき、顔をしかめた。「なんてことだ……」

その背後でニーナも立ち止まった。冷たい風のせいで、ありがたいことにニーナの神経は完全に麻痺《まひ》していた。マッティスはあおむけに倒れていて、顔は青白く見えた。ヘッドライトの強い光で顔に暗い影が彫りこまれているからなおさらだ。目は見開いたままなのが、警官が死体に薄く積もった雪を吹き飛ばしたときに見えた。ニーナはマッティスの顔を見つめた。そして恐ろしい傷に気づいた。平和で雄大な自然にはまったくそぐわないような傷。マッティスは両耳を切り取られていた。その部分の肉が剝きだしになっているが、すでに凍りついている。耳の穴にも雪が詰まっていた。

「みつかっていないんだ」二人の視線をたどった警官が言った。「法医学者はまだ到着していない。だが死んで六時間以上は経っていないだろう。ナイフで刺されたようだ。グンピの中も見てみるといい。めちゃくちゃだから。何かを探したみたいだ」

それから黒く焼け焦げたスノーモービルを指し示した。

「この煙のおかげで警察に通報があった。具体的には隣のヨハン・ヘンリックからだ。彼が煙を見かけたのは幸いだった。それで警察に通報したんだ。きみにも電話をかけたようだったが」

「拷問ね」ニーナが言う。「なんて野蛮なの」

「最後に生きているマッティスを見たのはお前らだろ」急にロルフ・ブラッツェンの声が響いた。背後から忍び寄ってきたのだ。「ちょっとは役に立てよ。なくなっているものがないか、思いだせ」

「昨日来たときには、すでにひどい散らかりようだった」ニーナが説明した。

ブラッツェンは雪の上に唾を吐いただけで、何も答えなかった。

ニーナは死体を見つめた。その顔を、マッティスの見開いた目を。奇妙なことに、その表情は何か言おうとしているように見えた。ナイフで刺されるとき、犯人に懇願したのか？ いったい何を言おうとしたの？ 両手はぎゅっと握られている。ニーナは切り取られた耳の痕にもう慣れ始めていた。

「この寒さと雪であってよかった」クレメットが言う。「血が流れ臭いが広がるのを防げたからな。餌を求める動物はまだ来ていなかった。普段ならそうやって死んだトナカイをみつけるんだが。猛禽類が上空を飛び回るのを目印に」

「昨日、目の下にあんな濃いくまがあった？」

「拷問のせいかもしれない」もう一人の警官が言った。「もしくは寒さか。わからない。身体ってのはときに不思議な反応をするものだからな」

マッティスの口は少し開いたままだった。歯がないのがわかる。だがそれは前からだ。

「マッティスは生きてきたとおりに死んだな……」クレメットが死体を見つめながら言った。「貧しいラップ人（トナカイを所有しない者）のように。死でさえも彼の口を閉じようとはしなかった。最後の瞬間まで、惨めな歯のない悪霊のようだったんだ」

クレメットはマッティスの目を見つめた。やはり黒いくまに目がいく。しばらくそれを見つめていた。そしてさらに近寄り、耳の痕を確認した。

「鋭い刃物だな」

「着衣の下まではまだ確認できていない」もう一人の警官が言う。「だがおそらくナイフで一刺しだったようだ。相当強い一撃だ。一発で急所を突いた。これだけ何重にも服を着ているのに」

クレメットは凍った耳の痕をそっと触ってみた。マッティスの顔を、目の下の黒いくまを見つめ、それからグンピのほうへと歩きだした。

「指紋を採取しておけ！」死体や現場の写真を撮影する警官に向かって、ブラッツェンが叫んだ。

それからグンピの入口に立っていたクレメットに歩み寄った。

「で、お前はだ、おでぶちゃん。ここで時間を無駄にしてるんじゃない。これはお前の仕事じゃないんだ。さっさと酔いどれ牧夫どものトナカイの世話をしに行けよ。まだそこらじゅう走り回って、皆を苛立たせているんだろ？　おまけにもう面倒をみる者もいないんだ」

ブラッツェンはヘルメットをかぶると、スノーモービルのエンジンをかけ、あっという間に加速していった。そのあとに別の警官が続く。夜の闇が急に犯行現場に下りてきたみたいだった。そこに残ったのは鑑識官とパトロールP9のスノーモービルだけだ。

「クレメット、どうする?」ニーナが訊いた。「トナカイを見にいく?」

「ブラッツェンはおれの上司じゃない」クレメットがつぶやいた。「おれたちの上はキルナ本部だ。それにシェリフのときもある。おれがそういう気分のときはね。だが絶対にブラッツェンじゃない」

「ええ。でもトナカイについては彼が正しいんじゃ?」

「ああ、トナカイのところへは行くよ」そう言いながら、グンピの中に入っていった。「だがまずトナカイ警察の他のパトロール隊から人を集めないと。おれたち二人ではとても無理だ。湖まで出て電話をかけよう」

　クレメットはグンピの中で前日と同じ場所に陣取った。前日よりさらに散らかっている。そんなことが可能ならだが。灯油ランプがすべてを照らしだしている。二段ベッドの上の段を占領していたものがすべてグンピの床か外に投げ捨てられている。二人の目の前でマッティスが深い眠りに落ちた寝袋と毛布も同様だった。薪ストーブまでひっくり返されている。乱闘になったのか、何かをくまなく探そうとしたのか。両方かもしれない。スノーモービルには火を放ったが、グンピはそのままだ。なぜ?

「ニーナ、何か気づいたことはあるか?」

ニーナも同僚にならって前日と同じ場所に腰を下ろし、グンピ内の同じ景色を見ようとした。

「昨日より散らかってる」

ニーナの視線がグンピ内をさまよった。立ち上がり、数歩進む。

「棚には触れていないみたいだけど」

ポリタンクや缶詰はどれも床に落とされている。だが数あるナイフ、革紐、木片などはまだきっちり壁にかかったままだ。とはいえ、何かがなくなっていたとしてもわかりようがない。

クレメットもニーナの視線をたどった。

「ここではナイフは盗まない。トナカイは盗んでも、アキオ（サーミの伝統的な橇）の中のものには絶対に手を触れないんだ。ヴィッダの只中で生死を分けることになる道具だからだ。叔父のニルス・アンテから教わったんだが、目には見えないその限界線を越えることはしない」

美しい彫りが施されたサーミのナイフはどれも残っていた。ナイフを見ると、ニーナの記憶がマッティスの切り取られた耳へと戻っていった。故郷の村ではそんな野蛮な行為は想像もつかない。ニーナは手袋をはめると、ナイフを一本つかみ、鞘から抜いた。残りの三本も抜いてみたが、どれも刃はきれいだった。ニーナはソファに戻った。

「どちらにしても指紋は採取したほうがいいのかも。クレメット、トナカイ警察はどちらかというと仲介人として機能していて、いさかいを防止する役目を担っていると聞いた。いさかい――ええ、そりゃあるでしょうよ。でもこんなふうに殺しあうもの？　拷問……耳を切り取るなんて」

「ああ、実に不思議だ」クレメットも認めた。「確かに今までもトナカイ牧夫が撃ちあったことはあった。特にアルコールが絡んだときなんかはね。だが死者が出たことはない……まあ間接的にはあったのかもしれないが。少なくとも、警察は把握していない。だがこの耳は……」

「なぜそんなことをしたんだと思う？」

クレメットはしばらく黙っていた。

「盗人だ」

「え？」

「トナカイはどれも耳に切れ目を入れられている。両方の耳にだ。キルナで研修していたときに習ってるといいが、所有者を割りだすために、両耳にマークを入れないといけないんだ。そして盗人はトナカイの耳を切り落とす。誰が所有するトナカイなのかを突き止められないようにだ。所有者がいなければ、被害届も出ない」

「被害届が出なければ、警察も動かない」

「たとえ捜査が始まっても、あっという間に打ち切りになるだろうな」

「じゃあ何？　復讐？　マッティスはトナカイ泥棒だったの？」

クレメットは不満げに口をとがらせた。

「泥棒も何も、まあ少しは……そう表現したければ。マッティスは何よりも負け犬だった。このグンピを見ただけでもわかるだろう。不潔でめちゃくちゃに散らかっている。それにアルコール依存症だった。復讐？　まあそれも考えられる。今は誰にとっても苦しい時期だからな。ヨハン・ヘンリックに話を聞きにいかなくては。あいつもなかなか手ごわい男だが」

「ヨハン・ヘンリックがやった可能性はある？」

「マッティスは隣人全員ともめていた。あまりにもトナカイに目が行き届いていなかったから。たった一人でやっていたし。アスラクがときどき手伝ってはいた。だがそれ以外は一人だ。ヴィッダの真ん中で、一人でできることは知れている」

「隣人は何人くらいいるの？」

　クレメットはオーバーオールの前を開け、この付近の地勢図を取り出した。テーブルの上に広げ、マッティスのグンピがある場所を指さす。

「覚えているか」そう言って、指を下に滑らせた。「ここがヨハン・ヘンリックのトナカイがいる森だ。そしてこの川、これがマッティスのトナカイが渡ってしまった川だ。マッティスの放牧地はこの部分。そしてヨハン・ヘンリックのがこっちだ。つまりこの川からこの湖まで。そしてアスラクはこの山の反対側。あと一人、ここに放牧地をもつやつがいる。アイロだ。フィンマン一族の」

「あの有名なフィンマン一族？　何度も話を聞いたわ。キルナでも有名だった」

　こうやって数えてみると、クレメットは気の毒なマッティスの人生がちっともツイていなかったのを実感した。この三人に囲まれた冬の放牧地なんて到底楽な人生ではない。

8

一月十二日　水曜日
日の出：十時五十三分、日の入：十二時二分
一時間九分の太陽
サプミ内陸部

結局、ノルウェーのカラショークとアルタ、それにフィンランドのエノンテキエとスウェーデンのキルナから、合計四組八人のトナカイ警官を応援に呼ぶことになった。チームを率いたのはクレメットで、ニーナは唯一の女性だった。地平線ぎわの弱い光だけでも、作業をするのに問題はなかった。

十人のトナカイ警官が揃ってやっと、マッティスのトナカイを集めることができた。それには丸一日かかった。幸いなことにマッティスの群はそれほど大きくなかったし、丘に囲まれた地形のおかげで、群が離散するのにも限界があった。近隣のトナカイ所有者と相談の上、トナカイは小さな群ごとにグンピから十キロ南東にある囲いに追いこむことになった。

まずはいちばん簡単な、リーダートナカイを特定するところから始めた。年齢と角でわかる

のだ。リーダーは湖畔にみつかり、群の大半に取り巻かれていた。クレメットは経験上、マッティスの群はかなり臆病なのを知っていた。近寄れば、怯えて逃げてしまうだろう。群をひとつにまとめておくために、クレメットは他の警官たちに、円を描くように動けと指示を出した。トナカイたちはその目に見えない檻から出ていく勇気がなく、予想どおり中でぐるぐる回り始めた。クレメットはゆっくりゆっくり進み、トナカイの輪のダンスからほんの数メートルのところでスノーモービルを降り、そこからは徒歩で、炎のような黄色の投げ縄を手に進んだ。トナカイたちは彼から逃げようと、そのままダンスを続け、雪を蹴りながら走っている。ヘッドライトの光にトナカイたちの恐怖に怯えた大きな目が浮かび上がる。それでも目に見えない檻から逃げだそうとするトナカイはいない。クレメットは投げ縄をつかみ直し、リーダートナカイに向かって投げた。すると別のトナカイの角に絡まってしまい、それが怒り狂って激しく抵抗した。他のトナカイたちは今、クレメットとそのトナカイを避けて、ふたつの完璧な円を描いて走っている。太陽がまもなく、今年二度目に地平線から身を離す時間だった。クレメットはひたすら棹立ちになろうとするトナカイにゆっくりと近づき、ロープを地面につけて引っ張ることでトナカイに頭を下げさせた。そうやって動けなくしておいて、角から縄を外す。トナカイはあわてて走り去り、仲間の円に加わった。リーダーを捕まえるまでに、クレメットは同じことを二度繰り返すことになった。リーダートナカイは躰は大きいが、力はそれほど強くはなかった。それに何より、こういう扱いを受けることに慣れている。クレメットは縄に充分な余裕をもたせると、端をしっかり握ったままスノーモービルに戻った。そしてゆっくりと走り始めた。リーダーは大人しくついてくる。すると他のトナカイたちもそれが至極当然のことのようにあとに続き、スノーモービルの後ろに長い三角形を描いた。警官たちがその三角形を囲み、遅れたりけんかをしたりするトナカイを追いたてる。フィンランドからのパトロール隊は専用のトレーラーをもってきていて、途中でスピードについていけなくなった二頭の仔トナカイを乗せて運んだ。

囲いまであと数キロというところまで来ると、警官四人が先に立ち、群の到着にそなえた。柵をいくつか外して囲いを開き、その両側に大きなビニールの布で人間の背丈ほどの可動式の扉をつくり、それを大きなじょうごのような形に開いた。スノーモービルに乗った警官たちはエンジンをふかせ、群を追いたてていった。

布の後ろには四人の警官が身じろぎひとつせずに立っている。姿を見られたらトナカイたちが怯えだし、スノーモービルをものともせず急に逆走してしまうリスクがあるからだ。そうなったら、またいちからやり直しだ。しかしトナカイたちは彼らには気づかなかった。警官たちは布を握ったまま雪の上をぎこちなく走り、最後のトナカイの後ろで布を閉じた。それから囲いの奥へとトナカイたちを誘導した。

そのあとも同じことを繰り返した。残りのトナカイは五つの小さなグループに離散していた。毎回その付近を調査し、群の雰囲気を把握し、望む方向にトナカイを走らせるためにスノーモービルを進められる道を探す。トナカイたちが別の方向に走りださないように、どこをブロックしなければいけないかも特定する。明るい時間が短いことを考えると時間との闘いとなるところだったが、暗視双眼鏡のおかげで作業を続けることができた。夜遅くなってやっと、マッティスのトナカイは全頭が囲いに納まった。

十人の警官たちは囲いの前に集まった。薪をつくり、雪に穴を掘って焚火をたく。ニーナは疲れ果て、寒さが肌の内側にまで忍び入るのを感じた。動けないまま、天に命が宿るのを見つめる。オーロラが天空を満たしていた。水平に伸びる緑がかった鈍い光が、同じ位置に何度も何度も現れ、ゆっくり動いていく。全員が黙りこくっていた。その光――いくつもの光の筋は永遠に動き回っていたいかのようだった。互いに追いかけあい、するすると伸び、逡巡《しゅんじゅん》しながらも長く続いていく。光のダンスが濃さを増した。天がまばたき、振動に震える。細長い光の騎馬行進のようだった。空全体が光に痙攣《けいれん》している。コーヒーがまもなくできあがる。警官たちの思いはマッティスのことに戻っていった。何頭かはとり残されてしまったはずだ。特に近隣の群と混ざってしまったトナカイについては、春のトナカイ分離のさいにやっと判明するのだろう。

「マッティスのトナカイたちはこのあとどうなるの?」ニーナが尋ねた。

「トナカイ飼育管理局の役人が明日ここに来る。ここからは彼らの担当だ。餌をやり、運命を決める」

マッティスの家族は誰一人として存命していない。だからトナカイは処分されることになるだろう。悲劇的で皮肉な話だ――とクレメットは思った。クレメットもさすがに疲れ果てていたが、死ぬ前にマッティスが役人のことで愚痴をこぼしていたのが記憶に新しい。集められたトナカイたちは腹を空かせているようだった。マッティスの群は地元でもっとも世話が行き届いていないことで有名だ。クレメットは死んだマッティスの歯のない顔を思いだした。彼の群はまるでその所有者を象徴するかのようだった。クレメットは黙って座ったまま、無意識にコーヒーに息を吹きかけていた。もうとっくに冷えきっているのに。彼らの頭上では、天空の炎が全力を尽くして火花のモザイクを散らし、死者の国を燃やし続けていた。

9

一月十三日　木曜日
日の出：十時四十一分、日の入：十二時十五分
一時間三十四分の太陽
カウトケイノ　九時

クレメット・ナンゴとニーナ・ナンセンにとっては短い夜になった。シェリフが翌朝九時にミーティングを招集したのだ。ブラッツェンも出席していた。会議テーブルの真ん中に魔法瓶が二本おかれている。全員がコーヒーを注いだ。シェリフの機嫌はちっともよくなっていないようだ。何も言わずに、全員がコーヒーを取り終わるのを待った。しかしクレメットは彼のことをよく知っていたので、オスロからみっちり叱られたであろうことは想像がついた。

シェリフがおもむろに立ち上がった。

「それでは、だ。大きな問題がある」

〝大きな〟という単語が強調されていた。

「一日で二件の大事件。すでにうちの年間ノルマを余裕で超えている。まずは盗難事件、それ

もただの盗難じゃない。それにうちの普通から大きく逸脱した殺人事件。それについてはきみたちも同感だろう？　国連会議のこともあってオスロはパニックを起こしかけている。マッティスの耳が切り取られていたことを考えると、オスロやストックホルム、ひょっとするとそれ以外の国からマスコミがやってきてもおかしくない。二年前の性的暴行事件を考えてもだ。で、きみたちのほうはどうなってる？」

ブラッツェンが最初に口を開いた。

「殺人については、近隣の人間の聴取を始めている。今のところ話を聞けたのはまだアイロ・フィンマンだけだが。われわれにも正確な死亡時刻はわからないものの、フィンマン自身はあの日はカウトケイノの町にいたという。今その裏を取っているところだ。それにあの一族はもっといる。五人が交代でトナカイの番をしているからな。マッティスと放牧地のことでもめていたわけではないとも言っていた。だが怠惰なマッティスのトナカイの世話の仕方を考えると、もめるのもそう遠い話ではなかったとも。ああ、マッティスについての描写はフィンマン自身の言葉だ」ブラッツェンは笑みを浮かべて素早くつけ足した。

「フィンマン一族の残りにはいつ話を聞くつもりだ？」

「夕方までにはやりたい。だが、うち二人はツンドラの大地でトナカイの番をしている。だから夕方までは無理だ」

「あとは？」

「ヨハン・ヘンリックとアスラクだ」クレメットがブラッツェンに先んじた。

ブラッツェンはクレメットに苛立った視線を向けた。

「そう、おでぶちゃんの言うとおりだ」そこでわざと一呼吸おいた。「トナカイ所有者があと二人、まだ連絡が取れていない」

「犯人の手がかりは？」

「スノーモービルの痕はみつからなかった。雪がすべて消してしまって。軽い雪だったから、その下に痕をみつけられる可能性はある。あとは指紋を捜しているところだ。スノーモービルは燃やされてしまったが。他の証拠を集めている。スノーモービルが燃えたのと殺人に関連があるのかはわからない。犯人がやってくる前に燃えたのかもしれないし。耳のことを考えると、トナカイ所有者同士の復讐劇だという方向性も考えられる。いや、それが当然の推測だと思う。なあ、専門家殿はどう思う？」ブラッツェンは嫌味たっぷりにつけ足した。

クレメットは黙ってうなずいた。

「信じられないとは思うものの ね。マッティスはこのところひどい鬱《うつ》状態だった。最後に会ったときなど、完全にやる気をなくしていた。あんなに飲んでいるのは見たことがない」

「なるほど、わかった。ともかく自殺だと思うやつはいないな？　あとは？」シェリフが続けた。

「ここ二年分のトナカイ盗難事件を洗いだそうと思う」ブラッツェンが言った。

「それが役に立つかどうかは怪しいな」クレメットがさえぎった。「たいていの場合、所有者たちは盗難届を出さない。そんなことをしてもどうにもならないのをよく知っているからな。

それに、自分たちで直接かたをつけたいんだ。警察を介入させずに」

「ああ、だからおでぶちゃん、お前がなんの役に立ってるのかを不思議に思ってるのはおれ一人じゃないよなあ」ブラッツェンが吐き捨てるように言った。

「ともかくトナカイ盗難事件は全部洗ってくれ」シェリフが決めた。「どこかから始めなきゃいけないからな。つまり、まとめるとだ。トナカイ所有者が拷問されて殺された。なぜ拷問された？　復讐なのか、何かを白状させようとしたのか。復讐なら、なんの復讐だ？　盗みか？　それとも何か別のこと？　白状させるとしたら何を？　盗んだことをか？　それはトナカイなのか、別のものなのか。それとも何か別のことを白状させたかったのか？　そのマッティスというのは何者だったんだ？　クレメット、どれも徹底的に調べてほしい。すぐに答えが必要なんだ。あとは残りのトナカイ所有者二人もみつけてくれ。特にヨハン・ヘンリックのほうだ。マッティスともめていたんだろう？　あとは……太鼓のほうで何か新しい情報は？」

「サーミ人のちちんぷいぷいの道具のことか」ブラッツェンがあざ笑った。

別の警官が答えた。

「太鼓は箱に入っていました。個人の収集家からの寄付だそうです。フランス人らしい。高齢の男性で、その人にも話を聞きたいと思っています。博物館の館長によれば、太鼓の写真を撮る時間はなかった。まずは保護加工を施すつもりだったからと。ここ数日の間には加工をすることになっていた。つまり、太鼓の写真はないんです。少なくともカウトケイノには。だからどんなデザインなのかもわからない」

「なんてことだ、信じられん！」ブラッツェンが叫んだ。「グーグル・アースでトイレットペーパーの切れ端が落ちているのまで見られる時代だってのに、あの太鼓の写真が一枚もないなんて……。どれだけ大事な太鼓だったんだ？　なのに保険のための写真も撮ってないのか」

「ああ、まったく驚きだ」シェリフも言う。

「太鼓を寄付した人にわたしが訊いてみましょうか？」ニーナはやっと会話に加わることができた。「わたし、フランスにオペア留学してたんです。だからフランス語を思いだすのにもちょうどいいかと」

「わかった」警部が答えた。「他に何か手がかりは？」

「日曜の夜に若者たちがどんちゃん騒ぎのパーティーをしていたらしい。博物館近くのユースホステルに泊まっている男の部屋でだ。かなり遅くまでやっていた。だが朝の五時までってことはないだろうな」

「ベーリットは若者のパーティーがあったとは言ってませんでしたけど」ニーナが言う。

「そうかもな。だからといってパーティーがなかったとは言い切れない。まあ、そいつらが盗みに入ったわけではないと思うが。やつらの言い分は理にかなっていたし、おれはあいつらのことはよく知っているから。夢物語を雄弁に語りだすタイプでもないし」ブラッツェンはそう言って、わかったような笑みを浮かべた。「それ以外に、違法売買なんかも考えられる。別の収集家が盗むよう依頼したとか。まあともかく希少価値のある品なんだから」

「ああ、金目的だな。それはありえる。ニーナ、きみはそのフランス人から何もかも聞きだしてくれ。他に盗まれた太鼓があるのかも確認しなければ」

「他というのは、スウェーデン人やノルウェー人の牧師たちがここ三百年間に盗んできたものは除いてってことか」思わず意地悪な冗談がクレメットの口をついて出てしまった。

シェリフはその皮肉な口調に驚き、クレメットをまじまじと見つめ返した。そんなの、普段のクレメットらしくなかった。少なくともこの類の皮肉は言わない。クレメットは笑みを浮かべ、目の端でブラッツェンが意地悪く顔をしかめたのが見えた。シェリフは先を続けた。

「だがこの地元では？　太鼓がなくなって得をするのは誰だ？」

「とりあえず牧師は太鼓がこの町に戻ったのを喜んではいなかったが」クレメットが言う。「昔の悪魔がよみがえるのが怖いらしい。自分の子羊たちが惑わされてしまうから。宗教的覚醒がどうとか……」

「本当にあの牧師がやったと思うか？」警部が訊いた。

「彼か、別の誰かだ」

「じゃあサーミ活動家のオラフなんてどうだ」ブラッツェンが口を挟んだ。「今回の太鼓の盗難は、彼にとっちゃ絶好のタイミングだ。皆を丸めこんで、サーミ人に与えられた人権や地権など冗談みたいなものだとまくしたてるためのね。それにまるで偶然みたいに国連会議が控えているじゃないか。あいつらはおれたちノルウェー人を追い出すことしか考えてない。さっきラジオでえらそうに演説をぶってるのを聞いたよ。太鼓は博物館に返されるべきじゃなかった、サーミ人のものだと。あの男は頭がおかしい、本物の共産主義者だ。会う相手全員を洗脳しようとする。ほら、昔スウェーデン側で鉱山の機械を爆破したとしてぶちこまれたじゃないか」

「お前も知ってのとおり、その件については証拠がみつからなかったし、四日後には釈放された」クレメットが言った。「お前だっておれと同じくらい知ってるだろう。オラフはほんのわずかな少数派を代表してるだけだ」

「そうかもしれんが、怪しい男だ。お前だっておれと同じくらい、アルタのダム建設反対デモに、アイルランド共和軍《IRA》が絡んでいたことを知っているだろ？　おれに言わせれば、あいつが太鼓を盗んで、大きな騒ぎを起こそうとしたとしても不思議はない。アカのやつらが昔から大得意の、ちょっとした挑発ってやつだ」

カウトケイノ　十一時三十分

クレメットとニーナはカウトケイノのスーパーマーケットに寄り、またスノーモービルでパトロールに出るためにたっぷり食料を買いこんだ。まずはヨハン・ヘンリックを訪ねることになっている。マッティスにいちばん近い隣人だったのと、最後に話した人物らしいからだ。そのあと、アスラクのところにも行く。

トナカイ警察の日常において、食料の買い出しは大切な仕事だった。ツンドラの大地の只中で連日厳しい寒さに耐えながらパトロールするのが常だ。何時間も運転をして疲れた挙句にグンピか、よくて小屋に宿泊するわけだから、食事が非常に重要になってくるのだ。繊細《せんさい》な味つけの料理というわけにはいかないが、長時間の勤務に耐えられるような栄養価の高い食べ物が必須だった。思ったよりも移動が長引いて、食事を抜かなくてはいけないこともあるからだ。クレメットはこの瞬間を愛していた。ただ冷凍のフライドポテトを選ぶだけでも、頭の中で自由に想像が巡った。これには豚のステーキがぴったりだ――そう思いながら、冷凍のフライドポテトの袋を手にする。あとはベアルネーズソースも。スノーモービルを二、三時間運転したあとの夕食にぴったりだ。豚は焼きすぎてはいけない、絶対に。ポテトにはにんにくを少々。バカンスにいつもマヨルカ島に行く同僚から教えてもらったテクニックだ。

「今夜はおれがつくる」クレメットが言った。夕食が台無しになるリスクは冒したくなかったからだ。

「それはありがたいわ。正直言って、料理は得意じゃないから」

　ニーナは冷凍食品の袋が積み上がるのを見つめながら、料理はクレメットの得意分野でもなさそうだと思った。

「だが調理は順番だ。うちではそうするんだ」

　二人は相談しながら、他の食材も選んだ。クレメットはポーラーブレッド（北極圏の町にある同名メーカーの平たくて丸いパン）、甘いヤギのチーズ、チューブ状のエビ風味チーズや魚卵のペーストも軽食として買いこんだ。軽食もやはり大事だった。そのうちにお腹が空いてきて、急いで出発したくなった。だから素早くコーヒー、砂糖、チョコレート、ドライフルーツ、ケチャップ、パスタ、それにローアルコールビール（アルコール度二・二五パーセント以下のビール）の六缶パックをいくつか足した。国営酒屋に寄ってコニャックを買おうかとも思ったが、やめておいた。そのあと、ガソリンスタンドにも寄って、スノーモービルのガソリンを満タンにし、予備のポリタンクにも入れた。ニーナが給油を担当する間、クレメットは水をポリタンクに補充した。それからスノーモービルの後ろに取りつけた小型トレーラーの上でガソリンや水のポリタンク、食材などを入れた箱がちゃんと紐で固定されているかを確認した。

二人は〝ハイウェイ〟を通ってカウトケイノの中心部を出ると、勢いよく丘の斜面を上がった。尾根の向こう側は強い光に溢れていた。事件に夢中になっていたせいで、太陽が戻ってきたことを忘れていた。だが、太陽が輝いている。いい兆しだ――クレメットはそうつぶやいた。雪に反射した光が極端に強いと、運転に危険を及ぼすこともある。特にニーナが使っているような紫外線カット率が低いサングラスの場合。ニーナはクレメットが選ぶ安全なルートに沿って走った。

午後の早い時間に、ヨハン・ヘンリックのグンピ近くまでたどり着いた。太陽は消えてしまったが、まだ光は充分に残っていた。自分たちが行くことをヨハン・ヘンリックには電話で予告してある。今のように放牧の状況が切迫している時期、トナカイ所有者は寝ているところを起こされるのを好まない。ヨハン・ヘンリックはグンピの前に立って、二人を迎えた。クレメットとニーナがスノーモービルを降りた瞬間、ヨハン・ヘンリックの息子が自分のスノーモービルに、ヘルメットもかぶらずに毛皮の帽子だけでまたがった。挨拶代わりに二人にうなずきかけると、アクセルを全開にし、ロケットのような勢いで飛び出していった。片膝を折って大きなシートにのせたポーズで。

ヨハン・ヘンリックは数日分の無精髭をたくわえ、口の端にタバコをくわえていた。グンピの外にかけてあったトナカイの毛皮を取って肩にかけ、警官たちに歩み寄る。握手を交わすが、やはりタバコはくわえたままだ。小さな目は狡猾《こうかつ》な色をたたえ、小さな鼻、そして斜めに歪んだ口。汚れた髪が後ろにずらした毛皮の帽子からのぞいている。雨風にさらされた顔は、多くの苦難を耐え忍んできた男のもので、見た目もそれにふさわしく不満げだった。

ヨハン・ヘンリックが毛皮をはおったのを見て、クレメットは彼が自分たちをグンピの中に招き入れるつもりがないのを理解した。つまり、この会話をできるだけ早く切りあげたいのだ。まったく彼らしい――とクレメットは思った。この頑固な老いぼれ驢馬《ろば》め。ヨハン・ヘンリックも他のトナカイ所有者と同様に、地位が上の者には敬意を払うが、警察の仕事を楽にしてくれるわけではなかった。他のトナカイ所有者と同様に、いさかいは自分たちで解決したいのだ。

「息子はどこへ？」クレメットはまず尋ねた。

「トナカイが不安がっている。ここを通る人間が多すぎるからだ。マッティスが死んだせいで警察が来たし、遺されたトナカイにペレットをやるスノーモービルも通る。それがトナカイを不安にさせる。非常に困る」

ヨハン・ヘンリックはタバコの吸い殻をくちゃくちゃと嚙んだ。

「それで？　おれがマッティスを殺したかどうか知りたいのか？」

「まあそんなところだ」

男たちは互いを探るような目つきで睨みあった。トナカイ所有者は目を細め、警官を見つめている。それから時間をかけてタバコに火をつけた。

「おれの考えはこうだ」ヨハン・ヘンリックは煙を吐き出した。「スノーモービルに火を放ったやつは、気づかれたくてやったはずだ。死体が動物に喰われる前にな。それがおれの推測だ。そう推測することで、お前からの質問にも答えた。それ以外は何も知らない」

「何も知らない？」

「何もだ。他に質問は？」

クレメットは相手を見つめた。その態度が気に入らない。弱い風が吹いているだけだが、顔に嚙みつかれているような寒さだった。しかしクレメットは凍えていない。ずっと前に、凍えない方法を身につけたのだ。幼いときにすでに。寒さ、そして夜の闇――それが人間から理性を奪う。すさまじい恐怖心を喚起するのだ。でももう寒さには負けない。ずっと昔、自分にそう誓ったのだ。かなり古い話で、今ではなるべく考えないようにしているが、それでも完全に忘れることはできなかった。毛皮をはおったヨハン・ヘンリックは身じろぎもせずに立ち、目を細めたまま、まだタバコをくわえている。しかし火が消えないように、さっきよりも頻繁に吸いこんでいる。ニーナは無言の対決から自分が締め出されているのを感じた。クレメットもそれを承知していたが、その瞬間に、若い後輩に対してしてやれることはなかった。緊迫感が痛いほどたちこめている。ヨハン・ヘンリックは古い世代の硬派なトナカイ所有者だ。まだスノーモービルも四駆もヘリコプターもなかった時代を生きてきた。当時はスキーだけでトナカイの番をしていたのだ。どんな天気の日でも、何時間もかけてトナカイを集めた。スノーモービルのある今なら十分でできることを。

ニーナへの配慮から、クレメットはこれ以上対決を続けないことにした。どうせなんの利も得られないのだし。

「マッティスを最後に見たのは？」

「マッティスか。あいつの姿ならもっと頻繁に見たかったものだ。あいつのトナカイが常にこっち側にやってきて、だが……」

クレメットは黙ってその先を待った。ニーナも黙っている。なかなか芯の強い子だ——とクレメットは思った。寒さにも負けてはいないようだ。頬や鼻の頭が真っ赤になり、まつげも軽く凍っているが、それでへこたれるような女ではなかった。ヨハン・ヘンリックはタバコを指でつまみ、一旦手の中に入れた。風で火が消えるのを避け、手も温めるためだった。雪に唾を吐き捨て、タバコの煙を吐く。しかしまだ何も言わない。反抗的な顔つきで、口を歪ませている。

「トナカイは元気にしてるのか？」急にクレメットが訊いた。

トナカイ所有者の口がさらに歪んだ。まるで突発的に麻痺《まひ》したかのように。

「もちろん元気に決まっているだろう。なぜだ」

口がまた歪んだ。

「いや、なんでもない。訊いてみただけだ。マッティスのトナカイを分離するのは大変な仕事になるんだろう？　このあたりをうろうろしているから、あんたの群にもきっと混ざっている。知ってのとおり、捜査が行われているが……」

「それがうちのトナカイとなんの関係がある？」

「興味があるのはあんたのトナカイじゃない。もちろんちがう。だがマッティスのトナカイが何頭生きているのかを把握しなければいけない。どういう状態なのかも。この事件はトナカイの盗難が関係している——そうは思わないか？」

「だからトナカイ所有者を殺したというのか？」

「あんたも十年前に撃たれたことがあるだろう」

「あれは別の状況だった」

「それはどうかな。ともかく、マッティスの群の大部分はすでに集めた。だが近隣の群の中も確認しなければいけない」

クレメットはヨハン・ヘンリックの歪んだ口を見つめ、相手に理解する時間を与えた。消えたタバコが口の端からぶら下がったままだ。クレメットは相手に指南するかのように続けた。

「ヨハン・ヘンリック、あんたの群を集めて、数を数えなくてはいけないんだ」

「なんだって⁉」トナカイ所有者は思わず声をあげた。そして吸い殻を雪の上に吐き出した。黒ずんだ吸い殻が警官の影の上に落ちたとき、クレメットは少し移動した。影に触れられたくないのだ。たまに迷信深い自分が嫌になる。周囲にまともな印象を与えないのもわかっている。それでも、影に触れられないことにこだわった。

「考えておいてくれ。またあとで来るから」

クレメットは相手が少しガードを下げるのを待った。

「おれはマッティスを殺してはいない。他に何が知りたい？」

ヨハン・ヘンリックは毛皮の下で激しい息遣いをしていた。トナカイ所有者たちはトナカイの数を推測されるのを忌み嫌う。他人に銀行残高を訊かれるようなものなのだ。ヨハン・ヘンリックは罠にはまった。本人もそれがわかったようだ。

「もちろん別の方法もある」クレメットは相手に意図が伝わったかどうかを確かめるために言った。

ヨハン・ヘンリックの口がまた訝しげに歪んだ。ツンドラの大地で半世紀を過ごした彼は、悪意のある扱いを受けるのには慣れていた。警官が想像する以上に。

「最後に会ったとき、正直心配になったんだ」クレメットが続けた。「マッティスの様子をもっと知りたい。あんたがマッティスともめていたのは知っている。だが同時にマッティスのことをよく知ってもいた」

ヨハン・ヘンリックはクレメットの提案を検討しているようだった。マッティスはもう死んでいる。それに、警察に自分のトナカイを数えさせるつもりはなかった。トナカイ産業局の入念な役人から、ばかばかしいトナカイの割り当て数なんかのことで書留が送られてくるだけでもうんざりしているのに。

「マッティスはもう限界だった。耳が切り取られていなければ、自殺だと思っただろうな」

ヨハン・ヘンリックは時間をかけて新しいタバコを巻いた。

「アスラクなら」巻紙を舐め、相手の反応を確かめているのか探るような目つきで見つめる。「アスラクならマッティスを思いのままに動かせた。想像もつかないだろうが。マッティスはアスラクのことを神のように崇めていた。だがアスラクに怯えきってもいた。ああ、それが正しい表現だ。アスラクはマッティスを怯えさせていたんだ。あの二人が一緒にいるのを見ると、いつも嫌な気分になった」

「怯えさせていたって、どんなふうに?」ニーナは思わず訊いた。そして驚いたことに、ヨハン・ヘンリックは彼女の目をじっと見つめ返した。それからちらりとクレメットを見やると、タバコを巻き終え、またニーナに視線を戻した。

「新人か」

それは質問ではなく、断定だった。

「もうアスラクには会ったのか?」

「いえ」ニーナはそう答え、急に動揺した。

「ではまもなくわかるはずだ」

ヨハン・ヘンリックの瞳にもう躊躇《ちゅうちょ》はなかった。彼ほど硬派な男でも、アスラクの名を口にしたことになんらかの影響を受けたようだ。

「アスラクは他のやつとはちがう。人付きあいはせず、外界から遠く離れ、ツンドラの大地の只中で妻とトナカイだけを仲間に暮らしている。今どきあんな生活をしているやつはいない」

クレメットは黙ったままうなずいた。ニーナの視線を感じる。アスラクのことをニーナに話したことはないが、クレメットは昔からアスラクを知っていた。ニーナは何か感じているようだった。トナカイ所有者には悟られないように動揺している。クレメットはそれがありがたかった。ヨハン・ヘンリックはタバコを吸いながら先を続けた。

「アスラクはマッティスを怯えさせていた。ヴィッダに暮らす他のやつらを怯えさせていたのと同じようにだ。おれはあいつを恐れてはいない。知っているんだ、見たからな。アスラクは半分人間で半分猛獣だ。一度など、トナカイの群の中を四つ足で歩いているのを見た。それに、今でも歯でトナカイの睾丸《こうがん》を嚙み砕いて去勢する唯一の牧夫だ。知ってたか、クレメット」

ヨハン・ヘンリックはまたニーナのほうを向いた。

「ここでアスラクよりも優秀なオオカミ狩人はいないだろうな。おれは一度この目で見たんだ。アスラクは自分のトナカイを何頭も殺したオオカミを追っていた。オオカミを疲れさせるために、雪の中を何時間も追い回した。動きやすいように猟銃は投げ捨てて、棍棒しかもたずにだ。オオカミに追いつくと、オオカミがアスラクに飛びかかった。おれはそこからずっと離れたところにいた。谷の反対側だ。だが双眼鏡ですべてを目にすることができた。アスラクはどうしたと思う？　オオカミが大きく口を開けて飛びかかってきたと同時に、オオカミに走り寄り、突き出した拳《こぶし》を腕ごとオオカミの口につっこんだんだ。そしてもう一方の手でもっていた棍棒で、オオカミの頭蓋骨を割った。信じられるか？　腕をオオカミの喉につっこむなんて！」

「それで、マッティスは？」ニーナが尋ねた。

「あんたもアスラクに会えばわかるだろう。口を開かずとも、相手に鮮烈な印象を与える男だ。それにマッティスは簡単に影響されやすいタイプだった。マッティスの父親がノアイデだったのは知っているか？　クレメットから聞いているはずだ。父親はかなり前に死んだが、マッティスはずっとその世界に生きてきた。だがマッティス自身には素質がなかったんだ。才能がない、全然だ。ノアイデの息子というだけでうまくいくほど、人生は甘くない。それにマッティス自身が尊敬を集めるような人間だとはとても言えない。あいつが酒に溺れたのはそのせいだ。まあともかく、おれの推測ではそういうことだ」

ヨハン・ヘンリックはまたタバコに火をつけた。風は収まり、さっきほど本格的な寒さではなくなった。クレメットは凍えきったと思ったが、トナカイ毛皮のブーツのおかげでそれほど寒さは感じなかった。ニーナのほうは警察支給の冬用ブーツをはいていて、そこまで寒さを防げてはいない。その場で足踏みをして、足を温めようとしている。会話は思ったより長引いていた。ヨハン・ヘンリックは饒舌《じょうぜつ》になったものの、二人を暖かいグンピ内に招き入れるそぶりはなかった。

「だがアスラクはマッティスに弱い部分もあった。アスラクはかつてマッティスの父親アンタと親交があったんだ。二人は親しかった。それにアスラクもマッティスも、それぞれ別の形で、社会から疎外されていた。マッティスは皆から疎外され、アスラクの場合は自分でそうなることを選んだ。それもあってか、マッティスのトナカイの世話をときどき手伝っていた」

「だが、最近はそうじゃなかったと？」

「マッティスは酒浸りになる時期があった。その時期には引きこもり、アスラクに助けを頼む勇気もなかった。そんな状態をアスラクに見られるのが恥ずかしかったんだろうな」

「二人が衝突するようなことは？」

「なんと言えばいいのか……マッティスは誰とでも衝突していた。特に最近はろくにトナカイの世話もせず、アスラクがそれに苛立っていたのは知っている。そのことをマッティスにもわからせた。マッティスが先週そう言っていたからな。マッティスは怯えきっていた。アスラクがマッティスに何かしたとは思わない。だがマッティスはアスラクの思うがままで、アスラクが何か一言言えばそれで充分なんだ。マッティスは恐ろしい妄想を始める」

「なぜアスラクが怪しいと思うんだ？」

「怪しいなんて言ってない。おれが言いたいのは、おれがすべてを知ってるわけではないということだ」

「太鼓は？　それについてはどう思う？」クレメットが訊いた。

「太鼓？」

ヨハン・ヘンリックはタバコをふかし、また地面に唾を吐いた。

「ここに太鼓はいらない。そんな時代は終わったんだ。誰が歴史を蒸し返したい？　狂信的なやつら以外に。おれに太鼓の心配をする暇があると思うか？　そんなくだらないことで心を悩ませる暇のあるトナカイ所有者がいるなら、名前を挙げてみろ」

「オラフは非常に熱心だが」

「あのスペイン野郎か？　ふざけるな！　パートタイムで働くトナカイ所有者なんて存在しない。物理的に不可能なんだ。まったくどういうつもりだ。それに太鼓がみつかったとして、どうするんだ。マッティスがどうなったかは知ってるだろう」

「どういう意味？」ニーナが驚いて訊いた。

「マッティスは太鼓に夢中だった。父親がノアイデだったからといって。だがマッティスはどこかがおかしかった。サーミの太鼓に魅入られていた。太鼓の力、ノアイデの力とかそういうものすべてにだ。トナカイの世話もろくにせずに」

ヨハン・ヘンリックはおもむろに毛皮の下から双眼鏡を取り出すと、谷の様子を観察した。そしてタバコを投げ捨てた。

「行かなくては」

「ヨハン・ヘンリック、火曜日はどこにいた？」

トナカイ所有者は意地の悪い表情でクレメットを見つめた。そしてトナカイの毛皮の手袋をしっかりとはめた。

「一日じゅう息子と一緒にトナカイの世話をしていた。ミッケルとヨンもいた。フィンマン一族のところの牧夫だ。一緒にマッティスのトナカイを追い払っていた。そこらじゅうにいたからな。アリバイとしては充分だろう？」

ヨハン・ヘンリックは唾を吐き捨てると、答えも待たずにスノーモービルにまたがり、急発進した。そして数秒後には、谷の小さな点と化していた。

10

一月十三日　木曜日
カウトケイノ　二十時

バーカウンターに覆いかぶさるように座る客は、さっきからすぐ横で騒いでいる小男には気づいてもいない様子だった。まあ別にたいしたことではない。小男は両腕を振り回しているだけで、暴力を振るうわけではない。ときどき口から激しい言葉が飛び出すが、急にけたたましく笑いだしたかと思うと、自分のビールに飛びつき、満杯のグラスを飲み干し、カウンターに肘をついている客の横でまた両腕を振り回す。その夜、カウトケイノのパブにいたのは平日夜の常連客だけだった。つまり、客は非常に少なかった。このパブは建物の一階に入っているが、その向かいの木造の大きな建物は最近建てられたばかりで、カウトケイノでいちばん保守的な宗派の集会場だった。厳格なキリスト教徒の家とパブがこんなに近くにあるなんて奇妙で厄介なことだと誰もが思っている。パブの内部には十台ほどのテーブルがあるが、四角いテーブルと丸いテーブルが不規則に並んでいる。それでも室内にはある程度の調和が存在する。同じことが椅子にも言える。どれもちがった種類の椅子だ。床は濃い赤のリノリウムのマットで、太い丸太を組んだ壁にかかる額の絵も不思議な取りあわせだった。五〇年代や六〇年代の車。エルヴィス・プレスリー他、ロックの王者たち。トナカイ放牧の野営地、トナカイの群、オーロラを描いたサーミの絵。バーカウンターの壁にはあらゆる形とサイズのトナカイの角が吊るされている。天井では赤い電球が温かい光を放ち、それがリノリウムの床で溶けた雪に映っている。テーブルは二席だけ客が座っていた。そのひとつに座るのは着古したオーバーオール姿の男三人で、黙ってビールを喉に流しこんでいる。その中の一人はオレンジ色の投げ縄を肩にかけ、毛皮の帽子をかぶっている。その帽子は後ろにずれて、頭頂部の髪は汗で固まったように見えている。身なりと疲れた顔から察するに、彼らはトナカイ牧夫で、おそらくは町からそれほど遠くない場所で夜の番をした帰りなのだろう。もうひとつのテーブルには地元のサーミの民族衣装と帽子を身につけた女性が一人で座っている。バーカウンターの男は、彼女がビールではなくコーヒーを飲んでいることに気づいた。居心地悪そうにしながら、腕を振り回す小男に常に目を配っている。まるで見張っているみたいに。バーカウンターの中の若いウエイトレスが、その女性のほうを振り向いた。

「ベーリット、お代わりは？」

ベーリットはコーヒーのお代わりを断ったが、手を振って礼を言った。

「ねえ」ウエイトレスが続けた。「弟さんに、新しいお客さんを怖がらせないでって言ってもらえない？　少し静かにしてってって」

するとカウンターの客がグラスをおいた。

「ちっともかまわない」

「あら、ここの言葉がわかるのね」ウエイトレスは驚いて叫んだ。「スウェーデン語が話せるの？　でも訛りからして、スウェーデン人ではないわね」

「わたしはフランス人だ。だがずっと昔にスウェーデンに住んでいた」

「へえ、フランスから……」

ウエイトレスは可愛らしい笑顔を浮かべた。

「ビールをもっといかが？」

「ああ、ありがとう」

「ここに外国から人が来るのは珍しいから。しかもここの言葉が話せるなんて」

「そうだろうね」男はグラスを口に運び、ウエイトレスの豊満な身体つきをじっくり眺めた。

ウエイトレスのほうも視線に気づき、笑顔になった。

「観光？」

「レーナ！」そのときトナカイ牧夫の一人が叫んだ。「ビールだ！」

レーナはあきれて天井を仰ぎ、新しいビールを三人のもとへ運んだ。レーナを呼びつけたのは投げ縄を肩にかけた男で、あからさまに彼女をじろじろ見つめている。レーナはそれに気づかないふりをし、視線を合わせるのも避けた。フランス人はそこで起きていることをあまさず把握していたが、何も言わなかった。

アンドレ・ラカニャールは六十に近かったが、自分がそれより若く見えるのを知っていた。

今でも身体つきは逞しく、雨風にさらされた顔は大自然の中で長い時間を過ごしてきたことがうかがえる。茶色の髪をオールバックにし、ツンドラに赴くための典型的な格好をしていた。腿に大きなポケットのついたアウトドアパンツ、フリース、首にはショール。左手首に輝く銀のチェーンブレスレットには、太字のアルファベットが刻みこまれている。右の手首には金属のバンドの大きな腕時計があった。

レーナはまたバーカウンターに戻ると、フランス人のために笑顔をつくった。

「ええとそれで……観光ですか？」

「いや」

フランス人はゆっくりとビールを飲んだ。そしてタバコのパッケージを取り出すと、レーナにも差し出した。

「すみません。屋内では吸ってはいけないことになっていて。でも吸える場所に案内するから」そう言って、男の目を見つめた。男は目を細めてウエイトレスをし、相手を促す表情をつくり、誘うように腕を動かした。

「レーナ！」

レーナはまたあきれて天井を見上げた。フランス人はそれが非常に気に障る悪癖だと感じたが、この少女の体型を見ると自分を抑えられなかった。ラカニャールは振り向くことなく、ビールを飲み続けた。

背後でトナカイ牧夫が声を荒らげている。疲れた声、いや怠惰な声だろうか。青年はレーナの言動が気に入らないらしく、あのえらそうなガイジンなんかに、と言ったのがはっきり聞こえた。それに対してレーナが何かささやき返した。

「スウェーデン語を話すからって、なんなんだよ。おれにとっちゃどうでもいいことだ」

フランス人はゆっくりと背筋を伸ばし、また少しビールを飲み、グラスの両側に手をおき、はっきり見えるように拳《こぶし》を握り、トナカイ牧夫たちには背を向けたまま微動だにしなかった。

小男はカウンターとベーリットのテーブルの間を行ったり来たりして、しばらく大人しくしていたが、また興奮して腕を振り回し始めた。そしてフランス人のほうに顔をしかめてみせた。口からは素早いかっかっかという意味のわからない音が洩れている。

「ほら、ね。車でぐるぐる走った。それから戻ってきた。車でね。あんたも車をもってるの？　乗せてくれない？　ぼくの車にはタイヤが四つ。ぼくの指も四つ……」

その瞬間、小男がフランス人の鼻先に右手を突きつけたが、そこには確かに指が四本しかなかった。それから手をバーカウンターにおき、車のような音を出しながら、グラスの間にカーブを描いていった。それから大声で笑いだし、自分の腿を叩き、ベーリットのほうを振り向いて両腕を上げ、拍手をして、大声で笑った。フランス人の背中をどんと叩いたが、彼は表情を変えずにもう一口ビールを飲んだだけだった。ベーリットが静かに立ち上がり、弟の手を取ると、テーブルに連れ戻した。小男はまた静かになり、満面に笑みを浮かべて座っている。

「レーナ、ビールとスナップスだ」投げ縄を肩にかけた牧夫が怠惰な声で怒鳴った。

レーナは飲み物をそのテーブルに運び、またフランス人のところへ戻った。

「ついてきて。喫煙所に案内するから」

レーナは毛皮の襟のついた丈の長いコートを着ると、先に立ってテーブルの間を抜けていった。スナップスを勢いよく飲み干したトナカイ牧夫の怒りの視線を避けるようにして。

フランス人は手にグラスをもったまま少女のあとに続いた。バーの奥に狭い廊下があり、その右手に小さな部屋があった。中はビリヤード台がある以外は空っぽだ。廊下の左側にもドアがあって、ウエイトレスはそれを開いた。端材で天井を張った小さな部屋だった。壁はパネル式で夏は外せるようになっている。中は寒かった。

フランス人はウエイトレスにもタバコを差し出した。火をつけるときに相手のむっちりした手を長いこと握りしめてから、指を一本優しく撫でた。それから自分のタバコにも火をつけた。

少女は煙を吸いこむと、相手に微笑みかけた。

「きみに夢中で、追いかけ回している男がいるようだな」

「ああ、あれは単なる幼馴染」

「トナカイ牧夫が?」

レーナは声を立てて笑った。

「ここではみんなトナカイ牧夫。まあ、大半はね。牧夫じゃなかったとしても、トナカイ所有者の一族の出身。だから同じようなもんでしょ。あいつはフィンマンというここの大きな一族の息子。ヴィッダに何千頭というトナカイがいるの」

「レーナ、きみはここの生まれかい?」

「ええ、あなたは？　パリ？」

ラカニャールはルーアンの出身だったが、相手を失望させたくなかった。

「ああ、そうだ。レーナ、きみはパリに来たことがあるかい？」

「まさか！　でもいつか必ず」

「きみは何歳だい、レーナ」

「数カ月前に十八歳になったところ。誕生日を迎えた週にパブで働き始めた。あなた名前は？」

「アンドレだ」

部屋は寒かった。アンドレ・ラカニャールはこの無駄な会話をどう短縮しようかと頭をひねった。この子と寝たい、それだけなのだ。少女の薄い唇を見つめ、そこにちょっと嫌悪を覚えた。厚い唇のほうが好みなのだ。楽しかったアフリカでの日々が思いだされる。しかし唇以外はバーで見た身体を気に入っていた。十八歳にしては若々しさに欠ける気もするが、北の女たちはごく若い時分からしっかり化粧をすると聞いたことがある。そのせいで老けて見えるのだろう。少女の頬に手を当てたとき、ドアが勢いよく開いた。入ってきたのはフィンマン家の息子だった。毛皮の帽子が相変わらずおかしな角度で頭にのっているし、目がさっきよりうるんでいる。ひどく酔っているようだから、気をつけなければいけない。そんな状態のトナカイ牧夫なら楽勝だが、向こうは三人だ。それにトナカイ牧夫というのは、小柄ながらも筋肉の塊だ。フィンマンは自分より余裕で頭ひとつぶん背の高いフランス人の前に立ちはだかった。レーナに対して手を振り上げ、レーナが悲鳴をあげたが、ラカニャールがその手を押さえた。トナカイ牧夫のもう一方の拳がフランス人の腹を直撃したが、厚手のジャケットのせいで衝撃が弱まった。ラカニャールはその手を楽々と払いのけ、相手を強く押した。するとフィンマンは仲間たちのほうに倒れた。レーナが幼馴染を罵倒《ばとう》し始めたが、フィンマンは素早く立ち上がった。そしてまたフランス人に飛びかかる。その瞬間、レーナがあわてて部屋から出ていった。フィンマンは今度は床の一部を覆っている雪の上で転倒した。顔から雪を払うと、また飛びかかる。フランス人は簡単にそれをよけた。サーミ人はそれほどに酔っぱらっていたが、あきらめる様子はなかった。スローモーションのような決闘には時間がかかった。フィンマンのしつこい攻撃をかわすのがあまりに簡単だったので、ラカニャールは少々ガードが甘くなった。フィンマンが隙をついて、相手の顎を殴った。もう一人のトナカイ牧夫もそこに入ってきて、ラカニャールの脛《すね》に蹴りを入れ、ラカニャールは痛みによろけた。三人目のトナカイ牧夫も駆け寄り、ラカニャールは後ろに倒れた。雪のおかげで衝撃は弱まった。ラカニャールは反撃を開始した。相変わらず、すべてがスローモーションのままだ。さっきバーにいた小男がドア口に立ち、腕を振り回し、意味をなさない悲鳴をあげている。しかし突然誰かに押しのけられ、その男の声が雪の積もった部屋に響いた。

「ミッケル、ヨン、アイロ、いい加減にしろ！」

驚いたことに、三人は瞬時に立ち上がり、大人しくなった。

「バーで待ってろ」

三人は一言も発さずにその場を去った。

警官はロルフ・ブラッツェンと名乗り、ラカニャールがそこにいることに当惑しているようだった。

「大丈夫か？」

「ああ、平気だ。ここの人たちはすぐ怒るんだな」

「あんた、ここの人間じゃないな？　サーミ人は北欧人よりも短気だ。目立ちたがるが、陰湿ではない。署に来てもらおうか。すぐそこだ。目撃証言を記録するから」

「被害届を出すつもりはない」

「それでも目撃証言が必要なんだ」

ラカニャールは自分が何をしにカウトケイノに来たのかを話すつもりはなかったが、ここで警察に目をつけられても困ったことになる。それにこの警官は愚鈍そうだから、すぐに撒けるだろう。バーを通り抜けるとき、三人のトナカイ牧夫が静かに立ったまま警官を待っているのが目に入った。

「満足か？　家に帰って酔いを醒ませ」警官はまるで子供をたしなめるように言った。「あとでお前らのところにも寄る」

アンドレ・ラカニャールは外へ出る前にレーナに意味ありげな視線を送った。レーナは控えめな手の動きでそれに応えたが、ラカニャールはすぐに後悔した。ブラッツェンに気づかれてしまったからだ。二人は寒い外に出ると、道路を渡り、大きなスーパーにそって進み、警察署に入った。この時間はほとんど人けがない。ブラッツェンはフランス人を自分のオフィスに案内し、パソコンの前に座った。

「あの三人は誰なんだ」フランス人が尋ねた。

「アイロ・フィンマン――それが投げ縄を肩にかけていたやつだ。ここの大きなトナカイ所有者一族の息子だ。二千頭は所有しているだろうな。あとの二人はミッケルとヨン。仕事があるときにフィンマン家を手伝うトナカイ牧夫だ。普段は地元の農家で働いたり、小さな仕事を請け負ったりしている。今日は一日じゅう外でトナカイの番をして、町に戻ってきたところだ。最近この町ではいくつも事件があってね」

フランス人がどんな事件なのかを訊くそぶりを見せなかったので、警官はがっかりしたようだった。

「では、だ。簡潔に話を聞かせてもらおうか。あんたが何者で、この町で何をしているのか。それ以外のこともすべて」

ラカニャールは話し始めた。自分は地質学者で、フランスの企業に雇われて調査に来た。新しいホテルのほうがきれいだが、アウトドア・センターに宿泊している。数週間ほどこの地域に留まる予定だ。

「この時期に資源調査なんて珍しいな」警官が指摘した。「普通なら山肌が見える夏場だ。今は雪をかぶっているのに何がわかる?」

警官はラカニャールの話を疑っているようだった。ラカニャールはこの警官のことなどどうでもよかったが、ともかく納得させなければいけない。

「昔、この地域で長いこと調査をしていたんだ。数年かけてね。だからここの地理には詳しい。冬には湿地が凍って、夏季には立ち入れない場所まで行くことができる。その湿地に興味があるんだ。それに今はヴィッダにもたいして雪はない。あんたもそれはよく知ってるだろう。優秀な地質学者は、冬でもいい仕事ができるんだ」

ラカニャールは相手があまり納得していないのをはっきり感じたが、これ以上講義を続けるつもりもなかった。どうせこいつは何ひとつ理解できやしない。

「何を探してるんだ」

「いやまあ、ありきたりのものさ」ラカニャールはわざと硬い笑顔をつくり、訊いてはいけない質問だということを相手にわからせようとした。「それに他の皆とまったく同じものだ。ライバルよりも鼻がきくことを願うばかりだよ」

「具体的には？」

まったく厄介な警官だ。フランス人は立ち上がった。

「なあ、知ってるか？　法的にはおれが何を探しているのかを言わせることはできない。市役所に調査許可はもらっているんだから。何もかも正式に許可が下りている。だからおれは調査を続ける。何かみつけたら、すぐにあんたの耳にも入るさ」

ラカニャールは相手が自分のメッセージを理解したことを願ったが、警官は当然、外国人にノルウェーの法律について説教をされるつもりはなかった。

「火曜日、どこにいた？」突然ブラッツェンはそう尋ね、相手を射抜くように見据えた。

11

一月十三日　木曜日
サプミ内陸部　二十時

クレメットとニーナがトナカイ警察のグンピに到着したとき、光はとうの昔に消え去っていた。そのグンピはトナカイ牧夫のものよりは多少居心地がよさそうだった。警察は広大なサプミのあちこちに宿泊所を所有していて、中には本当に小さな小屋もあった。なんとまあ簡素な――とニーナはそれでも面食らった。中はふたつの部分から成っている。ひとつはキッチンとして機能し、クレメットがもうそこでリーダーシップを発揮していた。二人はスノーモービルから箱や袋を下ろし、小さな玄関に運びこんだ。ニーナはこの部署で働き始めて日が浅いが、宿泊所に着くと一種の儀式のようなものが存在するのは知っていた。まずはグンピを温め、それから食事の支度をする。

ニーナはまた外へ出て、風よけの下にある乾いた薪を中へ運んだ。常に薪があるようにする――それがここのルールだった。任務でツンドラに出かけるときは必ず薪を持参して、グンピの薪置き場に補充する。自分や他の皆の生死を分けるようなことなのだ。パトロール中に緊急事態が起きて、帰れなくなることもあるのだから。ニーナはそのルールにもすぐに慣れた。厳しい環境の中で生きるためには重要なことだ。彼女自身は南ノルウェー沿岸の村の出身とはいえ、ある意味同じくらい隔絶されたフィヨルドの奥で生まれ育った。白樺の皮を剝き、それに火をつける。炎はすぐに燃え広がった。ニーナは大きな鍋に雪を入れ、それをストーブの上においた。

グンピの宿泊エリアのほうには両側の壁ぎわに二段ベッドが二台あって、その間に細長いテーブルがおかれている。ニーナは二段ベッドに足をかけ、もう一方のベッドの上段にバッグを投げこんだ。そしてテーブルのキャンドル二本に火を灯した。

気分がよくなった。それに一緒にパトロールをするようになって初めて、クレメットが少し心を開いてくれた気がした。この同僚はかなり謎めいていて、口数も多くはない。それがちょっと残念だった。キルナでは、クレメットがトナカイ警察の中でいちばん経験豊かな警官だと聞かされたのだ。実際、警察で唯一のサーミ人でもあった。クレメットは他にサーミ人がいないことを残念に思っていた。そこはニーナでも理解できる。だって言葉ができるほうが有利だから。トナカイ牧夫たちは、トナカイ放牧のこととなると独自の言語しか使わない。ニーナはキッチンで立ち働くクレメットを見つめた。リラックスした様子だ。ニーナはこのチャンスを逃すまいとした。

「クレメット」ニーナは慎重に切りだした。「あなたはなぜ、おでぶちゃんだなんて呼ばれてるの？　だって、体重に問題があるようにはちっとも見えないけど。その歳にしては……」

ニーナは舌を噛み、自分の失言を呪った。失敗をカバーするために、精一杯温かい笑顔を浮かべてみせる。クレメットは鍋をかき混ぜる手を止めて、ニーナに向き直った。ニーナは笑みを浮かべておく努力をして、悪気がなかったのを示そうとしている。クレメットはまた鍋をかき混ぜ始め、黙ったままニーナを見つめた。そしてやっと、気まずさからニーナを救ってやった。

「平気だよ、ニーナ。おれは気にしてないから。若いときはそのあだ名にふさわしかったんだよな。今ではブラッツェンみたいなやつに呼ばれるときに腹が立つ程度だ。だって、あいつはおれを傷つけようとしてわざとやってるんだから」

ニーナはまた微笑み、話題を変えようとした。

「なぜヨハン・ヘンリックはオラフのことをスペイン野郎だなんて呼んだの？」ニーナはキッチンの椅子に腰かけて訊いた。

すると、クレメットは声に出して笑った。

「気づかなかったか？」

「何を？　色が黒くて目が茶色だから？」

「いいや、そうじゃない。サーミ人はたいてい色黒だし、茶色の目をしている。他には？」

ニーナにはわからなかった。

「ここの人たちはあいつをスペイン野郎と呼ぶ。あの立ち居振舞いのせいだな。いつも尻を振って大いばりで歩いているから。テレビで観る闘牛士みたいだろ？　だからスペイン野郎なんだ」

「尻を振って大いばり?」

ニーナはオラフがデモのときに本物の色男みたいな流し目をしたことを思いだして、思わず顔をほころばせた。この世界ではちょっと迷子になったような気分になる。自分が生きてきた世界からずっと離れていて、誰もかれもが大昔からの知りあいみたいな場所なのだ。しかし数カ月前にオスロの警察学校を卒業したとき、選択肢はあまりなかった。彼女のような奨学生はそうなのだ。国が費用をすべて払ってくれる代わりに、最初の配属地を喜んで受け入れなければいけない。正直言って、北極圏の村は特に人気のある勤務地ではない。だから今ニーナはここにいるのだ。それまで一度もこの北の大地に足を踏み入れたことはなかった。南部出身の北欧人の大半と同様に、植物もあまり生えない過疎化した北部については何も知らなかった。

「ブラッツェンが言ってた爆破容疑というのは?」

「オラフはスウェーデン人だ。とはいえ、この地方ではパスポートや国境にあまり意味はない。ロシアを除いてだが。人は国境を越えて動き回る。おれたちは全員混血なんだ。まあおれたちの大半はだ。オラフはスウェーデンのサーミ議会の議員だが、彼の放牧地は国境の両側に広がっている。多くのトナカイ所有者がそうだ。それにカウトケイノとキルナの間にはフィンランドの部分も少しある。オラフは一九九五年だったかな、鉱山機械を爆破しようとした容疑をかけられた。それで拘束されたが、何も証拠はみつからなかった。サーミ人活動家が捕まったことは、当時大きな注目を集めたんだ。一週間後には釈放されたが、あいつは当然その出来事を利用した。そのおかげで議員に選ばれたんだ。それ以来、あいつはいろんな人の人生を生きづらくしている」

「本当にIRAが関わっていたの？」

「アルタのダム建設に反対するデモが行われたときだ。七〇年代の終わり頃だな。IRAのメンバーがこのあたりをうろついていた。ロシアとの国境からそれほど遠くない小さな港で船に捜査が入り、武器や爆薬が押収された。男が二人逮捕されたが、その話はもみ消された。あとでその二人はIRAの運び屋で、コンタクトを取っていたのがオラフだと判明した。IRAはダムをこっぱみじんに爆破するという協力を申し出ていたんだ。だが言ったとおりその話はもみ消され、オラフは自由の身のままだった」

「そのダム建設って、どういうものだったの？」

「その頃おれは警官になったばかりだったが、カウトケイノとアルタの間に水力発電のダムを建設することになった。だがそのためには谷を水没させなければいけない。サーミ人がトナカイの放牧地として使っていた谷だった。それでデモが起き、環境活動家もそれに参加した。彼らはサーミ人のことなどどうでもよかったが、自然保護のためにオスロからやってきた。ともかくそういった全員がバリケードの中の小さな世界に集まったんだ」

「あなたはどうしてたの？」

「おれか？　言っただろう、おれは警官だった。ストックホルムに引っ越す直前のことだ。自分の仕事をまっとうしただけだよ」

「でも、ダム建設なんて正しいことじゃないでしょう？」

クレメットはニーナを見つめ返した。北欧では国家公務員にも個人的な意見を言う権利があるのはわかっているが、それでもいつも不安だった。しかし同僚が真摯《しんし》に耳を傾けているのが感じられた。

「本心を言えば、デモをする人たちの気持ちもよくわかった。自然の中で暮らす彼らに対する暴力のようなもんだ。そう、おれはそちらの側に立つこともできた。だが警官だったんだ」

大きな薪ストーブから熱が広がり始めた。クレメットはポテトと肉を調理している。ニーナは自分の頬が赤く火照っているのを感じた。一日じゅう寒い中にいて、急に今、強い熱に迎えられたのだから。ニーナはベーリットからクレメットのことで警告されたのを思いだした。しかし不安は感じなかった。

「トナカイ牧夫たち全員と知りあいなの？」

「ああ、大勢よく知っているよ」長い数秒間のあと、クレメットはそう答えた。「トナカイ警察で十年も働いていれば不思議なことじゃない」

「でも、個人的にも知ってるの？　例えば、警察に入る前から知りあいだったとか」

クレメットはフライパンの上で肉をひっくり返した。じっくり時間をかけて焼いている。

「何人かは」

個人的な話になると、答えをひとつひとつ引き出さなくてはいけなかった。

「アスラクとマッティス？」

「ああ、少し。そんなによく知ってたわけじゃない。ずっと昔に知りあいだっただけで。特にアスラクとは」

「親しかったの？」

「いや、親しくはなかった」

「あなたもトナカイ牧夫だったの？」

クレメットは一瞬手を止めた。

「いや、うちはトナカイの放牧はしていなかった。貧しかったんだ」

ニーナはしばらく考えこんだ。

「マッティスもトナカイの放牧をしていたけれど、お金持ちには見えなかった」

「だがうちはアルコール漬けでもなかった。それにマッティスだってちゃんと頭を働かせていれば、もっと前にトナカイの放牧をやめられていたはずだ。うちの祖父のようにね。家族を養えなくなったときにやめたんだ。マッティスはトナカイ放牧をやめたらアイデンティティーを完全に失ってしまうと信じているサーミ人だった」

ニーナは黙っていた。それはトナカイ所有者たちに対して厳しすぎるのではと思いながら。もしかすると少し嫉妬もあるのかもしれない。

「さあ、食べよう。それから署に電話だ」

ニーナにも、この話題が終わったのがわかった。

「わたしの村にはアルコール依存症の人はいなかった。フィヨルドの奥地で、皆がお互いに見張っているような環境だったの。母は敬虔なクリスチャンでいつも教会に通っていた。村人の多くがそうだったわ。ときどき港に船が入ると、船員たちが飲んだくれて、必ず問題を起こした。そんな夜、母は落ち着きがなかった。船がまた出ていくまで、女友達と夜遅くまで起きていたのを覚えている」

「アルコールはいつだって問題を起こす」クレメットはテーブルに皿を並べた。二人は黙って食事を終えた。

皿を片付けると、クレメットはテーブルのキャンドルを灯し、地図を広げた。トナカイ所有者数人に電話をかけ、それからシェリフの番号にかけて電話のスピーカーをオンにした。ヨハン・ヘンリックと話したことを手短に伝える。アスラクと会えるのは翌日になることも。

「マッティスのスノーモービルのことはどう思う？　よく考えてみると、犯人はなぜ燃やしたんだ？　それになぜグンピは燃やされなかった？」

「指紋を消すためとか？」ニーナが言う。

「だったらグンピも燃やしていたはずだ」クレメットがそっけなく言った。

シェリフはフランス人の収集家の電話番号を入手していた。英語はろくに通じないらしいから、ニーナにはフランス語を思いだしてもらわなくてはいけない。

「なるべく早く電話してみてくれ」シェリフが語気を強めた。「捜査がちっとも進まない。オスロからもうるさく言われているのに。マスコミも姿を現し始め、ここの住民を不安にさせている。ブラッツェンがフィンマンのところの牧夫たちと話したが、彼らは一日じゅうヨハン・

ヘンリックと一緒にヴィッダにいたことを認めた。ずっと一緒だったという。ゴヴゲコルのあたりにいたそうだ。マッティスのグンピまで行って帰ってくるには遠すぎる距離だ。やつらのことは忘れよう」

シェリフが何かを口に入れるのが聞こえた。デスク上の器にいつも山盛りになっている塩リコリスのグミキャンディーを食べている姿が目に浮かぶ。またしゃべりだしたときにも、まだ嚙んでいた。

「クレメット、明日はまずアスラクに会いに行ってくれ。マッティスの近隣のトナカイ牧夫でまだ話が聞けていないのはアスラクだけだ。アリバイがなければ、躊躇《ちゅうちょ》なく拘束しろ。やつじゃなければ、犯人捜しはまったくのお手上げだ」

「拘束って……それはブラッツェンに頼んでくださいよ。大喜びするはずだ。それはおれたちの仕事じゃない。あなたもご存じでしょう」

「わかってる。だが必要ならやってもらわなくては、クレメット。それと、ここ二年間のトナカイ盗難について何かわかったか？」

「まだ手をつけられていません。ともかく、十年から二十年はさかのぼらなければ。知ってのとおり、トナカイを巡るいさかいは血みどろの決闘になる。これからニーナと一緒に洗いだします。そうだ、グンピ内の痕跡は？　何かわかりました？」

シェリフはまた塩リコリスを一粒口に入れた。

「十人ほどの指紋が発見され、その中にはもちろんきみとニーナのものもあった。今のところ、死に至ったのは十四時頃だと考えている。それに燃やされたスノーモービルは確かにマッティスのものだった。粉雪の下に他のスノーモービルの痕も捜したが、今のところ何もわかっていない。言っておくと、オラフとサーミのお年寄り連中はまだあの交差点に居座っている。グンピを二台引きずってきて野営しているよ。おまけにコタ（サーミの伝統的な移動式テント）まで建てた。そこで夜を明かすつもりのようだ。まったくとんでもないお祭り騒ぎだよ。だが牧師の怒りは落ち着いたようだ」

クレメットは電話を切った。外に出てディーゼル発電機に給油し、作動させる。その音は中に入るとほとんど気にならない。ニーナは自分のノートパソコンを取り出し、人工衛星を介してインターネットに接続した。グンピはキッチン兼レストランから、実動部隊の基地に様変わりしていた。クレメットはニーナの携帯電話の隣で、自分のも充電し始めた。そして自分もノートパソコンを取り出すと、警察のイントラネットにログインした。パスワードを入力し、いくつか検索ワードを入れると、すぐにトナカイ盗難事件が長いリストになって出てきた。ニーナはクレメットの隣に座り、リストがどんどん長くなるのを見ながら、懐疑的な表情になった。

「二年で二百三十五件？　すごい数ね。ここではトナカイの盗難が社会問題なの？」

クレメットはしばらく黙ったまま顎をかいていたが、それからいちばん上の行の見だしを読んだ。

「しかも警察に情報が入ってこない件は除いての話だ。おれに言わせれば、この五倍は確実に起きている。トナカイの盗難は常にサプミの問題だった。だからこそ第二次世界大戦後にトナカイ警察が編成されたんだ。トナカイ所有者たちは、ノルウェー人にトナカイを盗まれることにうんざりしていた。ほら、ドイツ軍が撤退するときに何もかも焼きつくしたから、食べ物がなかったんだ」

「今は？」

「まあ今でもトナカイを盗むノルウェー人はいるが、基本的には秋の初めに、トナカイが夏じゅうたっぷり草やハーブを食べた直後だけだ。秋になり、九月が近づく頃、冬の餌場に移動する前が肉がいちばん美味しいんだ。沿岸に住むノルウェー人の中には、道路脇に現れたトナカイを撃って冷凍庫を満たすような厚かましいやつらがいる。だが今話しているのはその類の盗難じゃない。ノルウェー人たちは真冬にツンドラの真ん中にはやってこないからな。ここはサーミ人の場所だ」

「不思議ね。サーミ人がトナカイを盗んだり、サーミ人同士でやりあったりするなんて。一致団結しているんだと思ってたけど」

　クレメットは不満そうに口をとがらせたが、ニーナは先を続けた。

「わたしの理解が正しければ、まだ捕まっていないトナカイ牧夫の容疑者が数百人はいるわけね。数十年分の盗難を洗いだすと」

「理論上はそういうことだ。盗難だけじゃない。ふたつの群が混ざったときには、トナカイ所有者が自分のではないトナカイを殺すこともある。自分の群に餌を食わせるためにね。トナカイは両耳のマークで誰の所有なのかがわかる。耳さえ切り取れば、その瞬間に問題は消えてなくなるんだ。誰のトナカイなのか照会できないから、被害届も出せないし、捜査もできない。ここの人たちは声を大にして言わないが、たいていはそうなるんだ。それに隣の群から何頭かいただくくらいたいしたことじゃないと思っている。だってきっと隣も同じことをしてるはずなんだから。春になり、母親を亡くした仔トナカイたちも同じ運命をたどる。森の奥でみつかったマークのない仔は、そうだな、森のものってわけだ。つまり、みつけたやつのものだ。トナカイ所有者たちはそういうのは盗みだとはみなさない。少なくとも、警察が言うところの盗難だとは」

「マッティスもそういうことをしていたの？」

「マッティスも、他の皆もやっている。あとは程度の問題だ。一、二頭盗むやつもいれば、十頭盗むやつもいる。数年で自分の群を倍にするやつもね。例えばフィンマン一族にはそういう噂がつきまとう。何も証拠はない。だが地元ではそういう話になっている。まあリストは少し絞ろう。きみは遅くなる前にフランスに電話だ」

ニーナは九カ月間、フランスにオペア留学をしていた。警察大学に入る前年のことだ。いや実は、そのときフランスで起きたことのせいで警官になることにしたのだが、そのことは誰にも話したことがない。たった一人の人間を除いては。それは警察大学の入学試験の面接官だった警部で、その後もニーナを支えてくれた。そして他の誰にも口外はしていない。ニーナはフランスで起きたことを恥じていた。善悪の区別はしっかりつく人間なのだから。それは、母親から信じられないほど厳しくしつけられて育ったせいだった。フランスで起きたことは悪いことだとわかっている。なのに立ち向かうのではなく、引きこまれてしまった。意志に反して。自分を制御できなくなったせいで。自分がやったことを思いだしただけで、ひどく胸が痛む。吐き気をもよおす――あの男のことを考えると。そして自分自身のことも。なぜ彼を説得するだけの勇気がなかったのだろう。それに彼はなぜわたしの言うことを聞いてくれなかったの？

ニーナはシェリフからもらった電話番号を見つめた。パリの市外局番だ。あれが起きたのもパリだった。ニーナはイヤフォンをしっかりつけ直すと、番号を押した。するとすぐに男性が応答した。口を開いたとき、自分のフランス語がまだ流暢《りゅうちょう》なことに驚いた。

「ボンジュール、ムッシュー。ジュマペル・ニーナ・ナンセン」

「ボンジュール、マドモワゼル」上品で丁寧《ていねい》な声が答えた。それにかなり若い。

「あなたがカウトケイノの博物館に寄付したサーミの太鼓のことで電話をしたんですが」

「ああ、太鼓ね。確かに寄付しました。でもあなたが話したいのは父ですね。父が寄付したんです。ああ、わたしの名前はポール、息子です」

「そうでしたか」

「ただ、父は今、電話で話せる状態ではないんです。寝こんでいて、話すのも難しい。非常に弱っていてね。わたしに何かできることはありますか？」

「ノルウェー警察の者です。太鼓がカウトケイノの博物館から月曜の未明に盗まれてしまって」

「ああ、そうでしたね。今日、あなたの同僚からも電話がありました。フランス語の話せる人がかけ直すと言われた。まったく不思議な話だ。太鼓はみつかったんですか？」

「いえ、みつかっていないので、お父さまに質問があって」

「わたしでよければ、父に訊いてみますよ」

「博物館では箱は開いていなかったんです。つまり太鼓のデザインもわからない。何がそんなに特別なのかも知りたいんです。盗むほど興味をもっている人に心当たりがあれば、それも」

「すぐこの番号にかけ直してもいいですか。父に訊いてきます」


ニーナは電話を切ると、同僚のパソコン画面を見つめた。クレメットはデータベースに登録されている被害届をチェックしていた。マッティスの名前はこの二年で三回出てくる。好奇心から、クレメットはデータベースがデジタル化された一九九五年以前の情報も検索してみた。すると十二件がヒットしたが、そのうち九件は証拠不十分で捜査を打ち切られている。この種の事件としては平均的な割合だ。基本的には小さな事件ばかりだった。被害届を出した人間の大半は近隣のトナカイ所有者だ。フィンマン一族――彼らにまつわる噂を考えると笑ってしまうが――それにヨハン・ヘンリックからもう少し深刻な被害届が二件。アスラクからはない。まだ会ってもいないのに、ニーナは驚かなかった。皆の口にのぼるこの男、自分が彼について抱き始めた印象に合致するように思えた。

そのすぐあとにニーナの電話が鳴りだした。収集家の息子ポールが父親に質問をしてくれたのだ。太鼓は第二次世界大戦直前にサプミに行ったときに、あるサーミ人から個人的に預かったものだという。

「父は当時、ポール＝エミール・ヴィクトルの探検旅行に何度も参加していたんです。グリーンランドからサーミの地までね。実はぼくの名前も彼からきているんですよ。父は昔からポール＝エミールを手放しで尊敬していたから。今はとても弱っていますが、時がきたら太鼓をサーミランドに返すと約束していたらしいんです。それ以上は聞けなかった。博物館に送る手配をしたのもぼくです。父によれば、太鼓には何か問題があった。でも言ったとおり父は弱っていて、ぼくもそれがどういう問題なのかはわからない。何かわかったらまた電話させてください。今はこのくらいです」

「あとでそのサーミ人の名前と、太鼓のデザインも訊いておいてもらえますか」

ニーナは通話を切った。ポール＝エミール・ヴィクトルという名前には聞き覚えがない。だがとりあえず昔のサーミ人が一人、そして太鼓には問題があったことがわかった。

「ポール＝エミール・ヴィクトル？　いや、その名前に聞き覚えはないな」ニーナがフランス人の話の内容を伝えたとき、クレメットも言った。

クレメットはアスラクへ無線でメッセージを送り、翌朝行くことを伝えた。アスラクは固定電話も携帯電話ももっていない。古い無線機だけ。NATO軍の倉庫から出てきたものだ。クレメットはアスラクが無線を聞いているかどうかもわからなかったが、どちらにしても返事はないとふんでいた。それでもメッセージを送ったのは自分のモチベーションを上げるためだった。本当はアスラクには会いたくないのだ。立ち上がり、ストーブにもっと薪をくべる。グンピはしっかり温まってきた。小さな窓の向こうには濃い闇しか見えない。左手のほうに薄いオーロラが浮かんでいる。緑色にひらめいてはいるが、たいした規模ではない。明日はいい天気になるだろう。クレメットは叔父のニルス・アンテのことを考えた。なぜかはわからないが、自然現象を見ると必ず叔父を思いだすのだ。叔父はオーロラのような偉大な自然現象を、シンプルな美しい言葉で描写することができた。クレメット自身は自然を前にして不器用に立ちすくむだけなのに。よく考えてみれば、クレメットが立ちすくむのは自然の前だけではないが。とにかくオーロラのことは頭から振り払った。

ニーナはインスタントコーヒーの準備をしていた。長い金髪のポニーテールが厚手のセーターの上で揺れている。若々しい顔は目の前の任務に集中している表情だった。クレメットは自分の若い頃を思いだした。当時心惹かれた、ほっそりして大人っぽくて、でも単純な少女たち、しかし自分には手の届かない存在だった彼女たち。自分はふさわしくなかったのだ。われながら、自分はちょっと変わっていると思っていた。なんというか、すごく不器用で。毎回そういう結論になるのだ。何もないヴィッダの真ん中のこのグンピでも――。

「なあ、ニーナ。調子はどうだ」

ニーナは振り返り、まぶしいほどの笑顔を放った。

「ええ、元気よ。いつもどおり、お砂糖は三個？」

「ああ、三個だ。ここでの生活はどうだ」

「すごく気に入ってる」

ニーナは色のついたプラスチックコップにコーヒーを注いだ。

「だから、警察大学を卒業して北極圏での勤務を希望する人が少ないのが不思議。わたしはここが好きよ」

「それはよかった。おれたちにとっても、南から人が来るのはいいことなんだ。特に女性はね。このあたりでは少ないから」

ニーナはまた微笑んだが、何も言わなかった。クレメットは自分が馬鹿みたいに思えた。また二十歳の頃に戻ったみたいで嫌だった。いつも何を言っていいのかわからなくなる。もしくは言うことを思いつくのが遅すぎる。すでに他の男が獲物を捕まえたあとに思いつくのだ。クレメットは立ち上がった。

「そう、ここにはきみみたいな可愛い子はあまりいないからな。ずっとここに残るつもりかい？」

ニーナは同僚の言葉に反応しなかった。屈辱的だ——とクレメットは思った。ニーナは相変わらず微笑んでいる。そしてコーヒーに粉末のミルクを溶かしている。

「ここは気に入っているわ。サーミ人やノルウェー人について興味深いこともいろいろ学べるし。二、三年いるくらいはまったく問題ない。彼もきっとわかってくれると思う」ニーナはずっと同じ微笑をたたえながらそう言った。

ああ、もう最悪だ。おれはまったく馬鹿みたいじゃないか——クレメットはこの方向に話題を誘導したことを後悔していた。ニーナは気づいていないようだが、このほうが屈辱的だ。昔の男友達で、タイミングよくちょっと憂いの表情を浮かべただけで必ず女を落とせたやつがいた。クレメット自身はそんなことができたためしはない。電話の呼び出し音が彼を救った。ニーナの携帯だった。

12

カウトケイノ　二十二時

アンドレ・ラカニャールは一時間後に警察署を出た。あの鈍い警官は手ごわかった。顔にそう書いてある。鈍いが手ごわい。火曜日は何をしていたのかと訊かれて、一瞬血が凍りついた。しかし即座に機転を利かせ、その日の出来事を順に思いだした。大丈夫だ、警察に興味をもたれるようなことは何もない。ブラッツェンはトナカイ所有者が殺害されたことを教えてくれる程度には理解があった。ラカニャールはまだ身体をこわばらせていたが、かなりほっとした。警察には何も疑われてはいない。そのあとはさっきよりずっと無関心な態度で答えることができた。子供っぽいくらいお気に入りのシニカルな口調を取り戻すことができた。しかし警官はそれでもしつこかった。火曜には水も漏らさぬアリバイがあるのに、それでも満足しなかった。地質調査の仕事についても大量の質問を投げかけてきた。

サーミ人のトナカイ所有者が殺された火曜日、その日にラカニャールがカウトケイノにいなかったのには単純な理由があった。ここから車で一時間半のところにあるアルタまで運転していったのだ。アルタはもっと北の沿岸にある町で、その日はそこの自動車修理工場に車をおいてくるはめになった。工場の経営者がノルウェー進歩党のデモに参加するために工場を閉めてしまったからだ。この町では四半世紀ぶりのデモ、ちょうどそれにぶつかるなんて！　このデモだけはどうしても逃せない――経営者はそう説明して、修理工を二人とも連れていってしまった。なんという馬鹿な男！

おまけに何もかもラカニャールに説明しなければ気がすまないようだった。このデモは太鼓のことでえらそうに騒ぐサーミ人にうんざりしたノルウェー人の反撃だ。カウトケイノで太鼓が盗まれたことで、サーミ人たちはすっかり勢いづいている。サーミ人の権利を主張してくるが、自分たちノルウェー人だって同じ権利があるのだ。それにサーミ人に権利など与え始めたら、そのうちソマリア人にも与えなくてはいけなくなる。「だがそんなこと、できるわけないだろう？」

なんと低俗な男なんだ――とラカニャールは思った。サーミ人もノルウェー人もソマリア人も、サーミの太鼓もどうでもいい。何もかもどうでもいい。荒地でも走れる四輪駆動車を返してほしいだけだ。最悪なのは、ノルウェー人にもデモができるという事実を、フランス人が喜ぶと勘違いしていることだった。馬鹿か？　ラカニャールは装備の買い出しに行くことにして、車はあとで取りに来るからと告げた。その日の残りはアルタのパブをはしごして過ごすことにした。小さな町でのパブ巡りはあっという間に終了した。ホテル・オーロラ《ノールリス》のバーに始まり、そこからタクシー運転手の勧めで中心部のパブ〈悪　魔《ハン・スタイケ》〉へ向かった。そのパブは夕方から非常に面白くなった。学校帰りの女子中学生がやってきたからだ。若いノルウェー人女子はたくさん笑った。ラカニャールは彼女たちを上から下まで眺めまわした。だが大人しくしておかなければいけない。女子中学生の一人はマッシュルームカットで、目が隠れるくらい前髪を伸ばし、他の子よりも彼の目を引いた。特に可愛いわけではないが、きっとあばずれにちがいないと感じたのだ。目を隠すほど長い前髪のせいで、何かを見るために顎を突き出さなければいけないあばずれ。普段は巻き毛の少女に惹かれるが、今日は金髪の前髪の小娘が彼を興奮させた。ラカニャールはそっとあたりを見回した。テーブルにはあわせて十人ほどの客が座っていて、そのほとんどがコーヒーを飲んでいる。あとは、オーバーオールを着た労働者が三人、バーカウンターで労働の一日をビールで締めくくっている。女子中学生グループは無邪気に笑い声を立てている。前髪の少女がノートを取り出した。このパブでは何人もが宿題をやっている。ここは危険すぎる――ラカニャールは自分に言い聞かせた。グラスに集中しようとする。自分の任務に。しかしうまくいかない。幼い顔がどうしても注目を強要してくる。さらさらの前髪のあばずれ小娘。ラカニャールは目をつむった。理性を取り戻そうと、いちばん最近コンゴを訪れたときのことを思いだす。コンゴ……キヴの幼い少女たち。誰かに頭を下げて頼めばいいだけだった。いや頭を下げる必要もなかった。向こうから少女を連れてやってくるのだ。だがここでは難しい……。

二日も前のことだった。それ以来、警察は彼のところにやってきてはいない。だから調査の準備に集中することができた。ラカニャールが泊まっているアウトドア・センターは、長いことカウトケイノで唯一のホテルだった。簡素な宿泊施設だが、愛想のいいオーナーで、騒がしいデンマーク人の妻はタバコを吸い、酒を飲む。だが客の迷惑にならないよう、外のテラスでだけ。かつてもラカニャールはそこに泊まっていた。数年前にこの町に小さな滑走路ができてから、新しく三軒のホテルが建った。目覚ましい発展は、鉱山会社がこの地方に興味をもち始めたせいだった。カウトケイノ周辺、フィンマルク県の内陸は、基本的に資源調査は夏にしか許可されていない。その時期ならトナカイたちは何百キロも北にいて、沿岸に広がる放牧地に散らばっているからだ。秋になるとそこから移動し、冬季はまたカウトケイノとカラショークの間のエリアに戻り、地衣類を食べて生きていく。サーミ人は自分たちのトナカイが怯えたり、隣の放牧地に逃げてしまったりするような活動を許可しない。例外があるとすれば、活動が限定的でトナカイの営みを侵害しない場合だけ。ラカニャールは基本的に徒歩で偵察し、明確に限定されたエリア内の専用道でだけスノーモービルを使用すると申請書に記入した。キヴではもっと簡単だったのに――だがここで調査をしたければ、ここのルールに従うしかない。まあともかく、そのルールが彼の目的の大きな邪魔にならない場合は。

電話が鳴ったとき、クレメットは自分の椅子に戻った。パソコンの前に座り、トナカイ盗難事件の資料をまた読み始めた。電話に近づけられたニーナの唇、そして形よく盛り上がったセーターを見つめながら、また思いが巡った。二十五年経った今でも、あの頃と同じ苦々しい気持ちが湧いてくる。つかめなかったチャンスが多すぎた。それでも若い頃は、同年代のやつらと同じパーティーに行っていたのだ。いつもの倉庫、いつもの森の空き地で開催されたパーティー。何度倉庫の外で、森の道の突きあたりで、自分の赤いボルボＰ１８００カブリオレにかっこつけてもたれていたことだろう。車にカセットプレーヤーを取りつけ、『プリティ・ウーマン』の曲をかけていた。だが女の子たちには一度もイエスと言ってもらえなかった。それは彼がおでぶちゃんと呼ばれていた頃の話だ。それでもできるだけのことはした。ボルボのウインドウはきちんと下まで下りなかったから、リラックスしたポーズを取ろうとすると、いつも肘がありえない角度に曲がっていた。夢は自動車整備工場をもつこと。車が大好きで、車いじりも大好きだった。回転するエンジンの音が何にも勝る癒しで、叔父のニルス・アンテのヨイクと同じくらい素敵だと思っていた。夏至祭前夜には愛車Ｐ１８００のハンドルを握り、肘を外に出して車を乗り回した。それでもニーナのような女の子たちは手に入らなかった。クレメットは酒を飲まなかったから、ボルボのボンネットにもたれ、他の皆が楽しむ様子を眺めていた。自分を気の毒だとは思っていなかった。夜がふけ、自分の王子様が酔いつぶれる頃には、女の子たちはクレメットがそこにいることを喜んだ。おでぶちゃんは信用できる忠犬のような友達であり、その場で酔っていない唯一の男だった。たまにはキスをもらうことができた。真剣なキスでも本気のキスでもなかったが、女の子たちは抱きしめさせてくれた。クレメットがそれ以上強要しないのを知っているから。少なくとも、やめてと言えばやめてくれる。そう、クレメットは女の子たちにとって安心できる存在だった。いつも落胆するはめになったものの、いつかはいいことがあるはずだと信じて疑わなかった。してもらえなかったキスに、その後数日はクレメットの五感が熱く燃えていた。

警官になってからは、女性との関係にもかなり自信がついた。まあともかく、自信ある態度が取れるようにはなった。他の男が見たら、そっけない態度は不器用さを隠すためなのがばれただろうが。

何年も離れていたカウトケイノに警察の制服を着て戻った日を、昨日のことのように覚えている。昔と変わらず大柄だが、身体は引き締まった。皆が彼をちがった目で見るようになった。それに大きな満足を感じたものだ。地元の女性たちからは、口の端へのキス以上のものももらえるようになった。特に制服姿で人里離れた農場を回るようなときには。もう誰も彼をおでぶちゃんなどと呼ぶ勇気はなかった。誰も——ブラッツェン以外にそのあだ名を使う勇気のあるやつはいないが、ブラッツェンが挑発してくるときに人々の視線を感じるし、傷つきもする。そのとき、クレメットは現実に引き戻された。しばらくフランス語で話していたニーナが電話を切ったからだ。

「またポールだった。父親の知りあいだったサーミ人は、フランス人の探検隊のガイドとして雇われていた人。ポールは父親の書斎で太鼓を何度も見たことがあり、真ん中に十字、そして太鼓をふたつに分けるように線が引かれていたって。でも他の模様はもう覚えていない。トナカイ以外は」

「つまり、取り立てて言うほどのことはないわけだ」クレメットがつぶやいた。「サーミの太鼓にはたいてい真ん中に十字がある。太陽のシンボルなんだ。それに太鼓を二分する線もごく一般的だ。生きた者と死者の世界を分ける線、確かそうだったはず。叔父のニルス・アンテがよく言っていた。おれの記憶が正しければ、トナカイもよくあるシンボルだ。たいした情報じゃないな」

クレメットは頭をかいた。こういう事件はまったく、トナカイ警察の日常とはかけ離れている。太鼓の盗難に殺人事件。おまけに事実上なんの手がかりもない。トナカイ所有者たちの関係が緊迫していたというくらいで。だがそれは普段からそうだ。マッティスが死んで得をするのは誰だ？　よくわからなかった。彼のトナカイは国家トナカイ飼育管理局によって処分される。なにしろ状態が悪いのだ。マッティスの放牧地は誰が使うようになるのだろう。それが手がかりになるのか？　トナカイ産業局に確認してみよう。だがそれが動機だとは思えなかった。放牧地の配分は管理法に従って決められ、厳しく管理されている。

「ポールの話では、父親は探検旅行の資料を箱に入れて保存しているらしい」

クレメットはしばらく考えていたが、急に電話をつかむと、シェリフに電話をかけた。もう遅い時間なのに、トール・イェンセンはすぐに電話に出た。

「ニーナをフランスに行かせてください。じゃなきゃ捜査が先に進まない」

ニーナは驚きに目を見開いて同僚を見つめた。本人の意見を訊きもせずに、そんな電話をかけるなんて。シェリフの答えは聞こえなかったが、ここのような小さな警察署でこんな出張の許可が下りるのは珍しいはずだ。

クレメットが電話を切っても、ニーナは反論する余地がなかった。

「シェリフも同意したよ。オスロからよほどうるさく言われているんだろうな。余分な経費を請求できるくらいに。いいアイデアだろ？」

「まずわたしに訊いてくれてもよかったじゃない！」

「なぜだ。他にアイデアでもあるのか？　きみはフランスに行って書類を見てきてくれ。現状ではなんの手がかりもみつかっていない。それに町の人たちも限界にきている。シェリフの話では、進歩党がアルタでデモをやったそうだ。デモに対するデモだ」

「わたしのこと、子供扱いしないで！」

ニーナは怒っていた。クレメットは考えこんだ顔で黙っている。若い頃、ダンスのあとにきみを待っていたときみたいだ。なのにきみは他の男全員と抱きあって、キスをして……なぜかクレメットはそんなことを思った。実際にはニーナはその頃まだ生まれてもいなかったという事実は頭に浮かばなかった。

「もっといいアイデアがあるなら言ってくれ」

クレメットはむっとした様子で言った。

「あなたのアイデアのことを言ってるんじゃないの。だって、おかしいでしょう。わたしはここにいるのにいないみたいに扱われる。あなたにもトナカイ所有者のお友達にも」

「トナカイ所有者はおれの友達じゃない」

「あら、ちがうの？　でも考えかたは似てるみたい。次の聴取ではわたしにコーヒーでも淹れてろと思うなら、そう言ってね。オスロの警察大学には、未来の女性捜査責任者のための特別講座があるのよ、知ってた？　わたしには難しすぎる捜査のときに男の同僚を手伝うための講座。コーヒーの淹れかた、笑顔の浮かべかた、応援の仕方、同僚の質問が賢く聞こえるように、聴取では能なしを演じる……信じられる？」

クレメットはまだむっとしていた。言い返したいが何を言っていいのかわからない。それにいちばん嫌なのは、手遅れになってから答えを思いつくことだ。この子にはまったく腹が立つ。このクソガキめ！　おれのほうが三十歳も年上で、この県内の署はすべて経験しているのに。もちろんストックホルムも。なのにずいぶんえらそうじゃないか。それにコーヒーの話なんかするから、コーヒーが飲みたくなったじゃないか。このクソガキめ——とクレメットはまた思った。

クレメットは立ち上がった。ニーナの怒りは収まったようだ。アイデアに反対されなかったことに、クレメットは満足だった。コーヒーはいるかと訊くと、ニーナはイエスと答えた。この議論は終わったという合図だ。

ニーナが口を開いた。

「分離主義的なサーミ人たちがやったんだと思う？」

「進歩党のやつらだという可能性も同じくらいある。どちらも、こういう騒ぎが起きれば得をするからな。市議会と国会の選挙まであと一年もない」

「マッティスは？　トナカイ盗難の件はどうだった？」

「マッティスが関係したいちばん大きな盗難は、十年も前だった。ヨハン・ヘンリックが撃たれたのと同じ頃だ。厳しい冬が数年続き、秋の気候もよくなかった。今年みたいな感じだ。雪が降り、いったん解け、それから強い寒気が押し寄せて、何もかも凍ってしまう。それからまたみぞれが降り、同じことの繰り返し。また新たな氷の層ができる。そういう天気が二、三回続けば充分なんだ。トナカイたちは氷を割って苔《こけ》を食べることができなくなる。どこもかしこも困ったことになる。皆が不安になる。トナカイたちは何百頭、何千頭という単位で飢え死にするかもしれない。特に被害のひどかった地方の一族が、何千頭というトナカイを失ったこともある。近隣の群から何百頭も盗むことで、群を一部立て直そうとしたんだ。マッティスはそれに関わっていた。マッティスが先頭に立ったわけじゃないが、関わったとみられている。それで数カ月という短い間だが、服役したんだ」

「でも、どうやってトナカイを盗むの？　耳にマークがあるんでしょう？」

「もっと切るんだ」

「もっと切る？」

「マークの入った部分を切り取り、自分のマークを入れる」

「なんてこと！」

「その結果、小さな小さな耳のトナカイが何百頭も発生する。切り取りすぎて、病気に感染することもある。みつかったトナカイは全頭処分された。その事件があってからは、トナカイの耳のサイズに基準を設けたくらいだ。耳が小さすぎちゃいけませんってね」

ニーナは当惑した。サーミ人がこぞって相手を出し抜こうとしているなんて、信じられなかった。普通の北欧人と同じで、サーミ人がどのように暮らしているのかは何も知らなかったのだ。いやむしろ、勝手な先入観をもっていたくらいだ。実際のところ、どちらでも同じことだった。

「マッティスが関係していた他の事件は？」

「どうでもいいような事件ばかりだ。調べても時間の無駄だと思う。マッティスは負け犬だった。おれの直感では、このあたりのトナカイ所有者のほとんどが彼のことをそう見ていたと思う。不運に見舞われてばかりの負け犬。脅威だとは思われていない」

「サプミでは負け犬の耳を切り落とすの？」

クレメットは黙ったままだった。ニーナは間違ってはいない。何かがおかしい。ここではトナカイを盗んだからって相手を殺したりはしない。ましてやマッティスはその分野の大悪党というわけでもないのだ。

「マッティスは独り暮らしだったの？」

「ああ、おれの知るかぎりはそうだ。それについてはアスラクが知っているだろう。マッティスにパートナーがいたという話は聞いていない。あのグンピを見ただろう。独身中年男の臭いだ」

「何よ、女がグンピに住んでちゃいけないの？」

「そういう意味じゃない。グンピというのは隔絶された場所だ。というか、女性が入るとしたら、それはたいていの場合妻ではないだろうな……それでも、トナカイ牧夫たちはなんとかグンピの中の秩序を保とうと努力している。だがマッティスはそれすらできていなかった」

「マッティスに会ったとき、すごく嫌な気分になった。わたしの胸をじろじろ見ていたもの」

「なんだって⁉ そんなことしたのか？」

クレメットはなんとか同僚の目をまっすぐに見つめようとした。

「それにあのいやらしい目つき……」

クレメットは急に、自分の指先に興味が湧いたようだった。

「ああ、きみは大げさだな」最終的にはそう言った。「ツンドラの荒野の只中で独りぼっちの男が、予期せずきみみたいな可愛い女の子の訪問を受けた。そいつの頭の中は大騒ぎ。それだけさ。まったく自然なことだ」

「いいえ、ちっとも自然じゃない」

今度はニーナが機嫌を損ねる番だった。クレメットはこの話をしつこく続けるのはよくないと考えた。もうどこを見ていいのかもわからない。幸い、ニーナが話題をもとに戻してくれた。

「家族も全然いないの？」

「母親はずっと前に亡くなっている。父親が亡くなったのはそれほど前じゃないが。兄弟がいたとしても、地元には住んでいないな」

「孤独な男、と言っていいわね。孤独な男、負け犬、一文無し、アルコール依存症。それがなぜか両耳を切り取られ、ナイフで刺されて死んだ。しかも太鼓が盗まれてから二日も経たないうちに。不思議だと思わない？」

「くそっ！　関連があって当然だなんて言うやつがいるのか？」クレメットは声を荒らげた。「現時点ではなんの手がかりもない。凶器もみつかっていない。捜査に使えるような指紋も、動機も」

「でも太鼓は？」

「太鼓がどうした」

「わからない。でも関連を捜したい。ヨハン・ヘンリックも、マッティスが太鼓にとり憑かれていたと言っていたし」

「それはそうだが。おれだって頭の中で何度もそのことは考えたが、どうにもならなかった。おれたちはその太鼓のことを何も知らない。古い太鼓なんだ。だから……」

クレメットはばたんとパソコンを閉じ、その上に両手をおいた。ニーナは続きを待っている。彼女はおそらく正しい。問題はクレメットのほうにある。自分の人生をややこしくするつもりはない。そんなことをするためにトナカイ警察に入ったわけではない。入ったのは、凶悪犯罪に嫌気がさしたからだ。沿岸の小さな村々ではアルコールによる被害者が生まれ、あとは売春、密輸……そういうものすべてが嫌になった。常に予算がないとやらで、毎週土曜の夜に独りでパトロールをする生活。パトロールに出るときには毎回、強い不安に襲われた。数年それを続けて、ひどい鬱《うつ》状態になった。同世代の同僚だって何人も燃え尽きた。それについて彼女に何がわかるってんだ。鬱になり、何カ月も使い物にならなくなった時期のことを語るつもりはなかった。自分自身の精神に裏切られたような状態だった。それについて話したいことなど特にない。そんなとき、トナカイ警察なら新鮮な空気を吸えて、心も安らぐだろうと思ったのだ。凶悪犯罪なんて絶対に起きないし、と。

クレメットはため息をついた。口を開こうとしたが、やめた。だがこのまま不機嫌な顔をして座っているわけにもいかない。警察の新しい指針では、女性の登用を推進することになっている。女性の数が決められた割合に達するように。管理職に最低でも女性を四十パーセント。女性警官が圧倒的に足りていない北極圏では、トナカイ警察で失態を犯さないかぎり、ニーナはあっという間に昇進していくだろう。

「きみが正しいかもしれない」クレメットはやっとそう言った。

13

一月十四日　金曜日
日の出：十時三十一分、日の入：十二時二十六分
一時間五十五分の太陽
サプミ内陸部
トナカイ警察のグンピ　七時三十分

翌朝、クレメットは早くに起きだした。外はまだ真っ暗だ。風が窓を叩き、運ばれてきた雪の結晶が桟《さん》にたまっている。ストーブは消えていた。クレメットは身震いした。寝袋の中で脚が少し痺れていたが、意を決して起き上がる。寝袋から這い出し、トナカイの毛皮のブーツをはいて、伸びをする。ニーナはまだ反対側の二段ベッドで眠っている。トナカイ警察ではニーナが初の女性で、宿泊施設も男女を同時に受け入れるようにはできていなかった。昨晩寝る前、ニーナはクレメットが強いた会話を疎ましく思っている様子はなかった。よかった——文句を言われても耐えられなかっただろうから。ストーブに薪をくべ、火をおこす。音がしたせいで、ニーナも目を覚ました。クレメットがコーヒーを淹れている間にニーナは素早く服を着て、同

僚に朝の挨拶をし、外に出た。雪の中で朝のトイレをすませ、五分後には戻ってきた。

「意外と悪くなかったわ」頬に雪をすりこんだニーナの顔は輝いていた。

クレメットはテーブルにコーヒーと朝食を並べた。寝袋はもうたたんである。そしてニーナにたっぷりお湯が入った鍋を見せた。

「身体を洗いたければ使ってくれ。五分したら戻るから」

クレメットは入口の段で立ち止まり、勇気を出して氷のような風に立ちはだかった。目は何かを探しているみたいに暗闇を睨みつけている。オーバーオールの前を開くと上半身を脱ぎ、膝まで下ろした。ツンドラの夜が暗い時期は、毎朝この苦行を自分に課している。好んでやっているわけではないが、儀式のようなものだった。負けてはいけないのだから。視線が暗闇の中をさまよう。じっと立ったまま、寒さが身体を突き抜けるのを感じていた。深く息を吸い、外の闇に一歩踏み出す。肩を強く叩き、顔に、上半身に、脇の下に、首に、雪をこすりつけた。そしてタオルで身体を拭くと、中に入った。

二人は無言のまま食事をすませた。

「アスラクのところへはいつ出かける?」

「もうすぐだ」

クレメットは魚の卵のペーストを塗ったパンをゆっくりと噛んでいた。

「アスラクは特殊な男だ」クレメットはニーナの顔を見ずに言った。「ここ地元では尊敬されている存在だ。それに畏れられてもいる。普通の人間とはちがうから、畏れられているんだ。

皆と同じような暮らしはしていない。家を買ったり、スノーモービルを何台も所有したり、四駆車を手に入れたり、放牧にヘリコプターを使ったり、手伝いのタイ人を雇ったりはしない。アスラクは……彼は、まるで別の時代にとり残されたような存在なんだ」

「だから特殊なの？」

「アスラクを見ていると、かつての暮らしを眺めているようだと皆は言う。ノスタルジックになるんだろうな」

「あなたもそう？」

サプミ内陸部　八時三十分

クレメットとニーナが宿泊所を出て四十五分ほどスノーモービルで走ったところで、その事件は起きた。あとからよく考えてみると決して危険なわけではなかったが、ニーナにとっては忘れられない出来事になった。いつものようにクレメットが先にたって走った。まだ夜は明けていなかったが、朝焼けの光が深雪に反射して強まり、ヘッドライトをつけなくても平気なほどだった。ニーナは温かいハンドルをしっかり握り、力強いマシンのうなりに揺られていた。わずかな手の動きにも応えてくれるスノーモービル。腿に当たるエンジンの温かさ、それが身体に広がる。アスラクのところまでもうそんなに遠くはないはずだった。シールドつきのヘルメットが冷たい風を遮断してくれている。ただ、隙間からずっとわずかに風が入ってきて、しつこい蝿のようにうっとうしかった。ニーナはスノーモービル上で、これから会うはずの風変わりな男を具体的に想像しようとした。視線は左側に生えているヒメカンバを捉えているものの、実際に見てはいなかった。氷に覆われた小川のようなものにそって生えている。二人は小川からそれて、丘の傾斜のいちばん緩いところを上がった。上るうちに、さっきまで走っていたのが小川だったのがはっきりわかった。ギアを低速に入れてゆっくり進み、やっと大自然の音が聞こえてきた――ニーナはそう思った。ヘルメットを脱ぎ、毛皮の帽子だけになる。まだ考えごとをしながら運転していると、突然、スノーモービルのうなりに勝る銃声が響き渡り、ニーナは飛び上がるほど驚いた。右側を黒い稲妻《いなずま》が流れすぎる。スキーをはいた大柄な人影が、クレメットのスノーモービルの前で激しく腕を振り回しているのが目に入るまで、何が起きたかもわからなかった。その男は丘の上からスキーで下りてきて、雲のように粉雪を散らして止まったのだ。そうやってクレメットの行く手をふさぎ、スノーモービルを急停止させた。ニーナはクレメットが落ち着きはらったまま、ヘルメットのシールドを上げるのを見つめた。相手の男はクレメットを怒鳴りつけている。ニーナは言葉を失った。この男は今、自分たちに向かって発砲したのだ。あくまで脅しだとはいえ。なのにクレメットは大人しくスノーモービルに座ったまま、怒鳴られている。ニーナは直感的に、それがアスラクだとわかった。毛皮の帽子の耳あてを上げ、二人の会話を聞きとろうとした。

「……今は最悪の状態なんだ。まったく、なんてことを……どう言えばわかる？　この道を通るなと言っているんだ。うちのトナカイがあそこにいる。お前らのせいで怯えて向こう側に行ってしまったら、食べられるものは何もない。この冬は最悪だと言ってるんだ。ああまったく、信じられない！　反対側を通れ、ここじゃなくて。わかったか！」

耳を疑うほど高圧的で、脅迫のようにも感じた。実際にはなんの脅迫もされていないのに。このトナカイ所有者は全身からエネルギーを発している。相手を圧倒するようなパワーを。まさにニーナが思い描いていたとおりの人物で、今にもクレメットに飛びかかり、八つ裂きにするのではないかと思うほどだ。だけど、なぜクレメットは一切抵抗しないのだろう。それにわたしは、なぜそんなことを考えるのだろう。

アスラクもヨハン・ヘンリックと同じトナカイの毛皮をはおっていた。しかしこちらのほうが丈が長い。ブーツもズボンも毛皮でできていて、手袋もそうだった。ヘルメットはかぶっていないが、厚手の毛皮の帽子は警察のものと似ていた。

ニーナはその場から動く勇気がなかった。スノーモービルのヘッドライトにくっきり浮かび上がる同僚のシルエットも微動だにしていない。ニーナはアスラクに視線を移した。黒い瞳、濃いくま、深く刻みこまれた皺《しわ》が怒りを表している。顔は皺だらけで、数日分の無精髭が伸び、サーミ人にしては珍しい角ばった顎だ。頬骨の高い高貴な顔立ちで、立派な鼻、そしてふっくらした肉感的なほどの唇。相手を射るような視線が何よりも印象的だった。全身から原始的な精気を放っている。まだ猟銃に手をかけたままで、もう一方の手には棍棒を握っている。その動きは緩やかだが、わずかな動作にも全身を集中させているのがわかる。毛皮を着こんで動作が制限される中、驚くほどのエネルギーを宿した男だった。ニーナは急に、自分たちが武装していないことを思いだした。それがノルウェー警察の実情なのだ。拳銃は警察署のロッカーに保管されている。なんて合理的なシステムなの……。

アスラクがやっとニーナのほうを向いた。その視線が彼女を離そうとしない。ニーナは勇気を出して相手を見つめ返した。もう脅すような色は宿っていない。あるのはただ、果てしない疲労だけ。しかしここで怖気づいてしまうと、あとで聴取が難しくなる危険性が――そう思った瞬間に、恐ろしい悲鳴が響き渡った。かすれた声の、長い悲鳴。不快な苦痛を表現するようなそれは、どこか遠くから響いてくる。でも、どこから？　恐怖は目に見えないが、悲鳴だけが谷にこだましている。そして途切れ、それを運んできた風に場所を明け渡した。ニーナは急に説明のつかない不安に襲われた。人間のものとは思えない悲鳴に血が凍った。今自分たちは何をしなければいけないのだろうか。ニーナは二人の男に向き直った。アスラクは黙って立っている。表情に驚きは浮かんでいない。その視線はまだニーナを見つめていた。見るも恐ろしい顔だった。唇はぎゅっと結ばれ、さっきの肉感的な印象はかき消された。沈黙を破ったのはクレメットだった。

「なんだ、今のは？」

カウトケイノ　十時

アンドレ・ラカニャールはカウトケイノにある狩猟と釣り用品の店に来ていた。パトカーが駐車場に入ってきた瞬間に気づいた。車から降りてきたのは、前日ラカニャールを質問攻めにあわせた警官だった。まずい――。フランス人の地質学者は一瞬、すぐに店を出ようかとも考えたが、中に隠れていたほうが安全という判断を下した。店員の関心を引きたくもない。ラカニャールはこっそり店の奥に進んだ。そこはナイフのコーナーだった。

ロルフ・ブラッツェンが店内に入ってきて、釣りの道具がかかっている左手の壁に向かった。カラフルなフライをあれこれ手に取り、夢中になっているようだ。ラカニャールはそちらに背を向け、広い刃のナイフを比較し始めた。そのとき、誰かが背後に立った。

「それはちょっとワイルドすぎやしないか……」

ラカニャールが顔を上げると、警官がいた。挨拶代わりに、ラカニャールは苦労して作り笑いを浮かべた。

「わからんぞ。ハンティングでツキが回ってくるかもしれない。この刃はいいと思うか？」

「ナイフのことは全然わからん」警官はそう答えて、じっと相手を見据えた。「ハンティングに行くのか？」

「調査に行くだけだ。あんたも知ってのとおり。市から許可が下りればすぐにね。もうすぐ下りるはずなんだ。だから準備の仕上げだ」

ラカニャールはナイフを棚に戻した。別に買うつもりはなかった。しかし警官が立ち去ろうとしないので、仕方なく話しかけた。

「事件のことで新しい情報はつかめたのか？」

「今捜査しているところだ」

ブラッツェンは相手にぴったりくっついて立った。警官らしさが消え、まるで共感しているような表情を浮かべ、微笑んでいる。当然少々硬い笑顔ではあるが、ともかくそっけない表情にならないよう努力しているようだった。最悪なのは、それさえうまくできていないことだが——とラカニャールは思った。

時間を無駄にしたくなかったが、先日の事情聴取の結果を考えると、大人しくしておいたほうがいいのはわかっている。アルタの件で疑惑をかけられるわけにはいかない。ラカニャールはまたあのパブでの出来事を思いだし、その映像を素早く振り払った。

「会ってはいけない相手と会ったりしてないだろうな」警官が訊いた。

やばい——ラカニャールの返事は数秒遅かった。この警官が何か勘づいているということはあるだろうか。いや、そんなことはありえない。

「あの夜に生まれかけたロマンスからは距離をおくことにしたよ。いやあ、実に残念だが。まだしばらくここにいるつもりなのでね、全員を敵に回したくはないだろう?」

「ああ、そりゃそうだ」

二人ともしばらく黙っていたが、そのうちにブラッツェンが口を開いた。

「あの少女のことを本気で気に入ったようだな。まあ、おれが思ったとおりだ」

ラカニャールは警官を見つめ、相手が何を企んでいるのかを探ろうとした。警官はまださっきと同じように、わざとらしい共感の色を浮かべている。それとも本当に共感しているのだろない表情が戻ってきた。

「まあ、そうかもな」ブラッツェンは相手をじっと見据えた。それと同時に、いつものそっけ

「未成年ではないと思ったが？」ラカニャールは慎重に答えた。

「ちょっと若すぎるとは思わないか？」

「あの子はまあ……興味深かったが」

うか。

「ヴィッダにはいつ出ていくんだ？」

「今、装備の最終準備中だ。あとはガイドもみつけなくては。地元の人間を」

「ああ、当然だな。ガイドか。心当たりはあるのか？」

「まだわからない。ヴィッダに詳しい忍耐強い男がいい」

「それはそんなに難しい条件じゃない。ここの男どもはオフィスで優秀ってわけじゃないが、体力があって、屋外の仕事に適している。もちろん、アル中に当たらなければだが」

「レンソンという名前のトナカイ所有者を推薦されたんだ。スウェーデン系らしい。優秀だと聞いた」

ブラッツェンが怪訝《けげん》な表情を浮かべ、遠慮なく相手に異議を唱えた。

「オラフ・レンソンか？　おれなら別のやつを探すな」

「なぜだ」

「いいから別のにしろ。これは善意のアドバイスだ。調査を予定どおり進めたければな」

しつこく問いただしても無駄だというのがラカニャールにもわかった。しかしそれではちっとも都合がよくない。アウトドア・センターではレンソンのことを手放しで褒めそやしていた。他のトナカイ所有者とは一線を画する男。ちょっと強情だが、非常に冴えていて、それに大きな一族の人間だから、彼が不在でもトナカイの世話をしてくれる親戚がいる。

「そうだな、きっと他のやつがみつかるだろう」

「ああ、必ずみつかるさ。それに、心配しなくていい……」警官が言った。「あんたならきっと、新しい少女もみつかる」

警官はそう言うとくるりと踵《きびす》を返し、その場を立ち去った。何も買わず、何も見ずに——ラカニャールはそのことに気づいた。偶然この店にやってきたとは、とても思えなかった。

14

一月十四日　金曜日
サプミ内陸部　十時三十分

ニーナにはアスラクの答えが聞こえなかった。そもそも、彼が答えたかどうかも定かではない。唇は動かなかった。固く結ばれたまま、苦痛を表している。その視線とセットで、相手を凍らせることも焼きつくすこともできそうだった。ニーナは腹が立ったが、今度ばかりは我慢した。しかし腹が立つ。黙っているだけの人間をどう理解しろっていうの。しかも自分の同僚まで、これがまったく当然のような態度だ。警官なのだから、相手に答えを強要できる立場にあるはずなのに。その権利があるのに。しかしクレメットはスノーモービルに座ったまま、アスラクと同じように黙りこんでいる。さっきから一言も発していない。アスラクを前にして、自分のポリシーをすべて失ったかのようだ。そう、要はそういうことなのだろう——彼もアスラクに圧倒されているのだ。

キルナで初めてトナカイ警察本部のボスに挨拶をしたときに、ニーナは警告された。トナカイ警察は他の部署とは異なる世界だと。基本的には若い警官は配属しない。ただし今は男しかいないから、女の警官を雇う。だがあそこは女のいる世界ではない。そして一瞬躊躇《ちゅうちょ》してから、ボスはこうも言った。そもそも、サーミ人ではないわたしらの世界でもないのかもしれないが——。

また静寂が流れた。悲鳴の残響は谷の奥へと消えたが、ニーナはまだ鳥肌が立っていた。周りを見回す。何もかも真っ白な雪に覆われた丘の連なりには、ヒメカンバがわずかに生え、崖、それに青みがかった空、そこに太陽が必死で昇ろうとしている。丘の自分たちのいる側は遙か遠くまで見渡せるが、人影らしいものはない。アスラクの野営地は丘の向こう側にあるのだろう。

「アスラク、訊かなければいけないことがいくつかある。ニーナがあんたと一緒に行って質問をするから」

それはニーナにとって、もっとも予測していない展開だった。そんな予定ではなかった。異議を唱えようとしたが、クレメットは独りで話し続けている。まるで視線を避けるように、ニーナのほうを見ようともせず。いや、視線を避けているのだ。かといってアスラクを凝視しているわけでもなかった。いったいクレメットはどうしてしまったの？

「おれはもう一度昨日のグンピに寄らなくてはいけない。終わったら連絡をくれ。ここに迎えに来るよ。別の場所でもかまわないが。連絡を取りあおう」

クレメットは一瞬ニーナを見つめたが、すぐに視線をそらした。そんなクレメットを見るのは初めてだった。ニーナはアスラクに目をやった。アスラクは二人を探るような目つきで見つめている。
アスラクはやはり答えなかった。猟銃を取り上げ、クレメットを見つめた。素早く猟銃を肩にかけ、丘の頂上に向かって静かに滑り始めた。

丘の向こうにある野営地まで、それほど時間はかからなかった。ニーナはエンジンを切ってもしばらくスノーモービルに座ったままだった。目の前に現れた光景に心を奪われていたのだ。アスラクの野営地は、枝や土、苔《こけ》で覆った三棟のコタでできていた。大きなコタはてっぺんの穴から煙が出ている。いちばん奥のコタの横には、十頭ほどのトナカイがいる囲いが見えた。ニーナが到着すると、トナカイたちはぐるぐる走り始めた。怯えている証拠だ。おそらくエンジン音に慣れていないのだろう。野営地にスノーモービルは一台も見当たらなかったから。まるで戦前から届いた絵葉書のようだった。キルナの本部にあったサーミ人に関する本にあった、今はなきサーミの野営地。まだそんなに数を見たわけではないが、ニーナがこれまでのところ出会ったトナカイ所有者たちは少なくとも最低限の快適さを享受していた。しかしここは完全に別の世界だった。入口の横には枠が組まれていて、大きな肉の塊が干されている。石のように硬そうだ。

ニーナは自分が今、存在すら知らなかった世界へ足を踏み入れているのを感じた。他のトナカイ所有者に会ったときよりずっと明確にそう感じる。今、新しい境界を越えるのだ。風が彼女を入口へと押し、耳には無表情なクレメットを叱りつけるアスラクの声、銃声、そして恐ろしい悲鳴――まもなくその出所を知ることになる予感のする悲鳴――が響いていた。アスラクは身を屈めてコタに入り、薄闇の中に消えてしまった。そして中から扉代わりの厚いビニールシートをもち上げた。ニーナも屈んでそれをくぐりながら、アスラクに目をやった。アスラクは火花が散りそうな激しい黒い瞳で、じっと見つめ返している。密に茂った髭に半分覆われた顔は雨風にさらされ、深い皺《しわ》がいくつも刻まれている。その瞳の表情をニーナは読むことができなかった。ニーナは屈んで中に入り、二歩進むと目の前に炉があった。コタに満ちた煙ですぐに咳が出た。左側に空いた場所をみつけ、そこに座る。低いところのほうが息がしやすかった。ニーナは毛皮の帽子を脱ぐと、金髪を広げた。アスラクの視線がまた自分に戻っているのに気づき、急に髪を見せたのが恥ずかしくなった。見せてはいけないものを見せてしまったような気がしたのだ。あわてて髪をまとめると、自分に対して腹が立った。アスラクは黙ったまま、ニーナの準備が整うのを待っている。ニーナは既知のものすべてから遙か遠く離れてしまった気分で、口を開くこともできなかった。目が薄闇に慣れてきて初めて、炉の向こう側に動く人影があるのに気づいた。少しずれると、女性がいるのがわかった。トナカイの毛皮の服を厚く着こんで丸々とした人影、頭にのせた毛皮の帽子は顎のところで結ばれている。彼女の動きはとてもゆっくりだった。丸い顎、頬骨は高いが、アスラクほどではない。アーモンド形の目は、輝きが消えてさえいなければ素晴らしく美しかったはずだ。見る者に衝撃を与えるほどの虚ろな瞳だった。なぜかわからないまま、ニーナはさっき悲鳴をあげたのは彼女だと確信していた。女性はニーナやアスラクがそこにいることにも気づいていないようだった。ゆっくりと振り返り、薪を一本手に取ると、慎重に炉の中にくべる。ニーナは彼女を見つめながら、その動作に居心地の悪さを感じた。とりあえずどこか怪我をしているわけではないようだが……。自分たちから遠く離れ、まるでそこにいないみたいな女性、この世から目を背けているかのようだった。急に、女性が長い長いため息をついた。ニーナは息を止め、またあの悲鳴を聞くことになるのかと構えた。しかし何も起きなかった。女性が炎をじっと見つめる視線は、その身体と同じくらい静かだった。

「妻だ」アスラクが言った。「言葉は話さない。別の世界に生きている」

アスラクの言葉にわれに返ったかのように、女性は小声でうめき始めた。マッティスが披露した喉歌と似ている。これもきっとヨイクなのだろう。女性の年齢はよくわからなかった。三十歳から六十歳までの何歳でもおかしくない。

「さっきの悲鳴は彼女?」ニーナはついにそう訊き、重くのしかかっていた沈黙を破った。

「そうだ」

「なぜ?」

「あれが彼女なりの話しかただ」

アスラクは数秒黙っていた。

「子供のように」アスラクは抑えた声で話していた。

ニーナはアスラクを見つめた。相手は慎重に言葉を選んでいるようだ。二人を隔てるものは炉だけではなかった。ニーナはクレメットの態度を思いだした。あの二人の間には緊張感が幕のようにかかっている。自分はなぜ会話に入れてもらえなかったのだろうか。何か定義できないものが、煙と混じりあってこの中を漂っている。ニーナは理性的に考えようとした。捜査のことを。捜査が、踏み慣れた大地から自分をどんどん知らない世界へといざなっていく。アスラク――彼はただの隣人？　それともマッティスを殺すだけの理由があった？

「質問とは？」

ニーナは自分がここで歓迎されていないのがわかった。

「マッティスの殺人事件を捜査しているんです。彼が殺されたのは知っているでしょう？　スノーモービルが燃やされ、グンピは荒らされた。だから近隣のトナカイ所有者に話を聞いて回っているんです。あなたにもいくつか質問がある。皆に訊いているのと同じ質問です」

ニーナは自分を正当化するために、相手に洪水のように説明を浴びせかけていることに気づいた。そんなことをする必要はないのに。しかしアスラクの激しい視線にさらされ、彼の沈黙にも影響され、理性を失ったのだ。本当に腹が立つ！

「月曜と火曜はどこにいました？」

「どこだと思う」

ニーナは長いこと相手を見つめていた。アスラクの唇が軽蔑するように歪んだ。それだけではない。またあの官能的な野生味が戻ってきた。瞳には炎が映っている。ニーナはその瞳を危険だと感じた。この男は人を殺せる――。

「どこにいたんです？」

「トナカイたちのところだ」

「トナカイたちのところ……」

この人は、わたしの仕事を楽にしてくれるつもりはないらしい。当然、自分が拘束される可能性があることを知らないのだ。ヨハン・ヘンリックのときと同じ状況を再体験している気分だった。アスラクの妻に目をやると、コタの天井の先から煙が出ていくのを夢中で眺めている。彼女から何か聞きだすのは無理だろう。

「最後にマッティスと会ったのは？」

アスラクは鍋に屈みこんだ。自分のコーサで熱々のトナカイのスープを一口飲む。それからやっとニーナにもスープを勧めた。ニーナも自分のコーサを鍋に沈めた。

「日曜に会った」アスラクがやっと答えた。「日曜だ。あいつはひどい有様だった。ひどい。いつもひどい状態だ。気力が底をついていた。ここに来て食事をした。ここから四十五分くらい西に行ったあたりで会ったんだ。しっかりトナカイの世話をしろと言った。おれのところにも来ていたから。ヨハン・ヘンリックのほうにもだ。あいつは許容範囲を超えていた」

アスラクはまた大きな音を立ててスープをすすった。その瞳の激しさがさらに増している。

「お前たちが殺したんだ。お前たちの規則が、お前たちが引いた線が。もう昔のような放牧では生きていけない」

「誰もお酒を飲めなんて強制してませんけど」

「お前が何を知っている。誰もあいつを助けなかった。あいつはこの半年、一通も手紙を開いていない。開く勇気がなかったんだ。怖かった」

「何を怖がっていたの」

「何もかもが壊れてしまうことをだ。自分が何もかも壊してしまったことを。何もかも失敗したことを」

「トナカイ所有者としてってこと？」

「トナカイ所有者としても、男としても、人間としても。自分のトナカイの世話もできないやつは男じゃない。人間でもない」

「少しずつわかってきたけれど……あなたがたの生きかただと、独りで働くトナカイ所有者はやっていけないんでしょう？　男だからとか人間だからとか関係ない。このヴィッダで、あなたたちはずっと助けあってきたんじゃないの？」

「ほう、お前が何を知っている。クレメットから聞いたのか？　ここで起きていることを理解するには、サーミ人というだけでは充分ではない」

「マッティスは自分で自分をその状況に追いこんだ。システムのせいじゃなくてね。で、あなたは月曜と火曜はどこに？」

質問をした瞬間に、アスラクがどう答えようと、その裏を取るのは不可能だと気づいた。アスラクは社会との接触を必要最小限に保っている。ガソリンを入れに行く必要もないし、携帯電話をもっていないから追跡もできない。行き止まりだ。

クレメットがヨハン・ヘンリックにやったように、アスラクに圧力をかけても無駄だとも感じた。アスラクはまったくちがった種類の人間だ。

別のアプローチが必要だった。捜査が進むにつれ、自分たちはやみくもに動き回っている気がする。それにクレメットはトナカイ所有者たちを腫れ物に触るように扱っている。さっきアスラクに対して見せた説明のつかない態度は言わずもがなだ。クレメットは彼らとすごく親しい仲なのだろうか。しかしサーミ人たちはクレメットを信用していないような発言を繰り返している。ここに来る前にシェリフに言われたことを思いだした。アリバイがなければアスラクを拘束しろ――。

「アスラク、答えなければ怪しまれるのはわかってる?」

トナカイ所有者は冷ややかな目でニーナを見つめ返した。無関心なだけかもしれない。ニーナはそれにも耐えなければいけなかった。

「マッティスとはどういう関係だった？　親しかったようだけど。まあ、意見が対立することはあれ」

アスラクは苦虫を嚙みつぶしたような表情のまま、さっきからずっとニーナを見据えている。ニーナは睨み返そうとしたが、アスラクの目がこれほどにも果てしない、劇的なまでに強い感情を表せることに驚いてもいた。なぜ彼が人に鮮烈な印象を与えるのかがわかった。でもわたしは彼を畏れてはいない。

「マッティスは自分のもっていたすべてを台無しにした。もうずっと前にだ。父親が死んでからはひどかった。おれは父親を知っていた。彼は本物のサーミ人だった。われわれがどこから来たのかを知っていた。お前も彼についていろいろな話を聞くことになるだろう。優しい人間としても、恐ろしい人間としても。だが誰も彼のことをわかっていなかった。彼には力があった。知識もあった。記憶があった。マッティスはそのどれももっていなかった。なのに自分もノアイデのように振舞った」

「どういう意味?」

「あいつが死ぬ前に会ったか?」

「ええ。なぜ?」

「占ったり、太鼓を売りつけようとしたりしなかったか?」

ニーナはグンピでの記憶を呼び起こそうとした。酔いどれたマッティスにじろじろと胸を見つめられたことも。

「ええ、占いのことは言ってた」

「マッティスはまるで子供だった。父親が偉大すぎたんだ。それにお前たちの社会、お前たちのシステムが、あいつをますます萎縮させた。台無しにしたんだ」

ニーナはまたその話題になったのを疎ましく感じた。しかしヨハン・ヘンリックがアスラクのことを、とんでもなく頑固な男だと言っていたのを思いだし、深く追求しないことにした。

「アスラク、オオカミの喉に腕をつっこんで殺したというのは本当?」

アスラクはすぐには答えずに、火をかき混ぜていた。ニーナは炉の上に伸びたアスラクの手を見つめた。いくつも傷が残っている。手首のほうまで。オオカミの歯の痕だ——ニーナの心臓が強く打った。

「本当だ」

「スキーで何時間も追い回したんでしょう」

「そうかもしれん」

「そうやって一日に何キロくらい移動できるの？」

アスラクはまた心を閉ざしてしまった。唇が一文字に結ばれている。彼の妻がゆっくりと頭を左右に振り始めた。口からはつぶやき声が洩れている。喉の奥から絞りだすようなつぶやき。口をわずかに開き、声がさらに大きくなった。

「出ていけ！」急にアスラクがニーナに向かって叫んだ。

アスラクの興奮に、ニーナは驚いた。自分が痛いところをついてしまったのだろうか。

「すぐにだ！」アスラクが吼《ほ》えた。

いったい何が起きているの——ニーナはアスラクを見つめ、そして立ち上がった。アスラクは脅すように立っているが、近づいてくる気配はない。存在だけでも充分に脅威だった。

その瞳がはっきりと物語っている。妻の声がさらに大きくなった。ニーナはそのときやっと、自分がどこにいるのかを理解した。ツンドラの大地の只中に、謎めいた噂に満ちた男と、寒さと絶望に囲まれて、同僚からも遠く離れて。ニーナは急に身震いした。しかしその震えは、自分でも認めたくない別の何かの表現だった。煙が目に染みる。ニーナはバッグを閉じた。今はとにかく、後を引くようなつぶやき声から逃げだしたかった。中腰で出口へと向かう。アスラクがあとからついてきて、コタを出たところで立ち止まった。ニーナがスノーモービルのエンジンをかけようとした瞬間、またあの恐ろしい悲鳴が響き渡った。ニーナはアスラクのほうを振り返った。アスラクは入口の幕をもち上げ、中に入ろうとしたところだった。悲鳴が続いている。ニーナは聴取のことも恐怖のことも忘れてしまった。どうすればいいのだろうか。そしてアスラクに同情に満ちた視線を向けた。彼の顔は硬く、無表情だった。さっきよりも激しい息遣いで、反抗的に顎を突き出し、拳《こぶし》を握っている。幕の隙間から、ニーナにもアスラクの妻が両腕を天に向かって突き上げ、その顔には果てしない苦痛が表れているのが見えた。そしてまた、悲鳴が聞こえた。帰りの道中、何時間もの間、その悲鳴がずっとニーナにとり憑いていた。

15

一月十四日　金曜日
カウトケイノ　十一時

ベーリット・クッツィはその朝、いつもより遅く農場へやってきた。カール・オルセンと出くわすのが怖かったからだ。しかしあの怒りっぽい老農夫は姿を見せなかった。幸いなことに、自分の仕事をするだけなら彼に会う必要はない。自分がやらなければいけない作業は熟知していた。本当のことを言えば、彼女はこれまでだっていつも、自分が何をすべきかわかっていた。子供の頃から自分の立場をわきまえていた。彼女のような人間は、常に自分の居場所をわかっているのだ。ベーリットはたった十一歳で学業を終えた。学校にいい思い出はない。かろうじてノルウェー語が話せるようになったくらいで。他に選択肢はなかった。そのために学校に行かされたのだ。ノルウェー語を話せるようになるために。話せるようになったとたんに、学校はやめた。ノルウェー社会での立ち位置を知るために充分な知識はすでに得ていた。

ベーリットは牛舎へ入った。ここの牛の世話をしているのだ。牛たちは一年の大半を牛舎の中で過ごしている。ここフィンマルク県の内陸部に牛はあまりいない。ここの自然界はトナカイ以外の動物を好まないのだ。だがオルセン他、何軒かの農家はここで生活の基盤をつくることができた。彼らは少数派であり、サーミ人たちも彼らのことはぎりぎり我慢できていた。オルセンは狡猾《こうかつ》でけちな男だった。ベーリットは彼を信用していなかったし、恐れてもいた。しかしベーリット・クッツィは地元では低く見られた一族に属している。それに、トナカイ所有者の一族でなければ仕事をみつけるのは不可能に近かった。

幸いにも彼女には信仰があり、そのおかげで試練を乗り越えてきた。神は厳しくもあり、慈悲深くもある。すべては理解できないにしても、ベーリットは癒しを感じていた。オルセンに侮辱されたときは彼を呪うこともあった。しかし最後にはいつも赦した。牧師にそうしろと言われているからだ。天の国に行くためには相手を赦し、神を信頼しなければいけない。簡単なことなのだ、と牧師は請けあった。「それなしに魂の救済は訪れない」牧師はそう言って譲らない。

ベーリットはレスターディウス派の敬虔な信者で、その人生は神への信頼と畏怖の念に満ちていなければならない。若いときにもう自分の幸せを捨てて、神の試練を受けた弟の世話に専念することに決めた。ベーリットは牛たちの間を通りすぎた。彼らのことは自分の子供のように熟知している。結局自分は子供をもてなかったが。長年牛の世話をしてきて、人間のほうが理解できるとは到底思えなかった。ときどき、人間など自分が心を煩わせる価値もないのではと思う。皆がオルセンみたいな人間なら、それなら牛のほうがいい。ベーリットは十二歳のときから農場で働いてきた。今は五十九歳だ。

それでも、隣人を愛さなくてはいけない。神様も、わたしが牛だけで満足しているのは好まないだろう——そう考えると、ベーリットの顔がほころんだ。ときどきそういう空想を楽しむことを自分に許すのだ。まるで神にも彼女の牛たちに対する意見があるみたいに。一方で、神のことでこんな幼稚な考えを抱く自分を恥じていた。神は愛である。だが、畏れなくてはいけない。

牧師もベーリットが牛で満足することを好まないだろう。牧師はベーリットを必要としていた。牛たちはむしろ彼の専門分野だろう。牧師は信者たちの日々の心の煩いを知る立場にいるからだ。カール・オルセンの良き友でもあり、カール・オルセンの事業がうまくいくと神はお喜びになる、とヨハンソン牧師はベーリットにも言った。それに牛は神の創造物でもある。トナカイとはちがって。ベーリットにそのちがいはよくわからなかったが、普段からベーリットは牧師がちょっと政治に興味がありすぎるように思う。彼女自身は政治に詳しいわけではないのだが、牧師が全員を同じように扱っていないようにも思う。牧師が自分の子羊たちの世話をするよりも、自分のほうがよく牛の世話をできていると思う。一度そう言ったら、牧師は怒り狂った。それ以来頻繁にこう繰り返す。「親愛なるベーリットよ、きみは自分が何を言っているのかわかっていない。これはもっと複雑な問題なんだ。礼拝のあとに説明しよう」彼はいつもそう言うが、説明してくれたことは一度もなかった。あの太鼓の件でも、牧師は怒っていた。サーミ議会の議員を務めるオラフ・レンソンが、ラジオで「太鼓の盗難により、サーミ人のアイデンティティーが脅かされている」と言ったのを聞き、同じ日に交差点で彼から〝太鼓を燃やすのが趣味の紳士〟と呼ばれ――その日牧師はベーリットに正直に自分の怒りと落胆を語った。「神はサーミ語をお話しにはならない。ベーリット、それを絶対に忘れてはいけない」ベーリットは牧師を信じたかった。ノルウェー語の聖書で読み書きを学んだのだから。

いや、ベーリットはカール・オルセンの牛の世話をするだけでは満足していなかった。ヴィッダにいる弱き魂の面倒もみなければならないのだ。気高き魂のことも。その二種類の人間たちのことを考えると、はっきりとイメージが浮かび上がった。マッティスとアスラク――あの二人はトナカイ牧夫の代表的存在だった。広大なヴィッダにあるちっぽけな人間、その偉大さと惨めさ、その魅力と苦悩。ベーリットは彼らと同じリズムで生きていた。彼女の五感は彼らとともに丘へ赴き、極寒の中でトナカイの番をする果てしない夜に彼らを温めた。ベーリットは彼らのために頻繁に祈った。ノルウェー語の福音書はヴィッダにある魂のための美しい言葉に満ちていたし、次々とやってくるレスターディウス派の牧師は神の御《み》言葉を広める労を惜しまなかった。しかし自分の知っている事実を考えると、ベーリットは寒気がした。乳絞りの手を止める。手を洗いに行き、顔を拭き、牛舎のいちばん奥の小さな隅にこっそり入って、神との対話に努めた。胸で十字を切る。ヴィッダにある弱き魂、そして気高き魂の救済のために。

カウトケイノ　十六時三十分

若い同僚と落ちあっても、クレメットがアスラクの前で奇妙な態度をとった理由を説明することはなかった。パトロールP9は数時間だけ仮眠をとった。部署の規則では、スノーモービルの運転距離が二百五十キロを超えた場合には一泊するよう定められているが、ニーナがしつこく主張したのだ。捜査に進展がなさすぎる、先へ進むべきだと。クレメットは降参するしかなかった。戻ってから誰かにGPSをチェックされなければいいが。

ニーナは自分の信念を貫きたくて必死だ——とクレメットは思った。それから、警察内で割り当てられた女性の管理職の人数のことを忘れられないでいるのにも気づいた。経験と勤務年数からして自分がボスだとはいえ、明るい未来が広がっているのは彼女のほうだ。その事実は無視できない。いつか、自分は彼女に命令される立場になるのかも——?

今現在は、捜査を前進させるための戦略を考えなければいけない。それに、昨日アスラクに会ったときのような恥ずかしい状況にまたならないための対策も立てなければ。幸いなことに、ニーナはしつこく訊いてはこなかった。何か知ったのだろうか。アスラクが話しただろうか。そうは思わなかった。そんなのアスラクらしくない。

シェリフは自分の執務室で二人を待ちかまえていた。そして、普段ならありえないような量の塩リコリスをつかんだ。補佐を務めるロルフ・ブラッツェンはすでに警部の向かいに腰かけている。クレメットはシェリフの頭に存在する考えを知っていた。いつの日か、ブラッツェンが自分の後釜に収まる。ブラッツェンは名声欲が強いのだ。シェリフがそれを疎ましく思っているのも、クレメットは知っている。ブラッツェンの意見は過激だし、この県内で維持しなければいけない微妙なバランスを崩してしまうだろう。カウトケイノはどんなノルウェーの町にも見られる特徴をもつ町ではあるが、数少ない純サーミの町でもあり、そこに特別なステータスがある。市民は市役所とのやりとりにサーミ語を使う権利を有している。人口の大半がサーミ人で、それは昔からずっとそうだった。それだけではない。三カ国にまたがって活動する法的権利のあるトナカイ警察でさえも、慎重にことを進めなければいけない状況なのだ。トナカイ警察の担当地域はノルウェーのサプミだけでなく、スウェーデンとフィンランドのサーミ地区にもまたがっている。トナカイ警察の本部はキルナだった。政治の世界では、トナカイ警察は北欧諸国間の協力体制の成功例とみなされている。しかしクレメットはそれが危ういバランスの上にあることを知っている。彼自身はスウェーデンに割り当てられた人数枠で採用された。スウェーデンの警察大学を出ているからだ。スウェーデン採用ということにとって深い意味は彼の一族はここ北極圏の出身だった。サーミ人にとって国境なんてものは無意味だ。しかしクレメットにとってはそうでもない、秩序をきちんと保ちたい彼としては。だがまあ……。

「さてブラッツェン、少しはあれやこれや捜査が進んだのか？」

シェリフはブラッツェンに説教を始めた。

「オスロが南から人員を送るという提案までしてきている。それでは格好がつかない。オスロやストックホルムでのうちの信頼度は、未成年者への強姦事件以来あまり高くない。頼むから結果を出してくれ。おれがオスロと対等に話せるように。で、状況はどうだ？」

クレメットはブラッツェンの反応を見守った。ブラッツェンは落ち着きはらって、まずは部屋の中を見回した。そこにはシェリフとクレメットとニーナの他に、キルナから来たスウェーデン人の鑑識官もいた。

「さてと、ではフレデリック。鑑識から状況説明を始めてもらうのがよさそうだな」

キルナからやってきたスウェーデン人は髪を短く刈りこみ、背が高く金髪で腹の出た男だった。彼は全員を順番に見つめたが、ニーナに視線を止めた。今まで会ったことがないからだ。そしてフォルダを開いた。中の書類に素早く目をやると、シェリフに向き直った。シェリフはすでに痺れをきらし、塩リコリスをくちゃくちゃ嚙んでいる。

「さて、ではまず殺人事件のほうからだ。法医学者からの報告はいつ届いてもおかしくないが、この件が優先されていたら驚くよ。サーミ人トナカイ牧夫が殺された事件は最優先ではないだろうからな。まあともかく、いくつかの点を勝手に解釈する前に、それを見たかったんだが……。どういうナイフが使われたのかや刃の長さなんかは、われわれにとっても重要な情報だ。殴られたのならその痕跡、切り落とされた耳についてもだ。皆も知ってのとおり、かなりきれいに切り取られているようだった。グンピでは多数の指紋がみつかったが、それについては進展がない。警官や周辺のあらゆるトナカイ所有者の指紋が残っていたから。トナカイ所有者についても判明している。だが、きみらの指紋があったことについては、落胆したと言うしか……」

犯罪鑑識官はそこでクレメットとニーナを見つめたが、それ以上何も言わなかった。だがブラッツェンが二人の失態に飛びついた。

「はっきり言っておこうか。お馬に乗った警官たちは、警察の捜査にはあまり慣れていない。

そうだろう、おでぶちゃん？」

「もういい、ブラッツェン」シェリフが制止した。「フレデリック、他には？」

「雪がやんでから、またグンピに行ってみたんです。雪の上の痕跡を確保できるかどうかについて詳細な説明をするつもりはないが、ここしばらく雪が降っていなかったせいで下の雪の層はかなり硬かったし、風であちこちが凍っていた。大変な作業に聞こえるかもしれないが、グンピ周辺の粉雪を吹き飛ばせば、雪の上になんらかの痕がみつかるかもしれないと思ってね」

「そんなの時間の無駄だ」ブラッツェンがつっかかった。「それに、いったいなんの痕を捜すっていうんだ？　スノーモービルか？　スキーの痕かもしれないじゃないか。おれに言わせれば、まずみつけるべきなのは動機だ。そうすれば何を捜せばいいかわかるだろう。それに動機はすでにめちゃくちゃ明確じゃないか。トナカイ所有者による復讐だよ」

「ブラッツェン」クレメットがさえぎった。「お前だって、動機にはあらゆる可能性があるのはわかっているだろう。それに、殺人現場で証拠がみつからないかぎり、法廷で意味をもたない。知ってるか、それはおれがパルメ首相暗殺事件の捜査で学んだことだ」

「いいから掃除機はやめておけ」ブラッツェンはまるでクレメットの言ったことが聞こえなかったみたいに、相変わらずフレデリックのほうを向いたまま続けた。「例えばトナカイ所有者のナイフといったようなものを捜せよ、本気で証拠がほしいなら。だがそんなことに時間を費やすな。うちに潤沢に人手があるとでも思ってるのか？　首都が結果をほしがっていることを忘れるな」そしてシェリフの顔色を探るように見つめた。「オスロにツンドラに掃除機をかけたなんて報告はしないでしょう?」

　また沈黙が流れた。誰も何も言わなかったので、シェリフはクレメットを見つめた。

「トナカイ所有者のほうはどうだった」

「ヨハン・ヘンリックとアスラクに話を聞いたが、決定的なことは何も。ヨハン・ヘンリックにはアリバイがあるが、しっかりしたものではない。証言できるのは彼の息子だけだから。ついでに言うと、ヨハン・ヘンリックはトナカイ所有者同士の争いではないはずだと言っていた」

「おやおや、そう言ったのか」ブラッツェンが笑いだした。「やつほどそれをよく知っている人間はいないだろうからな。いつだったかな、撃たれたのは。十年か、十二年前くらいか?」

ブラッツェンはそこでにやりとした。「あいつら全員、もちろん清廉潔白だろうよ」

「確かに撃たれたが、お前だって知っているだろう。相手が泥酔していたことは。ここではもめごとをそんなふうには解決しない。気性が激しいからって、犯罪者ってわけじゃない」

「おや、そうなのかい。じゃあグンピへの銃撃はちょっとふざけただけってことか。脅そうとしたわけじゃなくて」

「ヨハン・ヘンリックの話に戻ろうか」シェリフがブラッツェンをさえぎった。

「ブラッツェンの提案にのるなら」クレメットが言った。「ヨハン・ヘンリックには動機がみつからない。トナカイを数頭盗んだくらいじゃ動機として足りない。それについてはブラッツエンだって同意見だろう?」

「一頭多く盗みすぎたってことは?　ヨハン・ヘンリックがその夜酔っぱらっていたとした

ら？　何事も手に負えなくなることはある。どんな理由でもだ」

「まあそうかもしれん」クレメットは慎重に答えた。「だが動機はひとつじゃ足りない」

「なんてこった」ブラッツェンが興奮してわめいた。「おでぶちゃんがおれたちに捜査のやりかたを指導してくれるってわけか。パルメ首相の暗殺犯を捜すときにはさぞ役立っただろうよ。ええと、どうだったかな。一九八六年に首相が暗殺されて以来、何年経った？　犯人はいまだに捕まっていないと思ったが？」

「ブラッツェン、お前の意見にはうんざりだ」シェリフが言った。「で、アスラクのほうは？」

ニーナがクレメットよりも先に答えた。

「アリバイについては明確ではありません」

ニーナは一瞬自分の考えに沈み、アスラクとの不思議な邂逅《かいこう》を思いだしていた。あの不思議な感覚――ニーナはそのとき気づいた。アスラクは、まるで野獣のような力強さをもつ恐ろしい存在である反面、彼と話していると自分が世界の中心にいるような気にさせられるのだ。あの視線のせいだろうか。

「アリバイを証言できる人間はいません」ニーナが続けた。

「なんだって⁉」シェリフが声を荒らげ、テーブルを拳《こぶし》で叩いた。「じゃあ、アスラクはどこだ。署に連行してきたんだろうな？」

ニーナは困った顔でクレメットのほうを向いた。クレメットはニーナにうなずきかけた。

「いや実は、彼を訪ねたとき、不思議なことが起きたんです。到着する前に起きたと言ったほうが正確かしら。恐ろしい悲鳴が聞こえたんです。最初、それが何かわからなかった。だけど、アスラクのコタから帰ろうとしたときにもまた同じ悲鳴が聞こえた。アスラクの奥さんの悲鳴だったんです。まともな精神状態ではなくなってしまったような女性。その彼女が、恐ろしい悲鳴をあげるんです」

「まじかよ」ブラッツェンが笑いだした。「それに、それがどうしたってんだ？　奥さんの頭が弱い。だから？　マッティスもたいして頭が冴えているようには見えなかったな。まあおかしなことでもないだろう。あのあたりは近親相姦ばかりだから。なあ、マッティスの父親が誰だかは知ってるだろう？　自分の伯父さ！」

クレメットが反論しようとしたとき、シェリフが怒りを爆発させた。

「ブラッツェン！　もう限界だ。お前は自分が警官だということを忘れたのか？　勘弁してくれよ。まったく、おれはなぜこんなチームをあてがわれた……あちこちに指紋を残す警官に、下品な噂をして喜ぶ警官。もうちょっと真剣にやってもらえないか？」

クレメット・ナンゴとロルフ・ブラッツェンは睨みあった。しかしニーナが口を開いた。

「とはいえ、捜査は前進していると思います。わたしたちトナカイ警察は少なくともそう思う。トナカイ所有者たちの聴取はすませた。容疑のかかっていた人間を何人も除外できたんですから。トナカイ警察の担当分野ですからね。ここからは他の容疑者のグループを当たってみるのがいいんじゃないかと思います。ブラッツェン警部補がすでに始めてはいるのでしょうけど」

ニーナの話しかたは自信に満ちていた。男性陣が静かに耳を傾けていることで勇気が出たのだ。

「太鼓の件については、もちろんブラッツェン警部補に異論がなければですが、わたしはパリに行って例の老人に会うつもりです。彼がきっと捜査を前進させてくれるような情報をもっているはず」

「ああ」ブラッツェンが不満げに言った。「フランスに行くのはおそらくいいアイデアだろうな。書類もあるんだろう？ きみがレポートに書いていたように」

「それはわたしもとてもいいアイデアだと思う」シェリフが言った。「クレメットとニーナには、もっと太鼓のことを調べてもらおう。はっきり言うと、この調査はロルフ、お前よりも繊《せん》細《さい》な人間に任せたい」

ブラッツェンはそれを聞いて怒り狂った。

「それはどういう意味です？ なぜトナカイ所有者と接するのに繊細さが必要なんだ？ サーミ人だからか？」

トール・イェンセン警部は落ち着きはらってブラッツェンを見据えた。沈黙と微笑が何よりも本心を物語っていた。

「ということで」シェリフは続けた。「ニーナ、いつフランスに発てる？」

ニーナはクレメットのほうを振り返った。

「明日か明後日には」

「いいぞ。早いほうがいい。結果を出すためにも」

シェリフがその先を続ける前に、ニーナがまた口を開いた。

「わたしはやはり、この偶然を強調しておきたいんです。太鼓が盗まれ、トナカイ所有者で太鼓をつくっていた男が殺害された。たった二日の間に、非常に珍しい事件が二件も起きた。これに関連がないとは思えない。どういう関連かはわからないけど」

「それはあくまできみの推測だ、ニーナ」クレメットがさえぎった。「具体的な証拠がなければ、先には進めない。今はそれがまったくないんだ。パルメ首相暗殺事件では、警察は推測に基づいて何年もやみくもに走り回っていた。魅力的な推測ではあったが、結果にはつながらなかった」

「クレメット、現段階ではなんの手がかりもないんだから、きみたちにはトナカイ所有者たちへの聴取も続けてほしい」シェリフが命じた。「今のところ、それがいちばんましな手がかりだからな。きみたちがなぜそんなにアスラクに甘いのか、まったく驚いてしまう。アスラクのアリバイはまったく当てにならないのに。少なくとも、確認のしようがない。その点はいつかきっちり説明してもらうぞ」

16

一月十四日　金曜日
カウトケイノ　十七時三十分

トール・イェンセンの執務室を出たとき、全員が不機嫌だった。フレデリックが最初に姿を消した。車でキルナまで戻って、発見物や各種のサンプルを解析しなければいけないからだ。

クレメットはニーナと一緒だった。またヴィッダに出てトナカイ所有者たちの聴取を続ける前に、博物館オーナーのドイツ人ヘルムートに話を聞きにいくことになっていた。ニーナのフランス行きの準備段階として。

二人はヘルムートを博物館の倉庫でみつけた。アフガニスタンから届いた箱を開くのに立ち会っていたのだ。彼は二人をカウトケイノ谷を見下ろすオフィスへと連れていった。今は夕方で、谷はもうずいぶん前から薄闇に沈んでいる。ヘルムートは誰からも連絡はないと語った。なんの情報も入っていない。噂さえも。彼は起きたことに心からショックを受けていた。

「太鼓に保険はかけていたのか?」クレメットが尋ねた。

「ああ。だが本来の価値にはほど遠いよ。まあ本来の価値がわかればの話だな。実は専門家に鑑定に来てもらうことになっていたんだが……」

「本物だという確信がなかったんですか?」ニーナが尋ねた。

「いやいや、そういうわけじゃない。だがわたしもアンリ・モンス氏からの情報しかなかったもので。ほら、太鼓を寄付してくれたフランス人だよ。彼の言葉や太鼓が本物であることを疑う理由は何もないが、彼は経済的な理由でちゃんとした鑑定をしてもらうことができなかった。フランスにはそれに必要な知識をもつ専門家もいないし」

「わたしの理解が正しければ、太鼓は盗まれる前の一週間この博物館にあったんですよね? なぜすぐに見なかったんですか? 不思議だわ、あなたほどのサーミ文化の専門家が……」

ドイツ人は狼狽《ろうばい》した。まるで現場を押さえられたみたいに。

「驚くのはよくわかる。だが今はまもなく始まる国連会議のせいでやることが山ほどあるんだ。カウトケイノにも代表団がやってきて、当然うちも訪問する。そのさいには、あの太鼓が目玉になるはずだった。だがそれ以外にも準備や手配がいくらでもある。あれやこれやで忙しかったんだ。ずっと太鼓のことは考えていた、それは誓うよ」

「わかるよ」クレメットが言った。「そのことはいい。だが、どんな太鼓だったかはまったくわからないということか」

ヘルムートはまた狼狽したように顔をしかめた。

「アンリ・モンスの名前は以前から知っていた。ポール＝エミール・ヴィクトルともっとも近しかった学者。その分野を代表する専門家で、偉大な人物だということは保証するよ。そのレベルの専門家から連絡があり、類を見ない貴重な品があると言われれば、その言葉を疑う理由はない。ましてや金銭のやりとりは一切ないわけだから。彼は一銭も要求しなかった。輸送代と保険代を払ってくれと言っただけで」

「保険のための写真は撮らなかったんですか？」

センター長は両手を上げて無力感を表した。

「フランス人の提案に驚きませんでしたか？」

「もちろん驚いたさ。突然電話してきて、サーミの太鼓があるからあげると言われたら、驚くしかない。それは確かだ。ましてや太鼓がたどった歴史を知る者ならね。サーミの太鼓は、世界に七十一台しか残っていないそうだ。たったの七十一台だよ、わかるかい？　何百、いやひょっとすると何千という太鼓がキリスト教の牧師によって燃やされてきた。そしてあの太鼓がサーミの地に戻ってきた初めての太鼓だったんだ」

「七十一台の太鼓……。ここの太鼓も、知られている七十一台に含まれていたんですか？」ニーナが訊いた。

「よくはわからないが、答えはノーだと思う」

「よくはわからない？」

「ああ。太鼓のうちいくつかは、本物のサーミの太鼓だと鑑定されたのに煙のように消えてしまった。ほとんどはヨーロッパの博物館にあるが、完全になくなったものもいくつかあるんだ。しかしその七十一台に関しては詳細な資料が残されている。太鼓の皮に描かれた模様のコピーもね」

「完全になくなった？　どういうことです。盗まれたの？」

「おそらくどれもそうだろう。個人収集家の仕業だよ。そういうことはよくある」

「サーミの太鼓を専門に扱う密売人はいますか？」

ドイツ人はしばらく黙って考えていた。

「おそらくノーだな。サーミの文化はそこまで知られていないから」

「しつこく訊いてすみませんが、でもやはりあなたがなぜ太鼓をすぐに見てみなかったのかが不思議です」

「こういうものはね、本物だとすればともかく非常に丁寧《ていねい》に扱わなくてはいけないものなんだ。まだ開けていなかったのはそれが理由のひとつ。危険は冒したくないから、美術品修復士が来るのを待っていたんだ。おととい来ることになっていたんだよ。そういうことだ。それに言っておくが、わたしは恐ろしく落胆したし、苦しんでいる。まるでサーミ人を裏切ってしまったような気分なんだ」

ヘルムートは本気で衝撃を受けているようだった。

「アンリ・モンスから連絡があったのはいつ頃だった？」クレメットが尋ねた。

「それほど前のことじゃないんだ。興味があるなら正確な日付もわかるが。手紙だったからね。だがざっくり言うと……そう、一カ月か。ああ、きっかり一カ月前だよ。聖ルシア祭の一、二日前だったから。冗談で妻にこう言ったのを覚えている。ノアイデの装束を着たルシアが、キリスト教の讃美歌にあわせて本物のサーミの太鼓を叩くのはどうかなと」

クレメットはまったくおかしなアイデアだと思ったが、何も言わなかった。

「太鼓のことを知っていた人間は？」

ヘルムートは困ったように両腕を広げた。

「この町の全員だろうな、マスコミでも報道されたし。秘密にしておく理由はなかった。今となっては別のやりかたもあったと思うが」

「アンリ・モンスのことは知っていたんですね？」

「個人的に知りあいではなかったが、ポール＝エミール・ヴィクトルの本ならもっているから。きみたちは？」

「いや、知らなかった。誰なんだ、そのヴィクトルというのは」クレメットが尋ねた。

「おや、知らないのかい。非常に有名なフランス人の探検家で、ポリネシアと北極圏が専門だ。第二次世界大戦の直前にサプミを横断した」

「モンスはその彼と一緒に研究をしていたんですね」

「ああ、彼は地質学者で、民族学者でもあった。あの世代の探検家としては典型的で、専門分野が複数あった。まだ全員がそれぞれスーパースペシャリストになる前の話だ。この種の探検旅行にはあらゆる種類の、幅広いレベルの人間が参加していた。そのほうがコストを安くあげられたんだろうな。だがモンスは専門分野で高く評価されている人物だ」

「どうやって太鼓を手に入れたんだろうか」

「いやあ、正直言って詳しいことは知らないんだ。サーミ人のガイドから受け取ったらしいが。贈り物だったのかどうかはわからない。それもアンリ・モンスに訊くつもりだったが、盗難のせいで何もかもめちゃくちゃになった。他のことを優先せざるを得なくなったんだ」

「それほど珍しい太鼓なら、非常に珍しい贈り物ってことね」

「それはそのとおりだよ。だがそのサーミ人のガイドが太鼓の価値をわかっていたかどうかというと、それは定かではない。当時残っていた太鼓のほとんどは個人宅で保管されていた。もう使い道もなかったのかもしれないね。サーミ人の大半がキリスト教に改宗したあとだったから。だがともかく、北極圏の文化にとっては極めて意義深い品だ。いや、ひいてはヨーロッパにとってもだ。サーミ人はヨーロッパ最後の先住民族なんだから。われわれが彼らをどう扱うのか、その文化や歴史をどう扱うかは、人間の歴史自体をどう見るかというわれわれの資質が試されるところなんだ」

「まあ、きっとそうなんだろうな」クレメットはその類の考えかたに居心地の悪い思いをしていた。「今目の前にある小さな話からかなりそれてしまう気がするが」

「それはきみが決めることだ」

「それにマッティス・ラッバ、殺されたトナカイ牧夫とは」ニーナが急に尋ねた。「あなたはなんの関係もないですよね？」

「マッティスか？　もちろんあるさ」警官たちが驚いたことに、ヘルムートはそう答えた。

「実はかなりよく知っていたんだ」

クレメットとニーナは信じられないという表情で顔を見あわせた。ヘルムートは彼らの驚いた表情を見て、笑いだした。

「マッティスは独特なやつだった」

「皆はまず何よりも彼のことを負け犬だと言うけれど。アルコールに溺れて、人生を台無しにした男だと」ニーナはクレメットを見つめたまま、ヘルムートに言った。

「いや……まあ、そういう見方もできるだろうね。わたしが思うに、彼はもっと複雑な人間だった。実は大きな野望を抱いていたんだ。だが自分でも無理だとわかっていたんだろうな。それで落ちこみやすくなった。気持ちはわかるよ。本気だったんだから」

「野望というのは？」

「彼の父親のことは知っているだろう？　話によれば神秘的な存在で、本物のノアイデだった。もう誰もそういうことは信じていないが、そこに感傷的でノスタルジックな価値があるのは議論の余地がない。歴史的文化的価値は、言わずもがなだ」

「それで、マッティスの野望というのは？」

「マッティスは父親の影に生きていた。自らノアイデだと名乗っていたわけじゃないが、太鼓の製作にはかなりの才能があった」

「どういう種類の太鼓のことだ？」

「ノアイデが使う太鼓だよ。実はそれで、彼とは定期的に連絡を取りあっていたんだ。ここの博物館のショップで彼がつくった太鼓を売っていたから。ええと、確かあと一台だけ残っている。取りに来なかった客がいてね。かなり時間のかかる作業なんだ。だからマッティスは注文を受けてからつくっていた。少なくとも大きなやつはね。買い手は収集家だ。マッティスは観光客向けの太鼓もつくっていて、それはつくるのにそれほど時間がかからないし、もちろん値段も安い」

ニーナはグンピにあった品々を思い返した。トナカイの世話をしていないとき、マッティスはそれに時間を費やしていたのか。それと、アルコール。ニーナの目の前に、雪嵐の日にマッティスがグンピで独り、木片に屈みこみ、アルコールに濁った目で苦労して作業をする姿が見えた。ニーナは一瞬、自分が受けた嫌がらせやマッティスのいやらしい目つきを忘れていた。そのまま思考が自然にアスラクへと移っていく。アスラクのあの視線——厳しく、苦悩に満ち、自信に溢れ……だけど困惑した視線。

「最後にマッティスに会ったのは？」クレメットが尋ねた。

ドイツ人は髭をかいた。

「会ったのは……十四日前だと思う」

「そのときは何を？」

「いつもどおりさ、ほら、だいたい二カ月に一度会っていたんだ。正直言うと、彼が金に困ったときだな。そんなとき、彼に太鼓を注文した。あの子のことは気に入ってたんだ。今にも消えてしまいそうな類のトナカイ所有者だった。彼のところのような小規模な放牧はもう維持できない。トナカイ所有者に課せられる土地使用料や、トナカイ飼育管理局からの圧力を考えるとね。いや、しゃべりすぎたな。わたしには関係ないことだ」

「そのとき、マッティスはどんな様子だった？」

「マッティスはそのときどきでいちばんいい状態からいちばん悪い状態を行き来するような感じだった。それは……」

「つまり、お酒を飲んでいるかいないかということですね」ニーナが先を続けた。

「ああ」ドイツ人は居心地の悪そうな表情だった。二人を順番に見つめ、それからこう言った。

「あの子の思い出を汚すようなことは絶対に言いたくないんだが」

「よくわかるよ」クレメットが言う。「続けてくれないか」

「マッティスは非常に繊細《せんさい》な人間だったと思う。この世界には向いていなかったんだ」

「この世界に向いてるやつなんかいないよ……」クレメットがあまりにも小声でつぶやいたので、ニーナが訊き返したほどだった。

クレメットはドイツ人に注目を戻し、ニーナの問いは聞こえなかったふりをした。

「普段とちがった様子は？　どのくらい前から知りあいだった？」

「マッティスと知りあったのは、わたしたちが北欧に来てすぐだな。もう三十年以上も前になる。マッティスは若くて、他のトナカイ所有者のところで働いていた。まだ十代だった」

ドイツ人は嬉しそうに微笑んだ。記憶の中で当時の面影を再現しているようだった。

「ちょうどトナカイ放牧にエンジンが投入されるのをリアルタイムで見てきたんだ。スノーモービルというものが登場し、マッティスは狂ったように運転していたよ。向こうみずな若者だった」

ヘルムートはまた微笑み、それから黙りこんだ。顔を上げ、二人を順に見つめる。

「だがあの子は変わってしまった。いや、実際にはずっと変わり続けていた。残念ながら悪い方向にね。酒が大きな原因とはいえ、どんどん流されてしまった。何かに苦しんでいるのはわかったよ。いや、正しい表現じゃないな。とり憑かれていたんだ。ちょっと大げさに聞こえるかもしれないが、彼は誰にも言えない秘密を抱えていたんだと思う。それが彼の心を弱くした。うん、それが正しい表現だ。弱くしたんだ。最後にここに来たときのことに話を戻すと、かなり長いことといたよ。しばらく一緒に工房にいて、他の職人たちの作業を見ていた。それから博物館内をうろうろしていた。あまり客はいなかったからね。ちょっとはのんびりできたんじゃないかな。その時間を満喫していたように見えた。またヴィッダへ帰る前にね。寒さと危険と隣りあわせで、果てしなく続くトナカイの世話。ここでは平和な時間を過ごせたんじゃないかと思う」

クレメットとニーナはそれ以上何も言わなかった。他に質問もなかった。彼ら自身が物思いに沈んでいるように見えたし、実際そうだった。それぞれ別の理由で。博物館からの帰りにクレメットがうちに来ないかと誘ってくれたとき、ニーナはほっとしたほどだった。

最高の結婚も王室の危機も、どうぞお任せください！

A Royal Affair
王女に捧ぐ身辺調査
ロンドン謎解き結婚相談所
アリスン・モントクレア

王女に捧ぐ身辺調査

ロンドン謎解き結婚相談所

アリスン・モントクレア 山田久美子 訳

【創元推理文庫】定価1320円 E

わたしたちがフィリップ王子の身辺調査をするの!? 元スパイのアイリスと上流階級出身のグウェンに持ちこまれた驚愕の依頼。英国王室の危機を救うため奔走する女性コンビを描く第二弾！

伝説的スペースオペラ・シリーズ、新訳決定版！

大宇宙の魔女

ノースウェスト・スミス全短編

C・L・ムーア 中村融、市田泉 訳

【創元SF文庫】定価

C.L.MOORE
COMPLETE
大宇宙の魔女
ノースウェスト・スミス全短編
C・L・ムーア

WOWOWで連続ドラマ化決定！
連続殺人犯と新聞記者の緊迫した紙上戦
Ippongi Toru
一本木 透
【創元推理文庫】定価792円 E
だから殺せなかった
劇場型犯罪と報道の行方を描出した
第27回鮎川哲也賞優秀賞受賞作
新聞記者に届いた一通の手紙から始まる連続殺人犯との対話は、始まるや否や苛烈な報道の波に呑み込まれていく。絶対の自信をもつ犯人の真の目的は。
photo:kawamura_lucy/Getty Images

編集

宇宙の無法者ノースウェスト・スミスと、天使の美貌と悪魔の気性を持つ相棒ヤロールが出会う妖女たち。ラヴクラフト絶賛の「シャンブロウ」ほか全十三編。

…650円

シャーロック…

田中啓文　定価858円 E

シャーロック・ホームズ、明智小五郎、正岡子規……

の、あったかもしれない探偵行。全五編を収録したオマージュ・ミ…

妖花燦爛　赤江瀑アラベスク3

赤江 瀑／東 雅夫 編　定価1540円

芸術への狂おしい執念、実ることのない凄絶な恋着――不世出の能楽師を巡る愛憎劇「阿修羅花伝」ほか、傑作十六編を収録する〈赤江瀑アラベスク〉最終巻。全三巻堂々完結。

叡智の覇者　水使いの森

庵野ゆき　定価1320円 E

禁断の術に手を染めた南境の町の頭領ハマーヌと、カラマーハ帝家の女帝ラクスミイ。それぞれの民の命と希望を背負った二人の覇者の対決の行方は？〈水使いの森〉三部作完結。

好評既刊■単行本

大鞠家殺人事件

芦辺 拓　四六判上製・定価2090円 E

昭和二十年、商都の要として繁栄した大阪・船場の化粧品問屋に嫁いだ軍人の娘は、一族を襲う怪異と惨劇に巻き込まれる――正統派本格推理の歴史に新たな頁を加える傑作長編。

ぼくらはアン

伊兼源太郎　四六判仮フランス装・定価1980円 E

複雑な境遇にある子どもたちの生活を揺るがした大事件。十数年後、そのうち一人が突如失踪したのはなぜか。警察・検察小説で活躍する著者が、いま心から書きたかった物語。

《オーリエラントの魔道師》シリーズ

久遠の島

乾石智子　四六判仮フランス装・定価2310円 E

本を愛する人のみが入ることを許される楽園〈久遠の島〉。そこに住まう書物の護り手である氏族の兄弟がたどる数奇な運命。好評〈オーリエラントの魔道師シリーズ〉最新作。

Genesis　時間飼ってみた

創元日本SFアンソロジー

小川一水 他　四六判並製・定価2200円 E

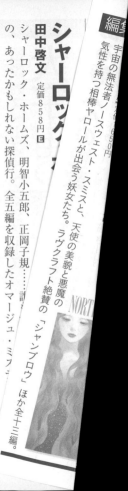

■ミステリ・フロンティア　四六判仮フランス装

コージーボーイズ、あるいは消えた居酒屋の謎

笛吹太郎　定価1760円Ⓔ

居酒屋が消えた？　引き出しのお金が突然増えていた？　気軽に謎解きを楽しみたいと思っていた皆さんへ贈る、ユーモラスなパズル・ストーリー七編。期待の新鋭のデビュー作。

■単行本

ガラスの顔

フランシス・ハーディング／児玉敦子 訳　四六判上製・定価3850円Ⓔ

人々が《面《おも》》と呼ばれる表情を顔にまとって暮らす地下都市を舞台に、はねっかえりの少女が、国をゆるがす陰謀に巻き込まれる。名著『嘘の木』の著者による冒険ファンタジイ。

■創元推理文庫

影のない四十日間 上下

オリヴィエ・トリュック／久山葉子 訳　定価各1100円

トナカイ牧夫が殺害された。一年の内四十日間太陽が昇らない極北の地で起きた事件に国境を跨ぐ特殊警察コンビが挑む。フランス批評家賞他二十四の賞を受賞した[illegible]。

17

一月十四日　金曜日
カウトケイノ　十九時

七時きっかりにクレメットの家のドアを叩いたとき、ニーナは不思議な気分だった。クレメットの家に来るのは初めてだ。彼にプライベートな自分を見せるのも。それをおかしいと思う理由はもちろんない。ちょっと無防備な気がするくらいで。フードつきのぴったりしたアウトドアコートに、カラフルなニット帽の先では赤いポンポンが揺れている。誰もドアを開けないので、ニーナはまたノックをした。それでも、誰も出てこない。ニーナは振り返り、街灯が照らしだす道路を見つめた。クレメットの車はそこに駐車されている。横を向き、庭を見つめたが、暗くて何も見えなかった。今度はもっと強くノックしてみた。それからクレメットの名前を呼んだ。すると、やっと答えが返ってきた。

「ここだ！」

「ここってどこよ？」

「庭のいちばん奥だよ！」

ニーナは家の角を曲がり、雪の上で慎重に歩を進めた。すると庭のいちばん奥に灯る光が目に入った。サーミのコタらしきテントの中から洩れている。テントの布の一部が上がり、クレメットのシルエットが見えた。ニーナは驚いて数歩進み、中に入るために屈んだ。クレメットが布を押さえてくれている。テントの中に立ったニーナは言葉が出なかった。クレメットは自分の庭に、本家を上回るサーミのコタをあつらえたのだ。

テントの真ん中にある炉では大きな炎が燃えさかり、居心地のよい暖かさを醸《かも》しだしている。煙が上に流れていき、床はトナカイの毛皮で覆われ、入口の部分には白樺の枝が敷かれている。

「どっち側でも好きなほうに」クレメットが勧めた。

「あなたは？　いつもどっちに座るの？」

「きみの反対側だ。心配しないで」クレメットは笑顔も浮かべずに言った。

「心配はしてないけど」

ニーナは左側に腰かけると、改めて中を見回した。テントの内側にそって、床の毛皮と壁の間に、幅三十センチほどのエレガントな木箱が並んでいる。その上にはシルクのような光沢のカラフルなクッションが敷かれていて、趣味のよさがうかがわれる。抜群のセンスだった。入口とは反対側、つまり炉の向こうには、ニス塗りの古い櫃《ひつ》がおかれている。大きいが不格好なわけではなく、その上には角に銅の飾りをあしらった美しいデザインの棚もある。トナカイの角に細い紐をかけたものに絵画の複製や写真が飾られている。魔法のようなオーロラが広がる魅惑的な風景、ヴィッダの雄大さを神々しいまでに伝える絵画。それだけでなく、同じ色調の抽象画もあった。ニーナはその絵や写真に惹きつけられた。宙にうごめく煙が神秘的な雰囲気を与えている。煙を追って目を上げると、てっぺんの穴から煙が出ていくようになっている。テントの上部、つまり絵画と煙穴の間には、十本ものトナカイの角がバランスよく梁にかけられている。煙は角という障害物をするりと抜けて立ち上り、ニーナはそれらが醸しだす調和に目をとめずにはいられなかった。コタの中に存在する思考が、秘密のフィルターを通って外に出ていくかのようだった。何もかもがセンスよく温かく配置されている。別の次元にいざなうような聖域、こんな場所をつくっているなんてクレメットの言動からは全然わからなかった。ニーナは激しく感動し、同時に畏れをも覚えた。強すぎるほどの居心地のよさに、俗世的な思考に戻る必要性を感じた。

「フランス行きの航空券は予約した。月曜の昼前に発つから」

「よかった」クレメットは当然のような口調だった。それ以上なんのコメントもない。せっかくの雰囲気を台無しにしたくないのだろう。それにニーナが自分自身に戻るために時間が必要なこともわかっていた。

「何を飲む？」やっとクレメットが口を開いた。「食べるものも少しある。だけどトナカイの骨髄じゃないから大丈夫だ」クレメットは微笑んだ。

「クレメット、ここは……本当に素敵だわ。このコタ。すごくびっくりした。別の世界に連れてこられたみたいで。すごくいい雰囲気で、温かくて、魔法みたい。驚いたわ。庭にコタを建てるなんて、すごいアイデアね」

「アルコールはあり、なし？」

ニーナは周りを見回した。何もかもきれいに片付いている。トナカイ警察に配属されて以来、グンピやコタに二十軒は入ったが、こんなのは見たことがなかった。

「ビールにしようかな」

クレメットは木箱をひとつ開け、トロムソのマックというビール醸造所の瓶ビールを二本取り出した。棚の扉を少し開くと、そこからグラスをふたつ取り出し、グラスと栓を抜いたビールをニーナに渡した。

「あの太鼓や戦前の探検旅行、サーミ人のガイドのことなど、すべて調べなければ。あとは他の収集家のこともだな。ヘルムートがなんと言おうと、不法売買のために盗まれたという可能性は捨てきれない。あの太鼓が有名なものなのかも知りたい。やったのが地元の人間だとしたら、それがオラフにしても別のやつにしても、強い動機があってしかるべきだ」

「国営ラジオは聞いた？　極右の仕業であってもおかしくないと言っていたけど。あとは、地元のレスターディウス派の人たちであってもね。極右はサーミ人が太鼓によってアイデンティティーを強めるのを阻害したいし、レスターディウス派はサーミ人が古い宗教にまた誘惑されるのを阻止したい」

「ああ。それは動機にはなるが、証拠ではない」

「レスターディウス派ってどういう宗派なの？　南ノルウェーにはなかったから」

クレメットはリラックスした様子で、ニーナを見つめながらグラスを上げた。

「乾杯」

「乾杯」

「ルーテル派の一派だ。おれはそれで育った」

ニーナは驚きを隠せず、目を見開いた。

「もともとはスウェーデン人の父親とサーミ人の母親をもつレスターディウスという牧師が始めた宗派でね。サーミ人たちをまっとうな道に戻すために大変な努力をしたんだ。サーミ人がひどくアルコールに溺れていたから。百五十年も前のことだが、今でもレスターディウス牧師に心酔している人たちがいる。信者は極端に伝統を重んじ、非常に厳しい規律を守ってる。おれはついていけなかった。テレビはだめ、お酒もだめ、窓にカーテンをかけてもいけない。そんなルールばかり。おれの家族はそういう状態だった。だから疎遠になったんだ。あの偽善的な側面にどうしても耐えられなくてね」

「あなたの家族は？　トナカイ所有者だったの？」

クレメットはゆっくり時間をかけてビールを飲んだ。

「いや、すでに話したとおり、祖父はもともとトナカイ所有者だったがやめるしかなかった。もうそれ以上続けられなくなったんだ。たった数年で、あっという間に行き詰まってしまう。祖父もそうだった。どん底まで堕ちることもできたが、祖父には確固たるレスターディウス派の信仰があった。だから自分の足で立ち上がり、その集落にあった農家の小作人になった。丘の向こうにある湖畔の農場に暮らした。カウトケイノから徒歩で二日の場所だ。父がまだ子供の頃は他の所有者のトナカイの世話もしたし、夏には放牧地で働くこともあった。ともかく祖父は一度も酒を飲まなかった。父もだ。それを誇りにしていた」

「あなたはスウェーデン人だと言ってなかった？」

「ああ、母がスウェーデン人だ。父は季節労働者としてスウェーデンで働いていたときに母と出会ったんだ。一年のある時期はおれたち家族と一緒にスウェーデンに住み、それ以外はノルウェーにいた。仕事がどこにあるかによってね。おれはキルナで生まれ育った。鉄鉱石の鉱山がある町だ。そこで生まれたんだ」

ニーナはトナカイの毛皮に寝そべり、ビールをすすりながら、くつろいだ気分になった。暖かく心地よく、心が軽くなった。同僚が感情をこめて話していることにも気づいた。それは珍しいことだった。

「クレメット、なぜ庭にコタを建てたの？」

クレメットは声を立てて笑うと、ちょっと当惑した表情になった。

「この雰囲気が好きなんだ。居心地いいだろう？」

「あなたもトナカイ放牧をしたかった？」

クレメットはすぐには返事をせず、しばらく考えにふけっていた。

「いや、したいとは思わないな。面白くない仕事だとは思わない。だがその職業に生まれつかなくてはいけないんだと思う。おれは車の整備工場をやりたかった。カウトケイノで十代の頃、整備工場で働いていたんだ。楽しかったよ。あらゆる種類の車がもちこまれ、それを整備したんだ。アイスクリーム販売車、パトカー、消防車。おれのお気に入りは霊柩車だった。品があるからね。整備が終わるとおれが運転して届けた。大好きな仕事だったな」

「ずっとそれが夢だったの？」

「いや」

クレメットは急に恥ずかしそうな顔になった。

「おかしな話だと思われるかもしれないけど、おれが本当にやりたかったのは、ここにはない職業だ。サーミ人が就いたことのない職業。クジラ漁師になりたかった」

「クジラ漁師……？」

「ああ。おかしいだろ？　サプミの内陸部出身のやつが……」

「わたしの父はクジラ漁師だった」ニーナはつぶやいた。

今度はクレメットが目を見張る番だった。ニーナは先を続けるのを待ったが、ニーナは何も言わない。

「なんてこった！」

クレメットはしばらく想像を巡らせた。そしてニーナに話しかけようとしたとき、彼女の陰《いん》鬱《うつ》な表情に気づき、言えないままになった。

18

一月十七日　月曜日
日の出：十時七分、日の入：十二時五十二分
二時間四十五分の太陽
カウトケイノ　八時三十分

カウトケイノの市役所に着いたとき、カール・オルセンは不機嫌だった。もともと怒りっぽい性質だが、今日はいつもよりひどかった。昼前に市議会の会議があるのだが、予定どおりに案件の準備ができていないからだ。彼はこの町でいちばん小さな党である進歩党の議員だった。しかし全国レベルでは二十パーセント前後を占める党なので、ある程度の敬意を払われている。反対意見をもつ者は全員、明確な目的意識をもって進歩党を極右だと強調したがるが、そこにはなんの根拠もない。サーミ人がなんでもやりたい放題やっていいと勘ちがいしているから、それをやめさせなければいけないというだけの話だ。そして彼、カール・オルセンはそこに貢献しようとしている。彼の先祖が代々農業を営んできたことも理由だ。そう、オルセン一族は農家のパイオニアで、国家と王冠のために北極圏を征服した者の一人だった。この砂漠のよう

な極寒の土地を耕したのだ。ラップ人はトナカイを追って走るしか能がないから。問題はここサプミの内陸部ではサーミ人が優勢だということだ。人数は多くないのに。沿岸では話がちがった。だがここでは譲歩しなくてはいけない。譲歩――カール・オルセンにはそれができる。他の党をうまく丸めこみ、二種類の審議会に委員として参加している。農業問題と鉱山問題の審議会だ。普段は市役所に週に一度来る。大変なことではあるが、自分の義務だと考えている。この町で行われることに目を光らせておかなくてはいけないのだ。まだ首が痛くて、受付嬢に挨拶するためには身体全体でそちらを向かなければいけなかった。ところで彼女のことは気に入らない。労働党の所属だから。しかし彼女は重要なポジションにいる。市長の秘書官が不在の折は、たいてい彼女が市議会の案件が進むよう取り計らっているからだ。

「やあイングリッド、元気かい？」オルセンは蜂蜜のように甘い声で訊いた。

「ええ、元気よ。鉱山審議会の議題はプリントアウトして、あなたのメールボックスに入れておきました。国連の世界先住民族会議でここの市役所を訪問するメンバーの名簿も」

「さすがだね、ありがとう。さて急がねば」

オルセンはメールボックスから議題と名簿と封筒を数枚、それに新聞を取り出した。背骨をまっすぐに伸ばして、小走りに進歩党のオフィスへと向かう。思ったとおり、誰もいない。党の同僚は役立たずなので軽蔑している。傲慢《ごうまん》な美男子で、マーケットが立つ日にスノーモービルで走り回って格好をつけるほうが大事だと思っているやつだ。神秘的なまでに美しい男ではあった。小さなパソコンショップを経営していて、進歩党に入ったのは大幅な減税を実現させ、国が石油で儲けたお金を使い果たしてしまうためだった。傲慢な美男子はそれにこの町の運命がかかっているのをまったくわかっていない。それでも彼のことは必要だから、我慢するしかなかった。

カール・オルセンはたった今この地方で起きている事件のことを考えた。大騒ぎになっている。ちょっとひどすぎるくらいに。とりあえず、怠惰な警官たちに仕事を与えてはいるが。国連会議のゲスト名簿を取り出すと、読みもせずに手でくしゃっと潰して捨てた。彼が考えていたのは別の会議のことだった。彼にとってもっとずっと大事な会議だ。サプミにおける開発権の発効を決定する会議があるのだ。

そんなことを考えながら、フィンマルク・ダーグブラード紙を適当にめくった。彼の党がアルタでやったデモの記事が載っていて、その小さな出来事をあますことなく語っている。アルタのような沿岸部では、サーミ人とのもめごとやサーミ人が自分たちだけの法律を決めることにうんざりしているのだ。よろしい、実によろしい。さらに新聞をめくると、ハンメルフェスト方面に向かう道路での事故、ノールカップ沖の海で漁船が遭難、アルタで女子中学生が強姦された事件。ヒルケネスで捕まったタバコ密輸人。ターナ・ブルの学校にやっと改修の許可が下りた。カール・オルセンは新聞をごみ箱に投げ捨てた。

この県内にある数えるほどの鉱山会社は、とりあえず町の発展には寄与している。小さな空港をつくらなければいけなくなったくらいには。しかしそれは、今回開発権が発効されることに比べたらなんでもなかった。ああくそ——これはばかでかい話だ。カール・オルセンにははっきりとわかっていた。鉱山問題の審議会の委員だからだ。党の予算組みという人気の座をあの傲慢な美男子に譲ってまでその役職に指名されるよう取り計らったのは、なるべく近くでそれを見守りたかったからだ。そう、これはすごいことになる。とりわけ、何を申請すればいいかわかっている人間にとっては。

「くそ、まったく……」オルセンは汚い言葉を吐いた。

その運命の会議がすごい勢いで近づいているのに、まだどう攻撃に出るかを決められていなかった。鉱山審議会の議題を読んでいる最中に電話が鳴った。

「カール、受付に男性が来ているんだけど……。鉱山審議会の人間に会いたいと」

「だからなんだ。時間がないんだ」オルセンは不機嫌な声で言った。「午後にまた来てもらえ」

鈍い声の会話が聞こえたあと、受付嬢が続けた。

「カール、どうしてもと言ってます。フランス人で、地質学者ですって。申請を出した調査許可がどうなったのか知りたいと」

くそ、まったく――。ブラッツェンが言っていたやつにちがいない。オルセンは素早く、警官から二日前に聞いたことを考えた。オルセンの自宅の裏で暗くなってから会ったのだ。なんだか陰謀めいているが、ロルフ・ブラッツェンのやる気を見極める手段だった。そういう密会に警官を呼び寄せられるなら、もっといろいろなことをさせられるはずだ。あの男は利用価値がある。ブラッツェンはフランス人の地質学者のことを話していた。ふうむ、ひょっとしてそいつが犯人だったりするのか？　よく考えてみるとそいつがこの町に現れてから、事件が連続して起きたじゃないか。どういう企みがあって地質調査を？　一時的に閉じこめておくらいは簡単だ。何もかも決着が着くまで。あの厄介な国連会議が終わり、緊張が解けるまで。カール・オルセンはブラッツェンの話を聞きながら目を細めていた。考えていたのだ。それから急にぎこちなく首を動かして警官のほうに向き直った。

「おいおい坊や、お前はちっともわかっちゃいないな。幸運の女神が、その男をおれたちのもとに遣わしたんだ。わからんのか。これ以上は望めない」

ブラッツェンはまったくわかっていない様子だった。

カール・オルセンのほうは頭にアイデアの芽がふいた。長年の執着から生まれたアイデアだ。やっとその時がきたのかもしれない――心の中でそうつぶやく。首の後ろをさすりながら。だが自分一人ではできない。かといって地元の地質学者を信用したことはない。自治体に近すぎるのだ。北極圏の経済と産業システムは労働党に支配されていて、そこには地質学者も含まれる、その確信があった。権力に飼われているのはまさに役人どもだ。やつらが秘密を守ることはありえない。忠誠心は絶対にオルセンのほうには向かない。そこへ今、天からの贈り物のように外国人の地質学者が現れたのだ。

イングリッドはまだ電話線の向こうにいた。カール・オルセンは一瞬で心を決めた。

「イングリッド、そいつを一分だけ待たせてくれ」

そして電話を切り、即座にブラッツェンの番号にかける。警官が応答すると、オルセンは単刀直入に切りだした。

「ロルフ、あのフランス人について何を知ってる？　先日話していたこと以外に」

オルセンは警官の話を聞きながら、目を見開いた。そして何度かうなずいてみせた。熱心に相手の話を聴きながら、視線がごみ箱の中の新聞へ移っていく。空いた手で新聞を伸ばすと、目当ての面を開いた。事件事故のページだ。ブラッツェンには礼を言って電話を切る。両手をこすりあわせ、その新聞記事を切り取り、また受話器をとり上げた。

「イングリッド、審議会の会議が終わってからでないと会えないと伝えてくれ。まさかおれにとり入ってずるをしようとしているわけじゃないだろう？」

「ああ、それは考えなかったわ、カール。でもあなたが正しいはず。ともかく、そのほうがいいと思う。市議会議員が皆あなたのようだったらいいのに……」

「そうさ、イングリッド。じゃあそういうことで。仕事があるんだ。会議までは集中させてくれ、いいな？」

オルセンは電話を切った。窓へ駆け寄り、フランス人が怒りの表情でSUV車に飛び乗るのを確認した。大きなボルボのXC90だ。オルセンはフランス人がどちらの方向に向かったかを見届け、数分待ってから裏口を出た。

問題なく追いついた。人けのない短い道路に入ってから、ヘッドライトで合図を送る。地質学者はオルセンの車の前でスピードを落とし、ウインカーを出した。

「鉱山審議会のメンバーに会いたかったんだろう？」オルセンはウインドウを下げて言った。

「ついてこい」

町の中心部を出て、数日前にブラッツェンと落ちあった放牧場へやってきた。助手席のドアを開け、首の痛みに顔をしかめる。今朝家から持参した魔法瓶を取り出した。

「コーヒーはどうだ」

ラカニャールは黙ったまま助手席に腰をかけた。知らない人間にこんなふうに人けのない場所に連れてこられても、特に驚いた様子もない。簡単に丸めこめる相手ではなさそうだし、真っ白な良心をもっているわけでもなさそうだ。普段の倍は用心せねば——カール・オルセンは上半身ごと右を向き、笑顔で手を差し出した。善良な笑みを浮かべたつもりだったが、実際にはこわばった笑みだった。

「カール・オルセンだ。鉱山審議会の委員をやっている。今日市役所では不運にもきみに会ってやることができなかったが、これで勘弁してほしい。で、なんの用だったのかい？」

アンドレ・ラカニャールは答える前にじっくりと時間をかけて相手を精査した。オルセンのほうはまだ辛そうに身体ごと相手のほうを向いている。

「どうも。だがコーヒーは飲まない」フランス語訛りのスウェーデン語だった。

フランス人は状況を判断しようとしているようだった。左手首につけた太い銀の鎖を無意識に撫でている。

「わたしの雇い主ラ・フランセーズ・デ・ミネレが調査許可の申請書を提出し、市から今日には返事をすると約束されていた。それも前向きな答えをだ。省庁で必要な事務手続きはすべてすませてある。ノルウェー鉱業理事会や県のほうもだ。あとは市の許可印を押してもらうだけ。

けか」

「ほう、なんの問題もないと？　おやおや。じゃあわれわれはなんの役にも立ってないってわけか」

「そういう意味じゃない。だがわれわれは季節ごとの基準も考慮して、トナカイの放牧地は避けて……」

「ああ、またトナカイの話か」オルセンはトナカイなどどうでもいいというように手を振ってみせた。「おれの話をよく聞け」

それからオルセンはしばらく沈黙していた。口に出す前にもう一度、自分の論述を吟味しているかのように。他の選択肢もすべて検討し直しているのかもしれない。

「市のほうは今、制限が非常に厳しい。市議会でもかなり議論になっているんだが、しっかり検討されないまま許可が下りていることが問題視されている」

それは本当ではなかった。オルセンは少し身体をひねって、フランス人の反応を確認しようとした。しかしなんの変化も見られない。効果はないようだ。オルセンはさらに話し続けた。

「航空機による資源調査はすでに禁止になっている。きみも知ってるだろうが」

その点については本当だった。また相手をちらりと見る。まだなんの反応もない。くそっ。

「きみのプロジェクトは出だしから幸先がよくないな。だが、おれが助けてやろう。きみたちは本気のようだから。ここの地理には詳しいらしいな、聞いた話によれば」

今度こそフランス人の顔色が変わった。

「ブラッツェン警部補はおれのよき友人だ。素晴らしい警官で、確実に次の署長だと言われている。彼がきみのことを話していたんだ」

「それで?」

「以前もここで調査をしていたことがあるのか?」

「ああ、二、三年ね。あとはアフリカでもやったし、カナダ、オーストラリア、あちこちだ」

「同じ会社でか?」

「いや、チリの企業に雇われていたこともある。だがここ十年はラ・フランセーズ・デ・ミネレで働いている。業界最大のフランス系コンツェルンだ。極めて真剣なビジネスをやっている」

「そうか、そうか。実は、きみの案件には目を通したんだ。ちゃんとした申請書だ、それは認めよう。ああまったく、審議会の頭の固さだけが残念だ……だが、ひとつ別の提案をしようと思ったんだ」

フランス人はオルセンを見つめ、その表情には真剣味が宿っていた。

「実はおれは鉱石に興味がある。ずっと前から、非常にね。だから地質学者が必要なんだ。優秀で、労働党や地元のやつらと癒着してない地質学者が。誰に言い訳する必要もなく、目立たないよう行動できるやつだ。おれの言う意味がわかるか?」

「わかる。続けてくれ」

「共同経営者になる提案をしたいんだ。鉱山の。それも大きいやつだ。おれたち二人とも金持ちになれる」

オルセンは目を細め、自分の言葉に余韻をもたせた。目の前にはもう鉱山が見えている。

「ただ、鉱床がどこにあるかがわからない」

「ほう……」

「だが地図があるんだ」オルセンはすぐにつけ加えた。

「地図？ なのに場所がわからない？ 意味がよく……」

「地質図なんだ。町の名前はどこにも書かれていない。それも古い地質図で……」

オルセンは言葉を宙に浮かせたままにした。フランス人の反応を見るために。地質図と聞いた瞬間に、フランス人の興味はさっきの倍に膨らんだようだ。

「いつ頃の地質図なんだ？」ラカニャールが訊いた。

「いや、それも明記されていない。だが父が死ぬ前に、戦争の直前だと言っていた」

「なぜそれがすごい鉱床だと思うんだ？ それに、なんの鉱床だ」

カール・オルセンは顔をしかめながら首の後ろをもみ、フランス人の地質学者ににじり寄った。

「金だ……」そうささやいた。「それもすごい量の」

そしてすぐに身を引いた。その姿勢だと首が痛いからだ。

「それでおれに何を？」

「探してくれ。そうすれば、きみの会社に調査許可を出そう。だがその金鉱をみつけてもらわなきゃ困る。そっちが優先だ。排他的権利も与えよう。金持ちになれるぞ」

「なぜ金だと確信できる？」

「父がそう言ったからだ。それにこの地元には昔から金脈の話が伝わっている。だが、誰にもみつけられなかった。誰も地図をもっていなかったからな」

ラカニャールは黙っていた。考えているのだ。まったく、思わせぶりな男だ、とオルセンは思った。まあとりあえず、一笑に付されることはなかった。

「あんたも知ってのとおり、まもなく審議会の会議がある。それを数日延期するくらい、おれにはなんでもないことだ。そうすればきみは追加の申請書を提出する猶予ができる。もちろんおれの名前を出してもらっては困るが。つまり、それまでにどこに金があるのかを具体的に限定しなくてはいけない。確実に正しい場所の調査にとりかかれるように。今月末に認可が下りるサプミ全体の開発利権は北極圏最大級のものだ。こんな気前のいい許可はあと十年は下りないだろう。だから、今やるかやらないかだ」

フランス人はじっとカール・オルセンの目を見つめた。オルセンはまだ首の後ろをもんでいる。

「まあ、面白いかもしれんな。検討していくつかの問題に対処するために少し時間をくれ」

オルセンが怒りの視線を向けた。ゆっくりと、新聞の切り抜きの入った財布に手をやったが、そこで動きを止めた。

「審議会は十二時からだ。それまでに返事がほしい。排他的権利のことも忘れるな。これがおれの番号だ。さあ行け」

カウトケイノ　十時

カール・オルセンは市役所に戻り、建物の裏に駐車し、こっそり中に入った。簡単だった。この市役所は誰でも出入りできるようになっている。だから、誰に気づかれることもなくオフィスに戻ることができた。ここでは人を疑うことをしない。純情さがまだ宙を漂っている。まあおれにとっちゃ便利だが――とオルセンは心の中でほくそ笑んだ。進歩党のオフィスに戻っても誰もいなかった。好都合だ。受付に行くと、イングリッドが数人の議員と話をしていた。その中にはオルセンの同僚もいた。まだスノーモービル用のオーバーオールを着たままだ。

「イングリッド、おれに何か連絡は？」

「いいえ、カール。あなたが仕事に集中していた間、誰も来てませんけど」

イングリッドは議員の全員と親しげに話をしながら、今日届いた郵便物を確認した。審議会が始まるまであと二時間だ。

「イングリッド、会議室の準備は整っているのか？」別の市議会議員が尋ねた。「先日はプロジェクターが壊れていたが」

「見てきます」

イングリッドは立ち上がり、オルセンがやってきたのとは逆の廊下に向かった。その奥に消えたかと思うと、すぐに鋭い悲鳴が響き渡った。全員が同時にその方向へ走った。そこではイングリッドが手を口に当てて、目には恐怖を浮かべていた。

「そこ、そこよ!」そう言いながら、床に落ちている何かを指さした。

全員がそれを見つめた。ビニール袋の中にはあちこち黒ずんだ塊が入っている。しかしその形状は見間違えようがなかった。人間の耳だ――。

19

一月十七日　月曜日
カウトケイノ　十時三十分

クレメットが独りで市役所に到着したとき、ブラッツェンはすでにイングリッドの聴取を始めていた。ニーナは家で、アルタ空港に向かう前に最後の準備をしている最中だ。金曜の夜、二人は重苦しい雰囲気の中で別れた。

ブラッツェンはクレメットに気づかなかった。別の警官が耳の写真を撮り、もう一人が指紋を捜している。受付のイングリッドは、ドアにホッチキスで止められたビニール袋を発見したと説明した。いつから袋がそこにあったのかはわからない。そこは会議室の並ぶ廊下で、今日最初の会議は十二時からだった。つまり、今朝は誰もそこを通っていない可能性がある。ブラッツェンがさらに聴取を続けるが、どうせ何もわからないだろう。市役所には誰でも出入りできるのだから。クレメットは床に屈みこみ、袋の中の耳を観察した。そして耳たぶにはっきりと切れこみが入っているのに気づき、心底驚いた。

マッティスの耳――どう考えてもマッティスの耳なのだろうが、トナカイのように切れこみが入っている。誰のものなのかを示すために、トナカイ所有者たちが仔トナカイの耳に入れるような切れこみだ。クレメットは床に片膝をつき、じっくり観察した。耳には二カ所に切れこみが入っている。ひとつは耳たぶの下のほうで、円を描いているが、円としては不完全で、四分の一ほど欠けた月のような角度だった。もうひとつは上のほうで、もっと複雑だった。爪のような切れこみ、そのすぐ下に、ひとつの模様なのかどうかはわからないが、何か……そう、鉤《かぎ》や牙を思わせるような形。クレメットは立ち上がった。ブラッツェンがイングリッドの聴取を終え、イングリッドは同僚に支えられながらその場をあとにした。

「おや、おでぶちゃん。もう来たのか」

ブラッツェンはまた憎まれ口をたたいた。クレメットは写真撮影をしている警官のほうを向いた。

「あとでその写真を送ってくれ」

切れこみの模様は何を基にしているのだろうか。トナカイ所有者のマークか？　なぜマッティスの耳にそんなことを？　耳がこんな状態でみつかったという事実は、捜査に新たな側面を与える。こんないかれたことをするなんて、どういう犯人だ。

クレメットは署に戻り、自分のオフィスに閉じこもり、すぐにトナカイ所有者のマークの本を取り出した。三カ国にまたがるサプミ全体にいるトナカイ所有者のマークが掲載されている。その種類は何千とあり、すべて現在でも使われているわけではないが、書類上はまだ生きている。クレメットは額をこすった。こういうマークは何かに似ている――だがそんな漠然とした印象はなんの役にも立たなかった。運試しをしてみる以外に方法はない。クレメットは受話器を取り上げ、ニーナに状況を報告した。それからペンと手帳を出して、本をめくり始めた。

カウトケイノ　十一時

　車であちこち走り回って付近に怪しい車両がないかどうか確認を終え、ブラッツェンは署に戻るところだった。数日前の夜と同じパブに、フランス人の車が駐車されている。署に戻って捜査を続けなければいけないが、これはどうにも見逃せない。ブラッツェンはボルボの隣に自分の車を停めた。駐車場を見渡すかぎり、他に客はいない。ランチ客がやってくるまでにあと十五分はある。静かにドアを押すと、フランス人がビールを手にバーカウンターに座っているのが見えた。深く考えこんでいる様子だ。ブラッツェンがそちらに向かおうとしたとき、厨房からウエイトレスが出てきた。先日のレーナではなく、二歳下の妹のほうだ。ブラッツェンはラカニャールがカウンターごしに手を伸ばし、少女の唇を親指で撫でるのを見た。少女は恥ずかしそうに微笑み、その手を払った。踵《きびす》を返すと、奥の厨房に戻っていく。ラカニャールは顔を少し左に傾けて、少女の尻を目で追っている。その視線がさらに左に流れ、入口の闇に警官のシルエットを捉えた。二人はしばらく見つめあい、それからブラッツェンがカウンターへと歩み寄った。

「ウルリカ、ビールだ。ローアルコールの」

少女がビールを運んできて、通りすがりにフランス人のほうにどうとでも解釈できる表情を見せ、厨房へ戻っていった。ブラッツェンはフランス人を見つめながらグラスを上げた。

「まだ町にいたのか」

「最終段階だ。市からの許可を待ってる」

「なるほど、市のね」

ブラッツェンはみつかった耳のことは話さなかった。ビールを飲み、声を落とした。

「あの子はまだ十八歳になってないぞ。おれは知ってるが」

ラカニャールは答えなかった。

「だがとんでもなくいい尻をしている、そうだろ?」

ラカニャールは驚いたが、顔には出さなかった。この警官がどういう種類の人間かまだわからない。だが若いウエイトレスの体つきを思いだし、感覚を刺激された。

「なあ、ああいう小娘は簡単だ」

ラカニャールは息を止め、ひたすら正面を凝視した。警官が何か企んでいるのを感じる。

「それにけっこう慣れてる。実の父親とだってやってるんだぞ」

ウルリカがちょうど厨房から出てきたので、二人は彼女を見つめた。少女はすぐに恥ずかしそうな表情になり、視線をそらすと厨房に戻っていった。

「いや、本当に」ブラッツェンが言った。「手を出せばいいだけだ。父親なんかなんの問題もない、おれが保証するよ」ブラッツェンは叫んだ。「ウルリカ!」

少女はまた厨房から出てきた。

「こっちへ来い」

少女はカウンターから出ると、男たちの間に立った。ラカニャールの息遣いが激しくなっているが、まだ一言も発していない。ブラッツェンが少女の頰に手を添えると、少女は不思議そうな顔になった。

「どうだ、お嬢ちゃん」ブラッツェンにしては繊細《せんさい》な仕草で、少女の頰を親指で撫でる。「学校はどうだ？　家のほうは？」

その親指が、今は唇を撫でている。日常的な会話との差が極端で、少女は当惑している。どうしていいかわからないようだ。

ラカニャールは自分の目が信じられなかった。少女の瞳は戸惑っているものの、相手に好きなようにさせている。警官は上半身を後ろにそらし、ラカニャールを観察した。フランス人は夢中になって少女の唇に触れる親指を見つめている。父親のような表情をつくろうとしているが、興奮しているのがはっきりわかった。ブラッツェンはそこで急に手を引っこめた。

「ウルリカ、お前はおれの友達にも親切にするだろう？」警官はそう言って、立ち上がった。

少女は無力な表情になり、振り返りもせずに厨房に戻った。ラカニャールの目は興奮に燃え、視線を厨房のドアから離すことができなかった。

20

国道九十三号線　十一時十分

カウトケイノとアルタを結ぶ国道九十三号線を、ニーナは空港に向かって運転していた。時間に充分な余裕をもって出発し、低速で走っている。町に蓋をするようなどす黒い雲のせいで、外はマイナス二十度近かった。おまけに風があり、雪を舞い上がらせている。この時間なら太陽が顔を出してもいいはずだが、夜中のように真っ暗だった。景色はほとんど見えない。道路もあちこち凍っていて、ニーナはさらにスピードを落とした。道路は緩やかにカーブを描き、雪嵐のせいでときどき何も見えなくなる。吹きすさぶ雪にヘッドライトが反射するからだ。今は下り坂にさしかかったところだった。まもなく冬の間皆がスノーモービルを乗り回す湖に出るはずだ。道路脇がどうなっているのかはまったく見えない。そのくらい視界が悪かった。突然、右側から影が飛び出した。あわててハンドルを切ると、車がスリップしたが、その影を避けることはできた。心臓が激しく打つ中、トナカイだ——と心の中で叫ぶ。アクセルを踏み、凍った道路の上でふらふらと車を進ませると、また別のシルエットが現れ、あっという間に近づいてきた。すごいスピードだ。車はまともにそれに当たった。柔らかな衝撃に、車の向きが変わった。対向車線に大型トラックが猛スピードで現れ、怒り狂ったようにヘッドライトを点滅させ、激しくクラクションを鳴らした。ニーナは反対の方向にハンドルを切り、アクセルを踏んだ。またスリップし、そのまま流されて次のカーブで雪の山にぶつかった。激しい衝撃に身体が揺さぶられ、右のフェンダーが雪にめりこんで嫌な音を立てた。それでやっと車が止まった。ニーナはハンドルを握りしめたまま、全身にアドレナリンが巡るのを感じ、動けずにいた。右手を心臓に当てると、狂ったように動悸がしている。それからやっと振り返った。しかし後ろには何も見えない。大型トラックは止まりもせずに行ってしまったようだ。ニーナは車をバックさせ、道路脇に停車した。エンジンはかけたまま、ハザードランプを点灯させる。毛皮の帽子と手袋をつけ、懐中電灯を手に車から出た。雪嵐に顔をひっかかれ、距離感が失われる。風でほとんど何も見えず、寒さが肌に噛みつくようだ。きちんと閉めていなかったオーバーオールの中に押し入ってくる。寒さにあっという間にがっちりと押さえこまれた。ニーナはタイヤ痕を頼りに自分が来た方向を探そうとしたが、雪嵐が何もかも消し去り、懐中電灯も強力なはずなのに、水平に吹きつける雪の中を三メートル程度しか照らしてくれなかった。それでもやっと左側に輪郭《りんかく》が見えてきた。トナカイは道路脇の雪の山にもたれるような状態で倒れていた。後ろ足で道路を蹴っている。まだ生きているのだ。口から舌をだらりと垂らし、見開いた目は恐怖に溢れている。それとも痛みだろうか。きっと両方だ。ニーナはショック状態で、雪嵐に感覚が麻痺《まひ》し、寒さとアドレナリンに震えていた。骨盤を砕かれてしまったトナカイを前にして、どうしていいのかわからない。目の前に流れる血はすでに凍り始めている。目に涙をためたまま目をそらしたとき、恐怖のあまり悲鳴を上げた。背後に人が立っていたのだ。雪嵐のせいで、近づいてくる音が聞こえなかった。アスラク――。凍りついた髭にニーナは恐怖を感じた。口は固く閉じられている。筋肉がぴんと張り、顔の深いところについた目は血走っている。怒りが宿った目に、ニーナはさらに恐しくなった。雪嵐の中で独り、この男を前にして心から怯えていた。アスラクはトナカイの毛皮を着ていた。正確には、頭のてっぺんからつま先までトナカイの毛皮に覆われている。この大嵐の中どこからともなく現れたことに、ニーナは当惑してもいた。

「何してるの、ここで何してるのよ⁉」

ニーナはそう叫んだ。相手に答えてほしいというよりは、二人の間に漂う緊張感を緩めるためだった。こんなふうに自分を脅かした相手に怒りも感じていた。アスラクはそれにはなんの反応も示さず、ニーナの横を通りすぎてトナカイに屈みこんだ。躰を触り、怪我の様子を確認している。トナカイはまだ恐怖に目を見開いているが、アスラクの存在に少しだけ安心したようだ。ニーナはじっと立ったまま、凍えきり、何度も震えがこみあげる中、懐中電灯の光に浮かび上がる非現実的な光景を見つめていた。アスラクは雪に膝をつき、トナカイを優しく撫でている。ニーナはまさかアスラクにそんな繊細《せんさい》な一面があるとは思っていなかった。その光景に信じられないくらい神経がたかぶり、ある記憶がはっきりと、鮮烈に、なぜだかわからないがよみがえった。自分の父親――傷ついた父親が、夜、彼女の髪を撫でている。父親がまた発作を起こしてしまい、ニーナが怖くて眠れなかった夜に。あまりに激しい感情に襲われ、ニーナは冷静さを失った。だからアスラクが小刀を取り出したのもわからなかった。アスラクが素早く確実にトナカイの息の根を止めてやっと、そのことに気づいた。トナカイは瞬時に息を引き取った。アスラクはその目を閉じてやり、まだしばらく撫でていた。

「アルタに向かうのか？」

ニーナは驚いて顔を上げた。相手が何か言うとも、自分に質問をするとも思っていなかったのだ。

「ええ」ニーナはなんとか言葉を発した。

「じゃあトランクにトナカイを入れる。警察署に運んでくれ。事務処理は警察がやる」

アスラクは屈みこんでトナカイを胸に抱き、ニーナのあとに続いた。トナカイがトランクに収まると、二人は車に入った。ニーナがエンジンをかけようとすると、アスラクがニーナを制した。

「おれはここに残る。他のトナカイを連れ帰らなければいけない」

「この嵐の中を？　でもスノーモービルはどこ？　何も聞こえなかったけど」

「スキーだ」

「あなた気が狂ってる！」

「狂ってる？　ああ、皆そう言う」アスラクは落ち着きはらっていた。その目はもうさっきのように怒ってはいない。

「さっきの一頭はあなたのトナカイなの？」ニーナが悲しそうに尋ねた。

「二頭だ」

「え？」

「母トナカイだった。賢くて、おれのお気に入りだった。腹に仔がいたんだ。春に生まれるはずだった。アルタではそのことを伝えるのを忘れないでくれ」

ニーナは嗚咽《おえつ》がこみあげるのを感じたが、必死で抑えようとした。じっと前を睨みつけながら。

「アスラク、本当に申し訳ない。でも二頭分の賠償金はもらえるのよね？」

アスラクはしばらく何も答えなかった。

「あんたが警官じゃなければ、事故の報告はしなかった」

「なぜ？　賠償金をもらえるのに？　国は正義を施行したいのよ！」

「あんたたちの正義など信用できない。正義など信用しないんだ」

「あなたは間違ってる。あなたにだって他の全員と同じ権利があるのよ。皆と同じように扱われる権利がある」

「本気でそう思ってるのか？」

アスラクのあまりにも現実的な口調に、ニーナは急に相手に同情を感じた。胸が痛んだ。ニーナは自分を止められないまま、彼の手に自分の手をおいた。しかしすぐに引っこめた。ニーナはすっかり動揺していて、どうしていいかわからなかった。アスラクには去ってほしかった。その目になんらかの感情を見たかったし、さっきのトナカイの恐怖に怯えた瞳が心の中に押し入ってきて、視界がぼやけた。ニーナはハンドルに肘をもたせかけ、肘の内側に顔をうずめた。やっと少し落ち着きを取り戻すと、身体を起こしシートにもたれた。そのとき、アスラクが自分のほうに手を差し出しているのが見えた。手の中には小さな革袋があった。

「おれがつくった錫《すず》のアクセサリーだ。もっていけ。あの親子の魂も一緒に。もう自分を責めなくていいから」

ニーナの答えを待つこともなく、アスラクは車のドアを開け、闇の中へ消えていった。

21

一月十七日　月曜日
カウトケイノ　十一時三十分

耳が発見されたというニュースがカウトケイノの町を駆け巡ったが、それだけにはとどまらなかった。あちこちのマスコミからも電話がかかってきた。デモ隊による交差点の封鎖はすでに解かれていて、そのニュースを耳にしたとき、牧師ラーシュ・ヨハンソンはベーリット・クッツィと立ち話をしていた。

「マッティス・ラッバは恐ろしい運命をたどった」牧師は厳かに言った。「罪深い人間だったが、気の毒な人間でもあった。神の福音から遠く離れたところで生きていた」

「すべて彼の責任というわけではないのでは？」ベーリットが疑問を呈した。

「ベーリット、人生はイエスの手に委ねなければならないのだ。それなくしては救済もない。マッティスは古い信仰に生きていた。そんなことをして、いいことなど何もない。それは誰でもだ。信じなさい」牧師は冷ややかな目でそう言い、ベーリットを不安にさせた。ベーリットはあわててその場を離れた。

ベーリットは地元では知らない人はいない古いルノー4に乗りこみ、数分で町のはずれにあるカール・オルセンの農場に到着した。毎日ここに働きにきているのだ。ベーリットはマッティスが残酷な殺されかたをしたことに強くショックを受けていた。それも、他の人たちが想像しているよりずっと強く。牛舎の裏で車を降りる前に、目をつむって祈りを唱えたほどだ。それから牛に餌をやるために、牛舎へと歩を進めた。

ブラッツェンとの電話を終えたとき、カール・オルセンはちょうどベーリットの車が入ってくるのを目にした。

「まったく、もうちょっと早く来られないのか、怠け者のばあさんめ」

外に出て叱りつけようとしたとき、電話が鳴った。

「条件のことを話したい」

フランス語訛りのスウェーデン語に聞き覚えがあった。

「すぐにうちの農場に来てくれ。まもなく市役所へ向かわなければいけないんだ」

オルセンはもうベーリットのことなど忘れていた。静かに二階の寝室に入ると、部屋の奥にある、クローゼットかと見紛うような小さなドアを開いた。この時間には誰も家の中にはいないのに、疑り深い表情で振り返る。中は照明の不十分な小部屋になっていて、箱や巻いた紙、古い雑誌などがたくさん積まれている。オルセンは小さな金庫に手を伸ばすと、丁寧《ていねい》に暗証番号を押した。そこから大きな封筒を取り出し、胸の上で折り目を伸ばした。扉をすべて閉じてから、また一階に戻った。キッチンに入ったとき、ちょうどフランス人のボルボが母屋の前に停まるのが見えた。

オルセンはキッチンの勝手口から客を中に入れ、腰かけるように勧めた。封筒を目立つように自分の右側におく。目の端で、フランス人の視線が封筒から離れないのを満足気に捉えた。

「会社のほうと問題が起きる」フランス人が口火を切った。

「あんたがとりなせばいいことだろう。その価値があるくらい美味しい話だぞ」

「地質図はどこだ」

カール・オルセンはゆっくりとフランス人のほうに封筒を押した。ラカニャールは中から黄ばんだ紙を取り出すと、そっと広げた。なんの疑いもない、これは本当に地質図だ。純然たる芸術作品だった。一目見た瞬間にアマチュア地質学者の作品だと気づいたが、古きよき時代の精緻さで作成されている。そこに描かれた曲線や記号は、六、七十年前にツンドラの大地で野心的に苦労を重ねた結果だった。古い時代の地質学者を自負するラカニャールの心の中で、いくつもの懐かしい思い出がよみがえった。おれは今でもペンとノートを扱える。石をひとつみつけたとたんにパソコンを取り出す若造とはちがって——。

「ほう、面白い。花崗岩《かこうがん》の岩体か……」

それから黙りこみ、地質図に集中した。地質図をつくるには何百時間、ときには何千時間というフィールドでの作業が必要になる。景色を読むだけでなく、地中にまで潜っていかなくてはいけない。目には見えないものを見るのだ。何層にもなった土、植物、氷礫土《ひょうれきど》のさらに下にあるものを。この地質図のような地図は何ものにも代えがたい。詳細な情報を大量に含んでいるからだ。地図が近代化されるにつれて次第に消えてしまった情報が。人々はそういった詳細にはもう関心を示さず、代わりに特質のある岩を集めて夢中になる。この地質図は見た目からして、実際にその場にいた人間がつくったものだろう。数多くのポイント、断層や褶曲《しゅうきょく》、注記が記されている。一人もしくは複数の地質学者が、実際にその目で見た光景を基につくった地質原図《オリジナルマップ》だ。計り知れない価値をもつ情報が満載されている。

本物の地質学者なら常にオリジナルマップを求める。古い地質図――過ぎ去った時代の汗の臭いが染みこんだ地質図。フィールドにいる地質学者はどんな小さな差異も見逃さない。そういう小さな差異が偉大な地質学者たちを生みだしてきたのだ。ラカニャールは自分の中で狩人の本能が目覚めるのを感じた。アドレナリンの放出に、若いウエイトレスのことを鮮明に思いだした。

地層の積み重なりの複雑さには見覚えがあった。何千年も氷河に削られてきたこの地方独特の地質だ。記号の説明も読んでみたが、いや実際、場所を正確に示す情報は一切なかった。地質図の角やふちは破れ、しみだらけだ。何度も手にもった痕がある。誰かが、数えきれないくらい何度もこの地質図を広げたのだ。謎を解くために。

「この地質図をどこで手に入れた?」かなり経ってからラカニャールが尋ねた。

オルセンは怪訝《けげん》な顔でフランス人を見つめた。鉱山審議会の会議までもうあまり時間がない。耳が発見されたおかげで会議が延期になるのは予想しているが、許可申請書だけは提出しておかなければいけないのだ。

「父からだ。親父がこの地質図を描いた」

ラカニャールは黙ったまま相手を見つめた。

「今まで誰に見せた？」

「誰にもだ！　おれを誰だと思ってる⁉　親父は死の床で、大きな金脈の地図だと言った。だがあの爺さんは場所の名前を書くのを忘れたんだ。それともわざとか。わざとだとしても驚かない。ただで空からごちそうが降ってくると思うなよ、ってか？　そうさ、わざとかもしれん。あのじじいめ」

ラカニャールは地質図を見つめた。

「こういう場所はこのあたりに複数ある。場所が記されていないなら、外に出て釣り糸を垂れてみるしかない」

「釣り糸？」

「ともかく現場に出るんだ。見て、触って、試して、ちょっと掘ってもみる。それ以外に方法はない。航空測量は禁じられていると言ったな？」

「ああ。あの腹の立つトナカイどものせいだ。それに、このあたりの国ではウランの資源調査を禁じているから、放射線レベルの高い地域がみつかるような航空測量をやってほしくないんだろう。ウランに関することは、ここでは何もかもタブーだ」

「で、あんたは？　あんたもタブーだと思っているのか？」

「ウランなどどうでもいい。おれは自分の金を手に入れたいだけだ。さあ、やるのかやらないのか？」

ラカニャールは地質図上で重なる曲線、ポイントや断層を見つめた。

「なるほど」

その声の調子から、フランス人には多くの情報が見えているのがわかった。オルセンは自分が思っていた以上にすごい鉱床があることを悟った。

「で？ 合意するのか？」

「合意しよう」

「よし。ではおれは市役所に向かう。あんたはこの紙にサインして、書類を記入してくれ。あとはおれが処理しておく。鉱業理事会に出す書類だ。この地質図を頼りに調べて、場所を特定するのにどのくらいの時間がかかる？」

ラカニャールは軽蔑したような顔で相手を見つめた。

「あっという間にできるとでも思うのか？」

「すぐにでも始められるんだろう？」

「まずはこの地方の地質図をすべて確認して、どのあたりがこの地質図と一致するのかを確かめなければ」ラカニャールは相手の態度に苛立っていた。「それに、おれの仕事のやりかたに口を出すな」

今度はオルセンが憤った視線で相手を見つめる番だった。つかつかと歩み寄ると、顔を限界まで相手に近づけた。首が痛いというのに。

「おれが泥の中で働くだけの農夫、役立たずだとでも言うのか？　そういうことか？」それから極端に穏やかな声になって言った。「おれを騙そうとするなら、いや、おれの言うとおりにしないなら、それも今すぐにしないなら、先日アルタでお前が何をやっていたのか調べさせるぞ」

オルセンは一歩下がり、アルタで女子中学生が強姦されたという新聞記事を広げた。

「よき友人から聞いたんだが、お前は若い少女が好きらしいじゃないか。確かあの日、お前はアルタにいたな？」

「それは脅しか？　アルタには装備を調達しにいっただけだ」

「黙れ！」オルセンが叫んだ。「さっさと正しい場所をみつけなければ、ウルリカとかいう少女の最新の体験談が警察のデスクにのるだろうよ」

「いったいなんの話だ」

「おれたちのことを愚鈍な田舎者だとでも思ってるのか？　だがな、おれたちは素早く行動に出ることもできる。さあ、自分の仕事をやってこい。うまくやれば、排他的権利もやる。そのあとは誰でも好きな少女にまたがればいい。一週間やろう。プロセスを早めておくから、次の審議会の会議には許可が下りるようにする。ただ一週間以上は延期にならないだろう。それと、この書類にもサインしろ。これはここだけの話だ。おれたち二人を結ぶ小さな契約だ。おれがその土地の所有者だということが書かれている。この小さな契約書はお利口にうちの小さな金庫に収まる。小さなウルリカの体験談と、アルタの小さな新聞記事も一緒にだ。おれに何かあったら、それらがお前に疑惑の目を向けさせる」

「ガイドもいないのに、そんな短い期間ではとても無理だ」ラカニャールは食い下がった。

するとカール・オルセンは少しだけ態度を和らげた。

「確実なのは……だが簡単に扱える相手ではないが……アスラクという男だ。アスラク・ガウプサラ。ヴィッダに住んでいる。野蛮人だが、オオカミ猟師でもあり、優秀なガイドだ。この地方全体を自分のポケットの中みたいに把握している。準備が整ったら、またここに寄れ」

カウトケイノ　十二時

ブラッツェンを説得し、鉱床の秘密を守らせるために、オルセンはブラッツェンを鉱山の警備責任者にすると約束するはめになった。署長になってもありえない額の給料を提示してやったのだ。そのほうがまだましだ――と自分に言い訳をして。一方で、金鉱の警備責任者をすでに確保したという事実に、現実感がぐっと増した。鉱床自体はまだ発見できていないのに。何十年も落胆ばかりしてきたが、今度こそいけると本気で信じ始めている。今まではあれが欠けていたせいなのだ。腹の立つあの……いや、考えないでおこう。オルセンはそのことを頭から振り払った。このサーミランドは広すぎる。あと一息だったのに、なのに――。オルセンは市役所の前で急ブレーキをかけた。警官たちはもう帰ったようだ。怠け者どもが。そしてまた父親のことを考えた。ラカニャールにはあの地質図は父親が描いたと説明したが、フランス人に真実を知らせる必要はない。父親は地質図を盗んで手に入れたという真実を。だが結局、死ぬまで地質図が示す場所をみつけられなかった。カール・オルセンが若い頃、父親はいつもあの腹の立つ地質図と金属探知機を手にヴィッダをさまよっていた。どうでもいいような発見はあったが、地質図に描かれた黄色い点が約束するような素晴らしい鉱床とは比較にもならない。

オルセンが会議室の席に座ったとき、他の四人の審議会委員はすでにテーブルについていた。議長は遊牧《ノマド》系サーミ党の党員で、オルセンが予測したとおり、会議を開会するやいなや延会を宣言した。起きた事件に配慮してのことだ。

議長の周りで皆が黙ってうなずいた。この議長は住民に尊敬されている賢い老人だ。彼の意見を皆が信頼しているのをオルセンも知っていた。

「非常に重大な決定をしなければいけない。鉱業理事会の次の報告書は、今後十年、いや二十年、カウトケイノ市に大きな影響を与える。いくつもの企業がこの地方の鉱石に興味を示している。ここはヨーロッパでもっとも鉱物資源の豊かな地方だというだけではなく、まだほとんど開発されていないからだ。調査すらされていない。だが現実に目をつぶるわけにはいかない。甚大な圧力がかかっている。膨大な資源があることは知られているのだから。いや、あると思いこんでいる」

カール・オルセンはもうじっと座っていられなかった。そっと身体ごとひねって、他のメンバーの顔色をうかがう。サーミ人でないのは自分だけだ。他の皆はどちらの側につくのだろうか。利潤への欲求が勝つのか？　オルセンは心からそう願っていた。

22

一月十七日　月曜日

カウトケイノ　十三時

クレメット・ナンゴは何時間も座ったまま、トナカイの耳のマークの本をめくっていた。あるページには何度も戻り、事実にひれ伏すしかなかった。マッティスの耳に刻まれたマークは、オラフ・レンソンのマークとほぼ一致しているように見える。信じられないようなことだが、それが事実だった。

確証を得るためには、もう一方の耳が必要だ。左右セットにして初めて、正確に所有者がわかる仕組みになっている。だが犯人はなぜトナカイのように両耳を切り落としたのだろうか。なぜ片耳だけではだめだったのか。なぜかというと、耳を切り落とすとか、マークを入れるというのは、トナカイ放牧の世界の儀式のようなものだからだ。ということは、もう片方の耳もまもなく現れるはずだ。クレメットは立ち上がり、シェリフの執務室へ向かった。

ノックもせずに中に入り、警部の向かいに腰かけた。マッティスの耳と似たマークのページを開いたまま、本をどさりとデスクにおく。それから、鑑識からもらった写真を一枚横に添えた。

トール・イェンセンは塩リコリスをくちゃくちゃ嚙みながら、写真とマークを見つめた。クレメットの説明を聞くにも及ばないようだ。シェリフはまた一粒、リコリスを口にほうりこみ、またページをめくっては手を止め、さらにめくり、無言のまま次々とリコリスが口に入っていく。

「これがきみの結論か。同じマークのトナカイ所有者が事件の核心に導いてくれるというのが」

「それ以外にどう解釈すれば？」

また沈黙が流れた。

「ああ、そうだな。そう考えると筋が通る。ただしひとつだけひっかかるのが、殺人犯が誰かに罪を着せたがっているという点だ。それには同意できないな」

今度はクレメットが黙る番だった。

「マッティスが……あれが彼の耳だとして、そのマークの所有者のもとで働いていたとか？」

シェリフは口笛を吹き、オフィスチェアに勢いよくもたれた。首の後ろで手を組み、クレメットをじっと見つめる。クレメットはたった今その可能性を思いついたところで、自分でもそれが何を意味するのかわからなかった。

「殺害はつまり、誰か大物への警告なのか？　きみはそう考えているのか？」

「さっぱりわからない」クレメットは認めた。

「だが、そうだとしたら誰だ？　それに、そうだとしたらトナカイ所有者同士のいさかいが地獄のように悪化したってことだろう?」

クレメットが黙ったままなので、警部は先を続けた。

「被害者以外に、そのボスを陥れるのが狙いだとしたら、標的はオラフ・レンソンということになる。したがって、オラフ・レンソンが誰ともめていたかを突き止めなければいけない。だが、こんなふうに人を殺すなんて、まったく正気を失ったとしか思えない。そこまで深刻にレンソンともめていたトナカイ所有者はそうたくさんはいないだろう? それにマッティスはときどきオラフのところで働いていたのか? それはいつ頃の話だ? きみは把握しているのか?」

しかしクレメットはすでに立ち上がっていた。そして一言も発さずにその場を立ち去った。

カウトケイノ　十四時

オラフに電話しなければいけないと思うと、決して楽しい気分にはならなかった。トナカイ所有者でサーミ人活動家のオラフが自分のことを嫌っているのは知っていたし、ノルウェー人に加担しているとも思われている。クレメットは警察のデータベースにログインしたが、オラフの名前では検索結果はあまりなかった。その事実を認めるしかなかった。オラフ・レンソンはこの十年間、ごく小さな盗難事件にすら関与していない。あとは注目に値しないようなことばかり。強いて言えば、オラフの主張ではトナカイが二頭トラックに轢《ひ》かれたことくらいか。

なのに、法が定めるとおりに耳を提出しないまま賠償金を請求していた。なお、賠償金は支払われておらず、捜査も打ち切りになっている。クレメットはヒットした検索結果をすべて読んだ。すると近隣の気の短いトナカイ牧夫に囲いの板を一枚剝がされ、トナカイが逃げ出してしまったという件がクレメットの興味を引いた。しかしよく読んでみると、これもやはりたいした事件ではなかった。オラフの名前での検索結果があと二件だけになったとき、やっとかなり興味深い情報が出てきた。オラフはヨハン・ヘンリックが撃たれた事件のさいに取り調べを受けている。その銃がオラフのものだったと知ったとき、クレメットの背筋が凍りついた。あのときヨハン・ヘンリックは死んでもおかしくなかったのだ。今回のは、その復讐なのか——？

パリ　二十時十五分

ニーナはその夜ホテルに到着した。小さなホテルはブーレ将軍広場の近くにあった。アンリ・モンスはパリ市庁舎にほど近い、パリ十五区に住んでいる。ニーナはホテルの部屋に落ち着くとポールに電話をかけて、翌朝早くに彼の父親と会う約束を確認した。父親は体調がよくなり、ニーナの訪問を楽しみにしてくれているという。ポールによれば、ニーナが来ることで元気を取り戻したらしく、ここ数日は書斎や屋根裏にしまっておいたものをあれこれ探していたそうだ。

電話を切ると、ニーナはポールの声でまた昔の辛い思い出の傷口が開いたことに気づいた。

自分はまったく予測できなかったのだろうか。そのことはよく考えるが、今でも自分がどこでどう間違えたのかよくわからない。彼のことは好きだった。まだ彼の声のリズムを覚えている。ポール・モンスの声がニーナの胸に同じ鼓動をよみがえらせた。ポールの声のほうが低いが、よく似たリズムと深みがある。独りで夜を過ごすのが辛くなり、ニーナはクレメットに電話をかけた。クレメットからシェリフと話した内容を聞いたが、ニーナもシェリフの結論はもっともだと思った。ニーナがシェリフの肩をもったので、クレメットが苛立ったのが感じられた。

「じゃあ明日、ヨハン・ヘンリックを聴取するの？」

「ニーナ、きみまでシェリフみたいな口をきかないでくれ。あの耳だけじゃ証拠にはならない」

「だけど、少なくとも行って話を聞くくらいはするんでしょう？」

「もちろんさ！　だが今回はもっと厳しくやるぞ。今夜のうちに、ヨハン・ヘンリックが関わってきたいさかいの情報をよく読みこんでおく。それでどうなるかだな。こんな規模の復讐なら、ともかく最低二年はさかのぼらなくては。仇討ちくさいぞ。そこにオラフが関わっていたかもしれないという情報をみつけたんだ。シェリフにはまだ伝えていないが」

「独りで行くの？」

「ブラッツェンでも連れていけと？」

「あなたたちはずいぶん仲が悪いけど、何があったの？」

「あの男は人種差別主義者だ。警官になんかなるべきじゃなかった。それ以上言うことはない」

ニーナはこれ以上聞き出せないと悟り、電話を切った。それでもまだ眠れるほど疲れてはおらず、太鼓関連のファイルを取り出した。そこにはカウトケイノの博物館の写真や、これまでに存在が確認されている太鼓のフォトスタットコピーもあった。ニーナはそれをじっくり観察した。太鼓はどれも楕円形で、ニーナには意味のわからないシンボルが描かれている。かなり抽象化された形とはいえ、いくつかは想像がついた。トナカイは簡単に見分けられるし、ときどき鳥も出てくる。あとはどう見ても木やボートだという形もあった。クレメットのも含めてニーナも訪ねたことのあるコタの形のシンボルもある。人の形も。これ以上簡略化できないくらいにシンプルだ。まるで子供が描いたみたいに。とはいえ、それ以外にも数多くのシンボルがあり、それがなんなのかは想像もつかなかった。神々を表しているのかもしれないし、もっと抽象的なものなのかもしれない。でも何？　ニーナは自分が未知の世界へと足を踏み入れたのを感じた。学校でもサーミ人の文化については本当に最小限しか習わなかった。サーミ人の人口が少ないからだろうか。キルナ本部での実習では、サーミ人は数万人しかいないというのを学んだ。十万人にも満たないのだ。ノルウェー、スウェーデン、フィンランド、ロシアにまたがる広大な地域をすべてあわせても。そして各国に独自の議会がある。そのことに考えが及んだとき、オラフのことを思いだした。オラフの色男ぶった笑み、そして変わったニックネーム。

スペイン野郎――彼の役割は？　まったく、なんてこと。わたしの知っていた世界からあまりにも遠く離れている。ニーナはベッドに横になり、父親のことを考えた。目をつむると、記憶の中から鮮烈な映像がよみがえる。パパ――。ニーナは静かに泣きだした。

カウトケイノ　二十二時四十五分

アンドレ・ラカニャールはあの腹の立つ老農夫には何も言わなかったが、地質図があるのならフィールドノートもあるはずだということを知っていた。とにかくそういうものなのだ。そこに議論の余地はない。地質学者なら誰だってそうやって作業をする。地質図はノートの情報が基になっているのだ。地質図をつくる前に、現場で目にしたものをすべてノートに書きとめていく。オルセンがもっていた古いオリジナルマップには世間で発行されている地質図に比べると金並みの価値があるが、それなら地質学者のフィールドノートには聖杯ほどの価値があると言っていい。そのノートはいったいどこに？　ノートがあれば金鉱の場所を特定できるはずだ。それが金だとしてだが。オルセンはあの地質図を渡してくれなかったが、ラカニャールは重要な点をすべて記憶にとどめた。幸いなことにオルセンは専門家ではない。あの男にとって地質図は昔の冒険小説に出てくる宝の地図でしかない。それ以上の想像力はもたないのだ。だがそのほうが好都合だ。ラカニャールがさらに優位に立てる。

しかしあの老農夫に対してはらわたが煮えくりかえっていた。愚鈍そうな警官が共感しているように見えたのは演技だった。あのときすでにオルセンと結託していたのだ。じゃなきゃなぜあの若いウエイトレスのことを知っている？　あの小さなあばずれのことを。お利口に言うことを聞いてはいたが――いや、今はそんなくだらないことにうつつを抜かしている場合ではない。ラカニャールは、オルセンから受けた提案のことをまた考えた。採掘の排他的権利――鉱床がそれなりの規模なら、とんでもなく魅惑的な話だ。これ以上パリの役人どもに我慢する必要もなくなる。立派なパワーポイントのプレゼンテーションを見せびらかし、パソコンとGPSなしでフィールドに出たらなんの役にも立たないサロン地質学者たち、キヴから帰国したときに彼をつまはじきにしたオフィスワーカーどもも思い知るがいい。コンゴで彼が従事していた任務の内容を知ったときに、純情ぶって恐怖にひきつった顔をしてみせたやつらだ。正確には、その企業の名前で何が行われていたのかを新聞で読んだときに。メディアがその事実を発信しなければ、帰国後は本社でのんびり王様のように座っていられたのだ。もちろんボーナスもたんまりもらえることになっていた。世界でもっとも腐敗した国で安定したコルタンの採掘を保証していたラカニャールに、本社は何年間も満足していたのだから。四年――あそこで四年を過ごした。完全に狂った兵士たちと一緒に。兵士たちはアルコールで頭が鈍くなり、気が向けば人を殺した。ラカニャールはその地方じゅうを移動し、鉱床を発見し、採掘を始められるように取り計らった。頭が空っぽの気取ったパリジャンたちの携帯電話を生産するために、貴重なコルタンを地表まで運び出すのを可能にしてやったのだ。それから偽善者たちがさも道徳的な理想を口にした。何もかも、ラカニャールがあの野獣たちと交渉をしてきたからこそ実現できたことなのに。そんなことは考えもせずに。ああ、そうさ、やつらは怒り狂っていた。だからといって大事な大事な携帯電話を手放すこともしなかっただろう？　あいつら全員、地獄に落ちればいい！

くそっ、四年だぞ。だがキヴでは相当数の少女にまたがることができた。ある兵士はラカニャールが会った中でもいちばん狂っていて、自分をチャック・ノリスだと思いこんでいた。手入れした髭、素肌にベスト。まさに俳優のチャック・ノリスみたいに。だがあいつに比べれば、本物のチャックなどノーベル賞候補者並みの文化人だ。その兵士は皆に自分を司令官チャックと呼ぶよう命じていた。本物の狂人だ。鉱山の警備を担当していた小隊の責任者だった。ラカニャールは司令官チャックにドラッグとコニャックを融通し、彼のほうはラカニャールに少女を融通した。いい取引だった。そいつが本当に危険な男だったこと以外は。一度、完全におかしくなっていたときなど、ラ・フランセーズ・デ・ミネレのエンジニアをラカニャールの目の前で斬殺したのだ。本当にどうでもいいようなことで。外国人のスタッフには手を出すなと言ってあったのに。しかしチャック司令官はそれを無視した。それから悪夢が始まったのだ。ラカニャールはキヴのことを頭から振り払った。

フィールドノート――存在するのか？　するなら、あの農場にあるのだろうか。それを確かめる手はずを整えなければ。だが存在するのに農場にはないなら、どこにあるのだろうか。市役所か、地元の博物館か、マーローのSGU（スウェーデン地質調査所）にある鉱物情報事務所？　マーローは地質学者の聖地であり、北極圏の地質関係の資料がすべて集められている場所だった。ラカニャールは前にここサーミランドで働いていた頃、何度かマーローに行ったことがあった。マーローのSGUは情報を理解できる者にとっては他に類を見ない情報源だ。ここ百年間の情報がすべて集められている。アメリカ人でさえ、それほど長い期間の資料はもっていない。

地質図、フィールドノート、鉱石サンプル、航空測量の結果、すべてがあった。きちんと整理され、閲覧が可能だ。宝の山のような場所。だがなぜ地質図とノートが離れ離れになってしまったのだろうか——まったく残念なことだ。

23

一月十八日　火曜日
日の出：十時、日の入：十二時五十九分
二時間五十九分の太陽
サプミ内陸部　九時三十分

クレメット・ナンゴは充分早い時間にスノーモービルで出発した。二人の警官に同行してもらっている。ヨハン・ヘンリックは興奮しやすい性質だが、抵抗することはないだろう。それでも何が起きるかはわからないものだ。青みがかった闇の中でもスピードを出して運転でき、凍ったヘンモヤヴリ川の最後の部分はまさにハイウェイだった。グンピから五キロほど手前で川から折れ、深雪に覆われた急な斜面を上る。そこから四キロほど非常に進みにくい雪の上を走った。大きな岩やヒメカンバの枝がいくつも雪に隠されているのを避けて進み、標高六百メートルのセラダス丘の頂上でスノーモービルを停めた。クレメットは双眼鏡を取り出し、片膝をスノーモービルのサドルについた姿勢でじっくり周囲を観察し、何か動いているものはないかと探した。全員がスノーモービルのエンジンを切ると、完全と言ってもいいほどの静寂が流れる。風はないが、それでも衣服のわずかな隙間から寒さが押し入ってくる。

ヨハン・ヘンリックのグンピはヴォルドナス山の上のほうにあった。そこだけ平らな台地になっていて、北側は二本のとがった山の頂が数メートル突き出している。グンピはその二本の頂の間にあった。台地は周囲から百メートルほど高いところに位置し、周辺を見渡すのには理想的な物見台だ。クレメットは自分たちが来ることを事前に知らせていない。昨晩ニーナと電話で話したあと、ヨハン・ヘンリックの個人情報をじっくり読みこんだ。ヨハン・ヘンリックは五人兄弟の末っ子で、サーミの伝統にのっとり親のトナカイの群、自宅、動産、そして一家の放牧地の権利を相続した。それは末っ子への援助であり、年老いた両親の面倒をみることへの報酬でもある。ヨハン・ヘンリックは父親の群を増やし繁栄させただけでは飽き足らず、トナカイの放牧にあまり手がかからない時期には観光業にも乗り出した。魚釣りツアーや、トナカイを数頭入れた囲いを訪ねるツアーを企画し、サーミの手工芸品も販売した。ひょっとするとマッティスがつくった太鼓も売っていたのかもしれない——とクレメットは思いついた。それも確認してみなくては。ヨハン・ヘンリックは必要に応じて市に農耕機械を貸し出してもいる。特に除雪機なんかを。さらには彼の妻がアルタ通りで小さなカフェを経営していて、そこでトナカイ料理を出し、サンドイッチや飲み物、パンなどを売っている。ハイシーズンには総勢十五人もの従業員を雇っている。

全事業をあわせれば、かなりいい収入になるはずだ。マッティスのようなトナカイ所有者とは全然ちがう。ヨハン・ヘンリックは地元の実業家だった。カウトケイノ最大の政党ノマド系サーミ党の党員でもある。

クレメットは双眼鏡を下ろした。小さな群が見えているが、落ち着いた様子のトナカイたちだ。殺人容疑をかけられていることは、ヨハン・ヘンリックの耳に入っているのだろうか。新聞を読んでいないのは確実だが。

「あの下に停まっているのがヨハン・ヘンリックのスノーモービルだとしよう」クレメットは同僚たちに指示を出した。「あいつは慎重な男だ。おれに質問させてくれ。挑発的な態度はとるなよ。ここはオスロじゃないんだから。カウボーイごっこはなしだ」

ノルウェー人の警官に指示を与えるのは楽しかった。

三人は南の斜面を下りていき、凍った湖を渡り、ヴォルドナス山を上り始めた。南側はそれほど急ではない。上がりきると、平らな台地を三キロほど北に進んだ奥にグンピがあった。半分まで来たところで中から人が出てくるのが見えた。クレメットはさらに加速した。相手もクレメットに気づいた。最初は落ち着きはらって歩いていたが、急にスノーモービルに飛び乗ったかと思うと全速力で走りだした。グンピの反対側に回り、スノーモービルで飛び上がりながら北の斜面に向かう。クレメットは思わず汚い言葉を吐き、さらにスピードを上げた。ヘルメットに内蔵された無線で他の二人の警官に指示を与えると、彼らはすぐにクレメットを追い越していった。クレメットのほうは左に折れ、斜面を下った。さっきのスノーモービルを探すが、どこにも見当たらない。迅速な決断を迫られた。あとの二人はここの地形に明るくないし、楽楽と撒かれてしまうだろう。クレメットは右手に見えている湖を目指し、山肌にそってスピードを上げた。低木を回避し、ヒメカンバや岩、ときには穴さえ隠している段差に注意しながら。何度も顔を上げ、湖に目をやる。相手がそこにたどり着くのに間にあわせなければいけない。ヨハン・ヘンリックは湖に出る前に細い渓谷を通ってくる。一瞬考えにふけったとき、うっかり大きな岩に乗り上げてしまった。重いスノーモービルがぐらりと揺れ、クレメットの身体が左に傾き、スノーモービルも転倒しかけた。クレメットは身体を勢いよく右に倒してそちらに重心をかけ、同時にアクセルレバーを限界まで押し、結果的に見事なジャンプを決めた。幸いまたもとの体勢に戻ることができ、三十秒もしないうちに湖まで下りていた。急な湖岸にそって右に進み、渓谷が始まるところでスノーモービルを停める。そのあたりにタイヤ痕はない。スノーモービルはまだ通りすぎていないのだ。だが今、やってきた。クレメットはスノーモービルに座ったまま、腕を大きく振り回した。ずっと後ろのほうには警察のスノーモービルも見えている。運転手は――今やっとそれが確かにヨハン・ヘンリックだというのが見えたが――通り抜けられないことに気づくと、スピードを落とし、クレメットの目の前で止まった。

「いったい何をやっているんだ⁉」ヨハン・ヘンリックが叫んだ。「通せ！　トナカイを捕まえに行かなきゃならないんだ！」

「それなら息子でもできるだろう」クレメットはエンジン音に負けぬよう叫んだ。「さあ、このまま一直線にあんたのグンピに戻るぞ。そこでちょっと話そうじゃないか。トナカイの世話に行かせてやれるかどうかはそのあとだ」

ヨハン・ヘンリックはぶつぶつ文句を言い、また走りだし、クレメットともう一人の警官に脇を固められた状態でグンピへと戻り始めた。少し上がったところで、二人目の警官がスノーモービルを穴から引っ張り上げていた。雪に残った痕から、穴に落ちてしまったのがわかる。警官に怪我はないようだった。

ヨハン・ヘンリックが先に立ってグンピに入り、一人目の警官とクレメットも続いた。中はヴィッダにあるグンピでよく見かける状態だった。簡素な二段ベッドが片側に、その向かいには背もたれつきのベンチ、真ん中にテーブル。クレメットがベンチのいちばん奥を指さすと、ヨハン・ヘンリックは嫌々そこに座った。

「まずは、グンピ内を捜索させてもらう」クレメットが言った。

トナカイ所有者が反論する前に、クレメットは手で相手を制した。

「昨日市役所で耳がみつかったというニュースは聞いただろう。耳にはマークが刻まれていた。ナイフで刻んだものだ」

ヨハン・ヘンリックは怪訝《けげん》な顔でクレメットを見つめた。口を歪ませたが、何も言わない。タバコの葉の袋を取り出すと、手で巻き始めた。

「で、それがおれとなんの関係が？」ヨハン・ヘンリックは怒りの表情で言った。「そのせいでわざわざここまで仕事の邪魔をしにきたのか？」

「マッティスの耳の切れこみはオラフの一族のマークに見えた。ともかく、よく似ている」

ヨハン・ヘンリックは驚いた様子はなかった。タバコに火をつける。

「スペイン野郎のマークつきの耳がひとつ。それで？」

「あんたはオラフとのいさかいのことを一度も言わなかったな」

「どのいさかいのことだ？」

「あんたがライフルで撃たれたときのことだ。そのときオラフとは放牧地のことでもめていたんだろう？　まあオラフいわく、昔の話ではあるが。だがマッティスは当時オラフのところで働いていた。銃撃にはどうやらマッティスも関係していたらしいな」

「ほう、それでお前はおれがマッティスを殺し、耳を切り落とし、そこにオラフのマークを刻み、市役所にもっていったと思っているのか？　まったく、お前らトナカイ警察は秀才揃いだな！」

口がまた歪み、今度は意地の悪い笑みになった。相手を嘲笑《ちようしよう》しているのだ。

「ヨハン・ヘンリック、おれは何も思わない。そのマークがあんたにつながるという証拠もない。だがその線でも捜査しなければいけないんだ」

警官二人がグンピ内部の家宅捜索をする間、ヨハン・ヘンリックはタバコの煙ごしにクレメットを見つめているだけだった。しばらくすると、二人がテーブルに発見物を並べた。小刀を三本と、四分の三ほど入ったコニャックの瓶だ。

「ナイフは押収させてもらう。問題なければ」

ヨハン・ヘンリックは黙って煙を吐き出した。

「おれを捕まえないのか？」

「ここにはまたいつでも来られる」クレメットはそう言って、ドアを閉めた。

24

一月十八日　火曜日
パリ　九時三十分

ホテルを出ると、雨が降っていた。ニーナはモンスと書かれた表札の横のインターフォンを二度押した。ポールがすぐに応答し、門を開けてくれた。入口は居心地のよい雰囲気だった。二十世紀初頭のアパルトマンは管理が行き届き、石造りの外壁は最近塗り直されたばかりのようだ。ニーナは二階に続く階段を上がった。そこではアンリ・モンス自らが玄関で待ちかまえていた。老人の顔に歓迎の笑みが広がった。

「おお、マドモワゼル、お会いできるのを心待ちにしていましたよ」

ニーナはアンリ・モンスの活気に驚いた。熱心な動作で、緊張しているのかと思うほどだった。

「あなたの訪問のおかげで元気を取り戻したんですよ」ポールはそう言って、ニーナと握手を交わした。そして笑顔でつけ足した。「ただ、疲れさせないように気をつけたいと思います」

ニーナは目の前に立つ二人の紳士を眺めた。アンリ・モンスは年齢のわりにはかなり豊かな、雪のような白髪を後ろにとかしつけている。頬はこけ、ほっそりした鼻、顔のサイズに対して耳が大きめだった。華奢な肩はわずかに丸まってはいるが、それでも堂々とした美しい姿勢だ。生き生きとした青い瞳でニーナを好意的にじっと見つめている。その隣に立つ息子も同じ髪形だが、色は栗色だ。父親と同じくらいの背丈だが、身体が引き締まっている。数日分の髭をきれいに整え、顔はよく日に焼けていた。ニーナは自分がいる場所を見回した。部屋の中は広々としていて、壁には木のパネルがはまり、布が下がり、絵がいくつも飾られ、探検旅行の思い出にも溢れていた。暖かで心地よいブルジョア的雰囲気に溢れている。艶出しワックスの匂いは初めて嗅いだが、センスのよい家だと思った。カウトケイノの木造の家、そしてニスさえ塗られていない白木の家具。そこからずっと遠くに来た実感があった。

リビングでそれぞれが心地よい革の安楽椅子に落ち着き、ティーカップを前にすると、アンリ・モンスは微笑んだ。

「マドモワゼル、こんな素敵な女性がノルウェー警察からいらしてくださるなんて、本当に嬉しく思っているんですよ」

ニーナは礼儀正しい笑顔を浮かべた。心の中では、ああまたか――と思いながら。フランス人をよく知るニーナは、この種のお世辞を避けられないこともわかっている。できるかぎり好意的な表情を浮かべつつも、愛想よくしすぎないように気をつけようとした。

「それで、太鼓はみつかったんですか？」

「まだなんです、ムッシュー。いくつかのチームに分かれてこの事件を捜査しているんです。

複数の手がかりを追っているもので。でもあの太鼓の詳細や歴史が具体的にわからないと、暗闇を手探りで進んでいるような感じなんです」

「わかります、わかりますよ。それで、わたしがどのようにお力になれるかな？」

「まずは、戦前にサプミでどんなことをなさっていたのか教えていただけませんか？」

「ポール＝エミール・ヴィクトルのサーミランドにおける民族学研究に同行したんだ。医者のラタルジェ兄弟も一緒だった。一九三九年だったたね、つまり第二次大戦の直前にサプミを横断した。もちろんソビエトに当たる部分は除いてね」

「じゃあ、あなたがたは四人で……」

「われわれ四人がフランス人だった。ポール＝エミールとラタルジェ兄弟は古い友人でね。わたし自身は探検旅行の経費を出した人類博物館のアリバイづくりみたいなものだったんです。この旅行が単なるエキゾチックなバカンスじゃないというのを示すためにね。いや、実際にはそうでもあったんだが、それはまた別の話だ。あとはスウェーデン人が二人と、ドイツ人も一人いたよ。スウェーデン人はウプサラ大学の人類学者二人で、最初は素晴らしい人たちだと思ったんだが。ドイツ人は確か……東ドイツ、いや東南ドイツ、ズデーテンかボヘミヤかそのあたりだ。よくは知らないが、問題ないでしょう？　ともかくドイツ人で、地質学者だった。あとはもちろん、ガイドやサーミ人の手伝いが旅の間ずっと一緒だった」

「今、スウェーデン人たちは最初は素晴らしい人たちだと思ったが……とおっしゃいましたが。それはどういう意味です？」

「ああ、ポール＝エミールは非常に社会意識の高い人間だった。人類という存在に貢献するために、同胞を発掘することに燃えるような情熱を抱いていた。のちに旅したポリネシアでも、わたしが同行した北極圏でもね。フランスとはちがっていて遠い場所ほど、彼は夢中になった。その方向性で、つまり文字どおり同胞を発見するという目的で、サーミランドの旅を企画したんだ。まさにわたし自身やラタルジェ医師たちと同じように。だがまもなく、スウェーデン人の同僚たちはそうではないことに気づいた。いや、今これほど時間が経っても、彼らを同僚と呼ぶことに抵抗があるよ。ともかく、ポール＝エミールもわたしも旅の準備段階においては知らなかったんだが、ウプサラ大学の人類学者たちは人種生物学研究所でも研究をしていたんだ」

アンリはそこで言葉を切った。今言った内容にニーナがどのくらい反応するかを確認するみたいに。ニーナは目を見開き、それについては何も知らないという表情をつくった。

「ポール、書斎の安楽椅子の上にある本をもってきてくれないか」

アンリ・モンスは息子がもってきた本を受け取ると、少しめくってみてから、ニーナに手渡した。

「スウェーデン人たちが人種生物学研究所でやっていたのは、この種の研究だったんだ」

ニーナはスウェーデン語が書かれた黄ばんだページにじっくり目を通した。見つめられているのを感じる。わざわざこの本を準備していたのだから、重要な内容にちがいない。つまり時間をかけて読まなければいけない。しかし苦労する必要はなかった。本の最後にいくつも絵が並んでいて、ニーナがそれに気づくのに時間はかからなかった。絵は北欧人種を優位に表現し、それ以外の人種は劣るものとして描かれていた。ラップ人、ジプシー、ユダヤ人、フィンランド人、バルト人、ロシア人。特に不快だったのは、北欧人種は大学生、牧師、企業家、医師として描かれているのに、他の人種はまるで犯罪者のような扱いだった。実際、そういった人種を犯罪者として描いている絵が多かった。ニーナは顔を上げてアンリ・モンスを見つめた。心の底から嫌な気分になっていた。

「スウェーデン人研究者は二人とも非常に学識があり、魅力的な性格でもあった。彼らは熱い議論を交わしていたが、ときには吹き出しそうになったくらいだよ。というのも一人は社会民主主義者で、もう一人は右派だったから。人種問題についても、わずかに意見が異なる点もあった。社会民主主義者のほうは築かれつつある福祉国家の話ばかりで、反社会的な勢力が力をもってはいけないと考えていた。もう一人のほうはもっとはっきり人種差別に根差した理論を展開していた。わたしも戦後になってからわかったわけだが、当時の北欧の学識者たちはかなり親独だったんだ。われわれはあの二人の発言にショックを受けたよ。野営地で夜な夜な活発な議論が交わされたわけだが、ちがう惑星に住んでいるかのようだった。わたしたちだけになったとき、ポール＝エミールは彼らを激しく批判していた。科学を間違ったことに使っていると。しかしあの二人のことを必要としてもいた。彼らは熱心にサーミ人の研究をしていたからね。だが彼らの目にはサーミ人は劣った人種で、この先全滅するしかない存在に映っていたようだ。ちょうど今われわれがホッキョクグマについて語るような感じだったよ。嘆かわしい、非常に嘆かわしいことだ」

「それで太鼓は？」

「その議論はサーミ人のガイドたちの耳にも入った。特にそのうちの一人が非常に懸念を示していた。彼自身も研究対象になったんだ。あの二人に頭蓋骨を計測されたりね。他の何百人もの人たちがやられたように」

アンリ・モンスは立ち上がり、ニーナについてくるよう言った。二人は木製パネルが張られた廊下を進んだ。いくつも並んだ小さな金の額縁が照明に照らしだされていて、そこには北極圏の狩りの風景が描かれている。大きな書斎は壁が二面とも本棚になっていて、その間に小さな二人がけのソファがあった。別の壁は大きな戸棚に占められていて、入口の正面にはマホガニー製のデスクが斜めにおかれ、左側に大きな窓がある。アンリ・モンスはデスクにつくと、ニーナには向かいに座るよう勧めた。ニーナにも、老人が自分と会う前にじっくり準備をしてくれていたのがわかった。机の左側にはきちんと積まれた書類の山がいくつもあった。しかし彼はまず右手の下から一枚の写真を取り出した。それを覗きこみ、ニーナにもそうするよう促した。

「探検に出るさいの写真だ。真ん中にいるのがもちろんポール＝エミール。その右がラタルジエ兄弟で、スウェーデン人の研究者とドイツ人が左側だ。ポール＝エミールに近い二人がスウェーデン人だ」

「これはあなたですね」ニーナはそう訊いて、フランス人の医師二人の右に立ち、真摯《しんし》な表情で微笑む男性を指さした。

「ああそうだ。この頃なら、あなたをお誘いしたでしょうね、マドモワゼル」そう言って、いたずらっぽい笑みを浮かべてみせた。「それからこの三人がガイド、通訳、それにコック」アンリ・モンスは指を動かしていった。

写真の記載によれば、フィンランドのイナリという村のホテルのロビーで撮影されたものだった。写真に写る人たちは不自然に硬い表情だが、それは戦前の写真によくあることだ。まるでその陰気さがそのあとの恐ろしい出来事を引き起こしたみたいだった。全員がオーバーオールを着ている。おそらく出発する直前なのだろう。一緒にいるサーミ人たちは伝統的な衣装を身につけている。毛皮のブーツは先がとがってくるりと丸まっていて、組紐の装飾に縁取られ、足首で紐を縛るデザインだ。明るい色のトナカイの毛皮のズボンに、何重にも組紐をあしらったコルトを着ている。白黒写真だが、実際にはそれがカラフルなことはニーナでも知っている。カウトケイノのマーケットで今でもそのような民族衣装を着ている高齢のサーミ人たちを見かけるからだ。サーミ人がかぶる帽子はどの地域の出身なのかを表している。写真の一人は四つの風の帽子と呼ばれる、長い房が四つついた帽子をかぶっていた。アスラクもこういう帽子をかぶっていた、とニーナは思いだした。

アンリ・モンスはまた例のドイツ人地質学者を指さした。

「気の毒なエルンストよ。彼はわれわれが来る前からしばらくサーミランドにいたが、ある場所を再訪したくてわれわれと一緒に来ることにしたんだ。だが探検旅行の途中で亡くなった。数日間、興味のある場所で情報を集めるために別行動をとり、サーミ人のガイドを一人連れていった。だが戻る途中に転んで、頭を打って死んでしまったんだ。そしてカウトケイノの教会墓地に埋葬された。当時のドイツ人としては珍しく、政治のことは一切話さない男だった。ヒトラーを批判することも賛同することもなかった。それにスウェーデン人二人が情熱を燃やしていたテーマにもまったく興味を示さなかった。基本的にはいつも独りだった。ある晩、ランプの光の中で仕事をしていた彼を脅かしてしまったことがある。彼が地質図をつくっているのは知っていたが、わたしが来るとあわてて隠していたよ。だから何も訊かなかった。地質学者同士、そんな野暮なことはしない。お互いの小さな秘密には敬意を払わねば」

「四つの風の帽子の男は誰なんです？」ニーナが尋ねた。

「悪魔の帽子のことかい」アンリ・モンスは微笑んだ。「神を畏れる人々はそう呼んでいた——悪魔の帽子とね。彼はニルスという名前だ。苗字はもう覚えていない。彼がエルンストに同行したガイドで、わたしたちのところに戻ってきて、彼が死んだことを告げたんだ。非常にショックを受けていたよ。ガイドとして責任を感じたんだろうね。エルンストは、ニルスが食料にするためのトナカイを撃ちに行っている間に死んでしまったそうだ。苔《こけ》の下に隠れていた断層に落ち、岩に頭をぶつけたという。ニルスはそのことで自分を責めていたよ。わたしは彼と親しくなってね。彼はスウェーデン人研究者の主張のせいで自分を卑下していた。反論する勇気もなかった。彼が言うところの〝白人〟は皆、サーミ人について同じ見解をもっていると思いこんでいたんだな。謙虚な振舞いが見てとれた。ニルスは誇り高い男で、われわれと距離をおき、相互理解も足りなかった。そこに畏怖の念が混ざることもあった。そのどれもがわたしを深く感動させたんだ。最初は彼と話す勇気もなかった、通訳を介さなければいけないからね。だがわたしは彼にわかってもらおうとした、目の動きなんかでね。彼の気持ちを敏感に察していることを。ニルスはそれに気づいてくれた。旅の終盤になると、通訳を信用できると確信したこともあり、ある晩そのことに話が及んだ。わたしは恐ろしい話を聞くはめになった。サーミ人たちは信じられないような扱いを受けていたんだ」

アンリ・モンスはそこで言葉を切り、ニーナにも彼の目に涙が浮かんでいるのが見えた。

「父さん、ちょっと休憩したほうがいい」ちょうど部屋に入ってきた息子のポールが言った。

アンリ・モンスは疲れているようだった。うわべだけは抵抗しようとしたが、結局は昼寝をしに行った。ニーナはそれを受け入れるしかなかった。

25

一月十八日　火曜日
カウトケイノ　十時三十分

アンドレ・ラカニャールは泊まっている離れの入口前に車を駐車した。そこは彼専用の入口で、いちいちホテルのフロントを通る必要はない。離れにはベッドルームに大きなリビングまでついていて、好きなように出入りできる。ラカニャールは部屋に荷物をすべて集め、箱に詰めた。プログラムに変更があったものの、準備自体は何も変わらない。

調査用のハンマーを取り上げた。柄を膨張させるために一晩じゅうバケツの水につけておいたものだ。ハンマーは鉄のヘッドに木製の柄をはめこむタイプのもので、水につけて膨張させることでしっかりつながるのだ。それは柄の長いスウェーデン製のハンマーで、険しい場所に分け入るときには支えとしても使える。破壊力もあった。柄が長いぶん、岩を砕くときに大きな力がかかるからだ。ラカニャールは何もかもが決められた場所にあるかどうかを再確認した。カメラ、GPS——そんなものに頼りきるつもりはないとはいえ。ルーペ。他にもコンパスや、スケッチのための太い鉛筆や色つきのチョークもある。

それから地質図が何枚も入った箱を開き、しばらく必要な地質図を選んでいた。ちがった縮尺の地質図で、どれも複数枚ある。その中から六十枚ほどを選び出した。そのあとはまずボルボのトランクにスチール製の箱を積みこみ、それから残りの荷物も全部のせた。二週間分の荷物だ。買いこんだ食料も、二人の人間が二週間過ごせる分量だった。車の後ろには、スノーモービルをのせた小型トレーラーを連結している。

一瞬、例のパブに寄ろうかとも考えた。しかしそれはいいアイデアではないと自分に言い聞かせた。残念だが、まあ近々また――。

代わりに、オルセン宅で見た地質図の記憶に集中した。あれは相当に詳細な地質図だった。持参した他の地質図を横において照らしあわせなくてはいけない。経験上、一枚の地質図に地質の状態をすべて描くことは不可能なのを知っていた。それに、昔の地質学者と今の地質学者では地質に対する見解が異なっているということも大いにある。大変な作業になるが、不可能ではない。ラカニャールにはそれをできるだけの能力があった。優秀な地質学者なのだ。それは自分でもわかっていた。あとは地質全体の傾向を分析するだけだ。そこは彼の得意分野だった。オルセンには言わなかったが、あの地質図は何よりも岩塊ごとの記載が表記されている。全体ではなくて。内容が正確なら、そのような地質図にはもちろん計り知れない価値がある。ただ、ひとつの岩塊に特定の鉱物が少量存在するからといって、その下を掘れば鉱床がみつかるわけではない。そんなの、夢を見ているようなやつが考えることだ。ラカニャールは夢は見ていない。その真逆だ。あるエリア全体の地質を読むことにおいては比類なき能力と鋭い直感をもちあわせているために、同業者の誰よりも正確に、目の前の景色を読みとることができるのだ。

ラカニャールはガソリンスタンドに立ち寄り、予備のポリタンクにガソリンや水を補給した。それからカール・オルセンの農場に向かった。そこで本当のミーティングが行われるのだから。

26

一月十八日　火曜日
パリ　十三時三十分

　ニーナは考えをまとめるために、外の空気を吸いに出かけた。ここまでのところ知りえた事実に心がざわついていたからだ。ある意味、恐ろしくもあった。北欧諸国は世界でも最高の社会モデルを築いていると信じて育ったのだ。あの研究所や頭蓋骨計測の話は大げさなのかもしれない。だって今まで偶然そういう記事を二、三本、目にした以外、そんな話は聞いたことがないのだから。つまり、たいした問題ではなかったんじゃない？

　その後、またポールがアパルトマンに招き入れてくれた。

「さあどうぞ。父は昼寝から起きて、話を続けたくて待ちかまえていますよ。まだまだ話すことがあるようだ」

　ニーナはまっすぐに書斎に向かい、アンリ・モンスの向かいに腰かけた。老人は書類から顔を上げ、いきなりこう切りだした。

「マドモワゼル、ニルスは才能豊かな男だった。他の多くのサーミ人と同じく、教育は受けていない。少なくとも、われわれが言うところの教育をね。だが相手の言わんとしていることを正確に把握できる男だった。ノアイデとしての才能があったわけだ。わたしのほうはサーミランドに足を踏み入れたこと自体初めてで、その方面の風習には疎かった。ポール＝エミールのほうがよっぽどそこに興味をもっていたね。以前グリーンランドでもシャーマンの研究をしていたし、当然サーミ人のその部分にも夢中だった。だがニルスが信用してくれたのは、言ったとおりわたしだったんだ。彼は自分がシャーマンだということはまったく話さなかった。あとになって知ったことだが、本物のシャーマンは自分がそうだなどと吹聴しないものだ。あのときニルスは強い懸念を示していた。スウェーデン人の人類学者たちの話にはわれわれフランス人でさえも憤ったが、サーミ人たちはそこに住んでいて、われわれが帰ったあともそこに暮らしているのだから、懸念するのは当然のことだ。中央ヨーロッパで始まったヒトラーによる悲劇のことをサーミ人たちが理解していたかはわからない。われわれだって結局のところ、そのときはまだどういう陰謀が計画されているのかあまりわかっていなかった部分があるのだから。だがニルスにはある種の予感のようなものがあった。ある晩、わたしと通訳を隅へ連れていき、上着の中から太鼓を取り出したんだ。見事な太鼓だった、オイルランプの光の中でわかるかぎりだがね。それに状態もよかった。丸い形をしていて、表面はわたしには意味のわからない小さなシンボルに覆われていた。

わたしはニルスにこれはなんなのかと尋ねた。すると彼は自分の太鼓だと言ったが、それ以上の詳細は話してくれなかった。ただ、彼のものだということだけ。極めて厳かな瞬間だったから、根掘り葉掘り訊くのに適切なタイミングではなかった。本当はいろいろと尋ねたくて仕方がなかったけれどね。ポール＝エミールのような偉大な研究者が夢見るようなレベルの出来事なわけだから、余計に興奮したよ。興奮を抑える努力をしなければいけなかった。ニルスは、太鼓が危機にさらされていると言った。わたしがよく意味がわからないと答えると、広まりつつある考えかたのせいで彼の民族が脅威にさらされているのだと説明してくれた。わたしはニルスを落ち着かせようとしたが、彼が本気で懸念しているのもわかった。わたしも冷静な態度を保ちつつ、実際には彼が正しいと認める以外なかった。そのときに、太鼓を預かってくれと頼まれたんだ。フランスにもち帰り、安全な場所に保管しておいてほしいと。そしてわたしがもう大丈夫だと判断したときにサーミの地に戻してほしいと。彼はわたしの判断力を信頼してくれたんだ。マドモワゼル、正直言って、それほど信頼されたことに当惑したほどだ。価値あるサーミの文化財を突然託されるなんて」

アンリ・モンスはそこで言葉を切った。老人は夢中でしゃべり続け、見るからに感情をたかぶらせている。ニーナは微笑むと、彼の腕に自分の手をおいた。すると老人はニーナに微笑み返した。息をつかせてくれたことに感謝したようだ。ニーナも彼の話に感動していた。ただし別の理由で。初めて会うこの男性が、ニーナがほぼまったく知らなかった母国の現実に気づかせてくれたのだ。新しい見解にどう気持ちの折りあいをつければいいのかわからなかった。ひとつよかったのは、捜査という、しがみつける対象があることだ。まだ昼前だった。アンリ・モンスは息子にまた紅茶を淹れるよう頼んだ。紅茶を待つ間、老人は探検旅行の写真を何枚も取り出した。旅の途中で出会った人々がどのような日常生活を送っていたのかを垣間見られる素敵な写真ばかりだった。コタの中で過ごすサーミ人の家族、コタの前にいる写真もある。何枚かは母親が揺りかごに子供を入れている。トナカイと一緒にポーズを取っているサーミ人もいる。おそらくリーダートナカイ、いちばんのお気に入りの子なのだろう。しかし写真を見ていくうちに、地元のサーミ人たちが警戒しているように思えた。そして最後にはたと気づいた。ほとんど誰も笑っていない——。笑っていたとしても、無理矢理笑っているような感じだった。そう、まるで笑うのが不適切な状況みたいに。まるで恥じているみたいに。ニーナは素早く写真に目を通した。探検旅行のメンバーがサーミ人と一緒にポーズを取っている。

「サーミランドは、鉱石という意味でもわくわくするような場所だと知っているかね？　当時から多数の鉱山があった。例えばキルナの鉄鉱石はナチスの武器をつくるのにも使われた。巨大な金鉱が眠っているという噂をあちこちで聞いたのも覚えている。皆の話しかたからして、伝説と化しているようだった。われわれは驚かされたよ。サーミ人はそういう物質的な豊かさにはこだわらないと思いこんでいたからね。当時の彼らはまだ基本的に遊牧民として暮らしていた。それでも、とんでもなく大きな金鉱の噂がささやかれていたんだ。ニルスがわたしに太鼓を預けてくれたときも、何かそのことと関係があるように思われた。ニルスは本当に……それを口にしたとき、この上なく真剣だった。金鉱には呪いがかかっていると言ったんだ。それが彼の民に多くの不幸をもたらしたと。だからこそこの太鼓をずっと遠くの安全な場所にやらなければいけない。金鉱の真実が、望まれない人々の手に渡らないように」

「呪いというのは？」

「わたしがその点に興味がなかったとは思わないでおくれ。だが何も尋ねなかったよ。あの瞬間の厳かさに圧倒されたんだ。自分たちが政治的惨劇の起点に立っているという感覚、不吉でもあり魔法にかけられたような雰囲気でもあった。あのときオイルランプの光の中で、闇と悪意ある大自然に囲まれて――耳をつんざくような風が吹きすさぶ、文明から遙か遠く離れ場所で、その男――胸が痛むほど沈痛な表情をした、四つの風の帽子をかぶった男の前にわたしはいた。それは果てしなく偉大な瞬間だったんだ」

「でも、あなたはどのように解釈されました？」

「わたしは太鼓がきっと金鉱の歴史を語っているのだろうと思った。呪いというのがなんなのかはよくわからない。金鉱がどのような形で彼の民に影響を与えたのかも知らない。彼らのものだった放牧地を奪われたのかもしれない。遊牧の移動のさいに重要だった道を奪われたのだろうか。トナカイの群を失うような不幸が起きたのか、トナカイたちが飢えて死んだのか？それとも呪いはサーミ人自身に関係あることだったのか。長年の間に、こんな問いかけをいくつも自分自身にしてきたんだ」

「太鼓の柄はコピーをとられていないんですよね」

「誰もとっていないとは言い切れないが、わたしにはわからない。確実なのは、わたしはもっていないということだ。他の人がもっているかどうかは……」

「でもそれほど強い印象を受けた太鼓なら、あなたも覚えているでしょう」

「マドモワゼル、それはわたしの記憶力を過大評価しすぎだ」アンリ・モンスは微笑んだ。「だが、思いだす努力をしてみようじゃないか……」

老人は目を閉じ、長いこと黙っていた。

「一本の水平な線が太鼓を二分していた。その線は太鼓の上のほうに引かれていた。その部分にはシンプルなトナカイの形、そして人の形——それも単純化されたものだ。狩人……だと思ったが、もう確信がない。そして木や、おそらく丘もあったと思う。コタだったのかもしれないが、よくわからない」

ニーナは素早く手帳にメモを取り、まだ目を閉じているアンリ・モンスをじっと見つめた。

「線より下の部分はもっと複雑だった。その部分の真ん中に十字があって、両側にいろいろなシンボルが描かれていた。十字の真ん中には小さなひし形のようなものがあった。あとはなんだったかな……端のほうにももっとシンボルがあった。それもまた単純化された人——かなりシンプルだったね。それ以外には複雑なシンボルもあった。神々だったのかもしれない。それに魚や、船が一艘。驚いたのは大きなヘビのシンボルだ。あとは木や、さらに丘があったと思う。それに解釈できないシンボルも。あとで調べてみようと何度も自分に誓ったが、あなたもおわかりでしょう、他にやることがいくらでもあって忙しくてね。それにニルスが心から願ったこと、太鼓は誰にも見せてはならないというのを尊重したかった。それもコピーを取らなかった理由のひとつだ。ポール＝エミールはわたしを責めたが、彼だってわたしの守秘義務を尊重してくれていたんだ」

はず」

「その太鼓をほしがる人々から連絡があったりもしたんですか？」

「もちろんだよ！」アンリ・モンスは語気を強めた。「こういった品は欲望を刺激するからね。先コロンブス期の芸術作品やエジプトの遺跡とまではいかないが、劇的な歴史にまつわる唯一無二の存在であることに間違いはない。他の太鼓もそうだがね。それはあなたもよくご存じのはず」

ニーナは自分の無知を説明するために時間を無駄にはしたくなかった。

「どんな人が連絡してきたんです？」

「ドイツのハンブルグにある博物館だね。カウトケイノの博物館と共同で何かしていたようだ。ここに来て太鼓を見たいと言われた。鑑定のために」

「じゃあそのときに写真を撮ったんですよね？」ニーナは期待をこめて尋ねた。

「いや、結局来なかったんだよ。その頃にはもうカウトケイノのヘルムートと直接連絡をとっていたからね。わたしの記憶が正しければ、長年の間に連絡をしてきたのはあと二人だ。一人はストックホルムの博物館の人間で、もう一人の男はアンティークショップを経営している男だった。どうも仲介人のようだったから、どこかの収集家のために動いていたんだろう。わたしが太鼓を所有していることをどこで知ったのかはわからない。売るつもりは一切なかったから、問いあわせてもらってもどうしようもないんだがね」

「博物館の名前と、その仲介人の名前はわかりますか？」

アンリ・モンスは書類の山をあちこち探し、しばらくして万年筆で書きとめた紙をみつけた。

ニーナは素早くそれを読んだ。博物館はストックホルムの北方民族博物館だった。アンティークショップの電話番号もオスロの市外局番だった。

「そもそもこの太鼓をあなたがもっていることを知っている人間はどれくらいいるんです?」

「わずかだよ」しばらく考えてからアンリ・モンスは言った。「ヘルムートのところに送るまではね」

老人はニーナに探検旅行の写真や書類をもたせてくれた。帰るときになって、ニーナは門のところで立ち止まった。

「なぜ今、太鼓をサーミ人に返そうと決めたんですか?」

「何よりもわたしの年齢だね」アンリ・モンスは疲れた笑顔を浮かべた。「わたしが死ぬことで、サーミ人がこの太鼓を永遠に失うことになってほしくはなかった。それで、今太鼓を返すことがニルスの意志に背くだろうかと考えてみたんだ。だが、そうはならないと思った。北欧においてあの当時のような理想が黙認されていたのはもうずっと前のことだ。まあ、それがわたしの思いちがいでないといいが……」

27

一月十八日　火曜日
カウトケイノ　十五時三十分

アンドレ・ラカニャールはカール・オルセンの農場の母屋の前で車を停めた。オルセンはフランス人がやってくるのを見て、玄関の前で待っていた。この男はどうにもつかみどころがない。本性を見せないのだ。頭の中で何を考えているのかもわからない。若い少女に弱いということ以外は。ブラッツェンのように簡単には操れない。他の男ならあんなふうに痛いところをつかれれば否定しただろう。怒り狂ったはずだ。だがフランス人はそうはしなかった。なんてことだ――おまけにおれを見つめるとき必ず嘲笑《ちようしよう》を浮かべる。

古い地質図はキッチンのテーブルの上にあった。ラカニャールはまっすぐにそこへ向かうと、地質図を手に取った。

「覚えておけ」オルセンが言う。「鉱業理事会への申請書は急ぎだ。それに市の鉱山審議会にも間にあわせなければいけない。鉱業理事会についてはあっという間だろう。あそこは始終人が働いているから。だが審議会のほうはおれも出席する会議のときだけだ。延期された会議を逃すわけにはいかない。でなければ開発権の許可が間にあわないからな。だから今やるかやらないかだ」

ラカニャールが何も答えないので、オルセンは不安になった。オルセンは別の地図を広げた。この地方の地図だ。そしてある地点を指さした。

「アスラクはここにいる。変わった男だが、確実に最高のガイドだ。あんたなら彼を動かせるだろう」オルセンはそう言って、身体ごとラカニャールに向き直った。

フランス人はまだ何も言わない。二枚の地図をじっと観察しているだけだ。ラカニャールはそれをたたみ、オルセンをじっと見つめてから、部屋を出ていった。

国道九十三号線　十六時三十分

ラカニャールは北に向かい、そこから東に折れた。カラショーク方面に。その方向にアスラクがいるからだ。オルセンの脅しに萎縮するようなラカニャールではなかった。そのアスラクとやらが変わった男だとしても関係ない。あのゴミみたいな老農夫は、アスラクがどれほど変わっているとしても、チャック司令官ほどのレベルだとでも思うのか？　あの老人はこの田舎から一歩も出たことがないのだ。それはどう見てもそうだ。そのとき、道路脇の小さなカフェが目に入った。看板には〈トナカイの幸運〉と書かれている。幸先のいい名前じゃないか。前にもこのカフェを見かけたことがあった。カウトケイノとアルタの間にある唯一の店なのだ。

東に延びる国道九十二号線の交差点にある。ラカニャールは車を停めた。いったんヴィッダに出てしまったらグンピや小屋しか存在しない。ひょっとすると持参したテントで我慢しなければいけないかもしれない。そういった宿泊施設に文句があるわけではない。ただ、今やろうとしている短時間の作業は、このカフェでやるほうがずっと快適だ。客は一人もいなかった。六十歳くらいの女性が奥の小さな部屋から出てきて、一言も発さずにレジの前に立った。そして待っている。サーミ人の女で、伝統的なコルトと、やはり同じようにカラフルなエプロンをつけている。ラカニャールはカウンターと平行におかれた長いテーブルを選び、窓の近くに腰かけた。白木のテーブルが十台ほど並んでいて、椅子も同じスタイルだ。小さな刺繡《ししゅう》の布が各テーブルを飾っている。刺繡にはサーミ人の生活が再現されていた。トナカイの耳にマークを刻む様子、昔のトナカイ橇《ぞり》、囲いの中で所有者のちがうトナカイを分離させているところ。小さな丸いティーライトがガラスのキャンドルホルダーに入って、各テーブルにおかれている。女性がやってきて、ラカニャールのテーブルのキャンドルに火をつけた。ガラスのキャビネットには手工芸品が飾られている。サーミの人形、先住民の素朴なシンボルが描かれた小さな太鼓、ステッカー。ラカニャールは丘のふもとを通る道路を見つめていたが、少し顔を上げると、まもなく自分が奥深く入っていく不毛の大地ヴィッダが広がっているのが見えた。何もかもが平和に見える。雪が世界を麻痺《まひ》させてしまったかのようだ。しかしそのままではいられないことをラカニャールは知っていた。

地質図を取り出し、それからレジに向かった。レジに立つサーミ人が虚ろな目で彼を見つめ返し、待っている。ラカニャールはサンドイッチとコーヒーを注文し、支払いをすませた。女性は礼を言った。

「アスラクという男を知っているか?」ラカニャールが尋ねた。

女性は長いことラカニャールを見つめてから答えた。

「ええ」

そしてまた相手が話しだすのを待っている。

「探すのは簡単か?」

「いいえ」

「どうやったらみつけられるか教えてもらえないか」

また沈黙。

「いいえ」

ラカニャールは他人に驚かされるのが嫌いだった。女の目をじっと見つめると、嘲笑を浮かべた。女は目を伏せた。ラカニャールは彼女に背を向け、自分のテーブルに戻った。そこでやっとオルセンの古い地質図を広げ、選んできた地質図の束も取り出した。また自分の得意な作業に戻ったのだ。さあ急がなくては。延期になった鉱山審議会の会議は明日の朝に予定されている。オルセンは申請書が通るように取り計らうと約束した。自分はこのいまいましい古い地質図に真実を語らせなければいけない。

カウトケイノ　十八時

ニーナは午後遅くにアルタの空港に到着した。クレメットが空港に迎えに来てくれていたことが嬉しかった。

「明日には法医学者からも報告が入るはずだ」クレメットはまずそう言った。「いい加減に入ってもいい頃だからな。で、パリはどうだった？」

カウトケイノに戻るドライブの間に、ニーナはアンリ・モンスから聞いたことを詳しく報告した。前日にトナカイを轢《ひ》いた場所を通りすぎるとき、ニーナは簡潔に――細かいことは省いて――事故のこと、アスラクの不思議な言動、そして小さな装飾品をもらったことを語った。しかしクレメットからはなんの反応もなかったので、ニーナはまたアンリ・モンスの話に戻った。

「人種生物学なんて正気じゃないわ、信じられない」ニーナが言った。

「ああ」

「それだけ？　もっと怒らないの？」

クレメットは道路に集中しているようだった。無言のままニーナのほうを振り向いたが、それからまた視線をまっすぐ前に戻した。車は闇に沈んだカウトケイノの町にさしかかっていた。

「うちでコーヒーを飲むぞ」

それは質問ではなかった。ニーナはクレメットの居心地のよいコタに戻ることになんの異論もなかった。車が停まると、クレメットは彼女のスーツケースを指さした。

「それも」

ニーナは首をかしげて相手を見つめ返した。なぜかわからない。同僚の提案に当惑していた。

「パリからの書類のことだ」

「ああ、そうよね。もちろん」

ニーナが顔を赤くしたように見えたので、クレメットはわざと尋ねた。

「シャワーを浴びたいか？」

ニーナは動きを止めた。からかっているのだろうか。ともかく申し出は丁寧《ていねい》に断った。クレメットは雪の上を歩いていき、コタの入口の幕をもち上げてニーナを通した。ほぼ消えかけていた炉に薪を何本かほうりこむと、炎がまた燃え上がった。ニーナの気分がよくなった。うっとりとコタの中を見回す。

「クレメット、炉の前で写真を撮ってもらえない？」

クレメットは無理に笑顔をつくったが、ニーナはもうカメラを差し出している。どうやればいいのかはわかっている。クレメットはピントを炎にあわせた。ニーナが礼を言い、写真を確認し、軽くため息をついた。

「クレメット、わたしの顔、真っ暗じゃない。ねえ、こんなふうに背後に光がある場合は……」

「ニーナ、もう一度カメラをこっちに貸して」

クレメットは即座にシャッターを押した。ニーナは一応満足したようだ。カメラは脇にやって、ファイルを取り出したから。それからアンリ・モンスから預かった一枚目の写真をクレメットに渡し、そこに写っている人々を説明した。

「写真を撮ったのは？」クレメットが尋ねた。

ニーナは困った顔でクレメットを見つめ返した。まるで悪事の現場を押さえられたみたいに。実は答えがわからないのだ。

「何を飲む？」

「アルコールフリーのビールを」

クレメットは缶を二本取り出した。さらに自分には三ツ星コニャックを注ぐ。レスターディウス派の育ちにはぐくまれた古い習慣だった。彼の家族が属していた厳格なレスターディウス派ではアルコールが厳しく禁止されているが、例外がひとつだけあった。病気になったときに薬として飲む三ツ星コニャックだ。クレメットはいつもそれを滑稽《こっけい》だと思っていたが、コニャックに罪はない。自分の育ちを完全には否定しない彼なりの方法でもあった。クレメットはコニャックを半分飲み干すと、ビールを一口飲んだ。

ニーナはクレメットの隣でトナカイの毛皮に座っていた。目の前に写真を並べて考えこんでいる。頭の中ではクレメットの質問が巡っていた。アンリ・モンスが彼女を信頼してもたせてくれた他の写真も取り出したところ、五十枚ほどあった。ほとんどがサーミ人の暮らしの光景だ。さらに十五枚ほど、探検隊のメンバーが旅行のいろいろな段階で写っている。ニーナは探検隊のメンバーの写真とサーミ人の写真を別の山に分けた。研究者チームやガイドたちが写真のいずれかに写っている。毎回全員ではないにしろ。出発のさいにフィンランドのホテルで撮影されたものを除けば、他の写真はどれも屋外だった。ツンドラの大地や、野営地のコタの前などだ。カメラに向かってポーズを取っていない写真が多く、のんびりした旅ではなかったのがうかがわれる。

「ここに、最初の写真に写っていなかった男が一人いる」

ニーナも、スウェーデン人やフランス人研究者よりかなり背の低い、しかしサーミ人にも見えない男がいるのに気づいた。

男は別の写真にも写っていた。しかし写ってはいけないような様子で、ちょっと離れて立っている感じだ。いてはいけない場所にいるみたいに。細い鼻に、垂れ下がった口髭の男。

「本当だ。モンスに訊いてみなければ」ニーナは他の写真もめくり、もう一枚同じ男が写っているものをみつけた。写真をすべて、自分とクレメットの間に何列にも並べる。全体像が見えてきた気がする。ニーナは写真に見入りながらビールを飲み、そこはクレメットも同じだった。そしてクレメットが一枚写真をつまみ上げ、裏返しにした。そこにほしかったものがあった。日付が書かれていたのだ。

「日付順に並べてみよう」クレメットが提案した。

それが終わると、二人はまた黙って写真を眺め続けた。

「具体的には何を探してる?」しばらくしてニーナが尋ねた。

「わからない」クレメットは素直に認めた。「だが探検旅行の間に何かがあったはずだ。太鼓に。そして人々に。何かはわからない。だが何かが……」

クレメットはまた少し自分にコニャックを注いだ。

「まあいい、太鼓を追っているわけだから、今はニルスの動向を追うのが自然だな。彼は最初の写真何枚か、そして最後のほうにも写っている」

「でもその間にはいない」ニーナがつけ足した。「ドイツ人の地質学者と一緒に別行動していたから」

ニーナはエルンストとニルスが仲間と一緒にいる最後の写真を裏返し、さらに二人がいなくなってからの写真も裏返した。

「これが七月二十五日、こっちは二十七日。エルンストとニルスはつまり、その頃に二人で出かけたのね」

「そしてここ」クレメットは最後の写真の一枚を指さした。「ニルスは戻ってきている。独りでね。エルンストはもう亡くなったあとだから」

クレメットは立ち上がり、写真を裏返した。

「八月七日。その前の写真で彼がいないのは……八月四日。ニルスはつまり、そのふたつの日付の間に戻ってきたわけだ」

クレメットは写真を戻し、また後ろにもたれた。背の低い箱にいくつもクッションが立てかけられている。

「ドイツ人地質学者が死んで、皆のところに戻ってきたニルスは動揺していた。その直後に、信頼していたモンスに太鼓を託した」

クレメットはコニャックのグラスをおき、探検旅行の書類のファイルを手に取った。そこには公的な書簡や装備のリスト、紹介状、経費明細書、通行証など、面白くもなんともない黄ばんだ書類が山ほどあった。クレメットは太鼓について書かれたものがないかと探した。そうしてやっとみつけたのは通関証明書だった。品名は手書きでこう書かれている。〝低級手工芸品〞そして価格の欄に書かれた数字は一目瞭然――0だった。

国道九十三号線　十八時

アンドレ・ラカニャールは地質図上に躍る地層を追って、谷から谷へと飛び回った。同時に五枚も地質図を広げている。そしてまたオルセンの地質図を見ながら考えに沈んだ。これをつくった地質学者がフィールドで膨大な時間を過ごしたのは想像に難くない。地層を調べ、化石を探し、露《あら》わになった地層と地層の境界や、異なる岩体が目に見えている部分を追い続けたのだ。ラカニャールはその地質図にじっくり時間をかけた。時間がないのはわかっているのに。古い地質図によれば、それはカレリア花崗岩《かこうがん》プルトンのようだった。つまり約十八億年前のものだ。ヨーロッパ北極圏の地層はラカニャールが見たことのある中でもっとも古い。フィールドに出て不毛の荒地を突き進んでいるとき以外は、このような地質図を読んでいるときだけがすべてを忘れられる瞬間だった。いずれかの地層の形成について示唆があるだけで充分なのだ。

ラカニャールは何やらつぶやきながら等高線を目で追った。深成岩《しんせいがん》が粘板岩《ねんばんがん》帯に属する母岩に発達している。ラカニャールは水を得た魚のようだった。石英《せきえい》と閃緑岩《せんりょくがん》と花崗岩で形成されている。それが明らかに語るのは——形成の中に金がある可能性だ。疑いの余地はない。ただ、問題はいつものように別のところにある。充分な埋蔵量なのか、現実的な深さに存在するのか、北極圏で鉱山開発をする価値があるほど市場展望は明るいのか。気候だけでなく人材を確保するのも難しい地域なのだ。疑問は幾多もある。一週間で答えを出すのは無理なものばかりだ。優秀な地質学者でさえ、いや、優秀な地質学者だからこそ——ラカニャールは自分がもっとも優秀だと自任しているわけだが——フィールドに出て、自分の足でその地を踏み、直感を解き放たなければいけない。何もかも既存のモデルに組み入れなければ気がすまない若造や役人たちを怒らせるとわかっていても。だがやつらには、おれのような男の頭がどんなふうに機能するのか、一生理解できないだろう。ごく若い少女を好むのと同じことだ。穢《けが》れなき存在にのみ宿る、果てしない美しさ。ラカニャール自身はそれを穢すことしか考えていない。彼にしてみれば、それが唯一の理性的な行動だった。なぜなら穢れなき存在は彼に不安を与えてくるからだ。自分が異形のように感じさせられるから。あの狡猾《こうかつ》な老農夫や愚鈍な警官のような怪しげな人間たちと一緒にいるほうがずっと気分がよかった。ああいう連中には安心感を覚える。この世は灰色で不公平で泥沼であるという彼の世界観を裏づけてくれるからだ。

　花崗岩の岩体は、非常に長い期間北欧を覆っていた氷河に浸食されてきた。最後の氷河はちょうど一万年前に消えてしまい、湖に囲まれた剝きだしの頂をいくつもあとに残した。地質図からは、噴出岩が数多くの筋を生みだしたことも読みとれる。地質図をつくった者は石英質礫《れき》岩《がん》もみつけたようだ。それを示唆する要素がいくつもある——再び地質図に集中したラカニャールはそう判断した。

サプミは地質的に安定した地域だ。断層がいくつかあるとはいえ、バルト楯状地の一部にあたる。ラカニャールのような地質学者にとっては、断層がとりわけ興味深い。この地質図にはそのひとつが描かれている。

ラカニャールは他の地質図を何枚も取り出し、見比べて考えにふけった。古い地質図にある情報のほとんどが、そこには存在しない。縮尺がかなり異なるのは言うまでもない。だから行間を読まなければいけない。ラカニャールの人差し指が地質図の曲線をなぞった。それがいつの間にかウルリカの曲線を思わせた。そう、あの幼いあばずれは重い口を開く義務を感じたのか。ちっともかまわない。探しているものさえみつければ、あの幼い天使のような顔でおれに這い寄ってくるはずだ。それに、あの老農夫のことも這いつくばらせてやる——。

カウトケイノ　十九時二十分

ニーナを車で送る前に、クレメットは数分だけ彼女を引き止めた。

「アスラクには気をつけろ」

ニーナが異議を唱えようとすると、クレメットは彼女の唇に指を当てた。

「何も言うな」

ニーナは相手の仕草を誤解しそうになったが、どうやらちがったようだ。

「さっき車で、きみはなぜおれがスウェーデン人研究者の話を聞いて怒らないのかと訊いただろう？　おれの実家ではサーミ語しか話さなかった。それが七歳になると学校が始まり、寄宿学校に入れられた。サーミ人の子供が集められた学校だが、サーミ語を話すのを禁じられた。先生はノルウェー人で、わざとノルウェー語しか話さなかった。おれたち子供を、小さなノルウェー人に仕立てるためだ。それはアンリ・モンスが語った時代よりもっとあとのことだ。あの時代はサーミという民族が死に絶えるのを横目で見ながら、研究の名のもとに記録を残していただけ。おれの子供時代、サーミ人は鞭打たれ、北欧に統合されていた。サーミ語を話したらお仕置きをされたんだ。休み時間でもだよ。この傷が見えるかい？」クレメットは自分のこめかみを指した。「七歳だった、ニーナ。おれはまだ七歳で、自分の言語を話すことも許されなかった。もう話せなくなったんだ。だから怒らないのかと訊かれても……」

ニーナは驚愕したまま同僚の目に涙が浮かぶのを見つめていた。いままでそんなクレメットは見たことがなかった。クレメットは結局みなまで言わずに、コタの外に出て、ニーナのために布を押さえた。布がもとの位置に戻ったとき、二人の間に存在した特別な信頼感は消えていた。

国道九十三号線　十九時三十分

サーミ人の女性はまだレジに立っている。無言のまま、身じろぎもせずに。もうずっと前に閉店している時間なのに、まだ。というのも、さっき客が一人やってきたのだ。長距離トラックの運転手で、トレーラーは駐車場でエンジンがかかったままだ。

「おやおや、ラップの美人ちゃん、まだそこに立って大笑いしてるのか？　それに飽きたらおれんとこに来いよ。なあ！」

女性は相手を見つめたが、何も言わないし、見た目にはなんの反応もない。

この運転手はスウェーデン人のようだ。ラカニャールはそう判断した。ちらりと見ると、二の腕を覆いつくすように刺青《いれずみ》が入っている。スウェーデン人は下品な笑い声を響かせながら、ラカニャールのほうを振り向き、自分の陽気さが他人にも感染するのを確信している様子だった。ラカニャールは一瞬男を見つめたが、また自分の地質図に戻っていった。

「おやおや、そっちのダンナはお忙しそうだな。おい、ばあさんよ、サンドイッチはまだか？　ああ、そういや、お前らがいい仲になるのを邪魔しちまったかな？」

そして男はまた独りで大笑いをした。しかしそれでもうラカニャールのことは忘れたようだ。サンドイッチが出てくるのを待ちながら、頭の中にしかない音楽にあわせてカウンターで指をカタカタ鳴らしている。どうやら常連のようだ——とラカニャールは思った。サンドイッチの種類も指定しなかったから。

女性がラップに包んだサンドイッチを二個もってきて、レジの横にペプシも一瓶おいた。そしてノートを取り出すと、何か書きこんだ。

「おお、ばあさんよ、その小さなノートでおれを燃え立たせるんだな。このサンドイッチを食べながら、あんたのおっぱいのことを考えるよ。老いぼれた旦那のことなんか捨てちまえって何度も言っただろ？　おれたち二人、めちゃくちゃ楽しくやれるよ。イエーイ、で、お前」男は急にラカニャールのほうを振り返った。「お前はこのラップ人のばあさんに手を出すんじゃないぞ。おれのもんだからな。じゃあな、アスタ・ラ・ヴィスタ、ベイビー」男はそう言うと、乱暴にドアを閉めた。始終鼻歌を歌いながら、空いたほうの手でリズムを取っている。

サーミ人の女性はノートを閉じた。あきれたように首を振り、レジの前でまたいつもの無関心な表情に戻った。

ラカニャールの作業は進んでいた。まだやることは山ほど残っているが、もう一度情報を確認し、地質の構造を確認してみると、確実に何かに近づいているのが感じられた。

この地質図をつくった人間は、中央の部分に力を注いだようだ。そこに圧倒的に多くの情報が記されている。そして、それがなぜなのか理解できたような気がする。かの有名な金属を示す黄色いマークがいくつもついているのだ。ラカニャール自身は地質図の右上にある地質の交差のほうに惹かれていた。かなりの量の砂利や岩塊、主に粘板岩が集積した第三紀層を示しているのだ。そこはまさに、二種類のちがった時代の基盤岩の岩塊が接している場所でもあった。その巨大な断層に、名も知れぬ地質学者は大理石の記号をつけている。まさにその大理石の存在が、たいした量でないにしても、ラカニャールを困らせていた。考えに浸りながら鉛筆で地質図をぱたぱたと叩く。この謎はあとにとっておくことにして、間違いなく豊富な金があることを示す黄色の記号を再び見つめた。さらに一時間ほど試算と比較を行ってから、探すべきエリアは限定できたと自分に言い聞かせた。目の前に地質図をすべて広げ、それをたたんでいく。正しいはずだ——古い地質図は当然新しいものとはちがっている部分もあるが、それは調査の目的が異なること、そしてリソースや専門レベルのちがいのせいだとしていいだろう。そういった差異をすべて無視すれば、古い地質図に記された方向性で探すべきなのだ。いちばんいいのはボーリングマシンを使って試掘することだが、その時間はない。自分の感覚に頼るしかなかった。しかしアスラクという男が是が非でも必要だ。どうしても時間がないのだから。一分一分が貴重だった。そう考えると狩人の本能がまた目覚め、アドレナリンが放出された。あのばあさんが若い少女じゃないのが残念だ——。女性は彼の考えが読めたかのようだった。というのもそこで初めてラカニャールに目をやり、じっと見据えたのだ。ラカニャールが暗闇と寒さの中に出ていくまで。

28

一月十九日　水曜日
日の出：九時五十四分、日の入：十三時七分
三時間十三分の太陽
カウトケイノ　八時

ラジオでもう片方の耳がみつかったという報道が流れても、誰も驚きはしなかった。それをみつけた清掃員の女性にとっては大変なショックだったわけだが。耳はトナカイ飼育管理局カウトケイノ支所で、廊下に面したドアの後ろにおかれていた。時刻はまだ七時で、皆が出社する前だった。そのドアは基本的にいつも開いたままで、掃除婦はドアの後ろに掃除機をかけるために閉じたのだ。だから耳は数日前からそこにあってもおかしくはなかった。そうだとしても誰も気づかなかった。掃除機は週に一回しかかけないのだから。ひとつめの耳と同じく切れこみが入っている。噂はあっという間に広がった。というのも、掃除婦は電話をしても警察に連絡がつかなかったため、困り果てて隣人に電話をかけた。ミッケルセンという名のラジオの記者で、彼ならどうすればよいか知っているはずだと思ったのだ。ミッケルセンは十五分後に

は現場にやってきて、至急隣の奥さんにインタビューを行った。何も触らないように気をつけたが、あらゆる角度から写真を撮った。これは第一級のスクープになる。警察はこれまでマッティスの死体が耳なしで発見されたことを伏せていたが、ミッケルセンは噂に聞いていた。この縮んだ耳が、他の証拠と同じように、これがただの殺人ではなく重大事件であることを物語っている。八時のニュースまでもうあまり時間がなかった。それに耳の写真をニュースサイトにも載せなければいけない。今日は大スクープを獲れる日になりそうだ。

トール・イェンセン署長の執務室は警官で溢れていた。シェリフは普段よりさらに機嫌が悪そうだ。塩リコリスの器にはまだ手をつっこんでいない。時刻は八時で、そこにいる者は全員ラジオのニュースをすでに聞いていた。コーヒーのポットが回され、二枚の盆に並んでいたデニッシュはなくなった。ブラッツェンはいちばん奥の隅に陣取り、文句のありそうな顔つきだった。ニーナはフレデリックと話している。フレデリックは鑑識課の担当者として、昨晩キルナから法医学者と一緒にカウトケイノに来たのだ。フレデリックはニーナにとても興味がある様子で、何やらささやきかけている。ブラッツェンのチームからも警官が二人出席していた。全員がクレメットが戻ってくるのを待っている。クレメットはトナカイ警察の冷凍ボックスにふたつめの耳を入れに行ったのだ。冷凍ボックスにはすでに複数のトナカイの耳や、アオガンその他密猟の犠牲となった動物が入っている。これでその奇妙なコレクションに、人間の耳が二つ加わったわけだ。

クレメットが書類を手にやっと戻ってきた。そしてシェリフが手で開始の合図を出した。

「一つ目の耳は本当にマッティス・ラッパのものだった。それに疑いの余地はない」鑑識官が口を開いた。

「二つ目もきっと同じはずだ」クレメットがつけ足した。「同じサイズ、同じ切り取りかた、同じような切れこみ。形がちがうとはいえ」

「それは特定のトナカイ所有者のマークなのか？」シェリフが間髪を容れずに訊いた。

クレメットは落ち着きはらって自分のカップにコーヒーを注いでいる。

「実は、その点については確信がなくなってきた。二つの耳の切れこみを自由に解釈するならオラフの一族、オラフ本人にいきつかないわけではないが」

ブラッツェンが部屋の奥で立ち上がった。

「そうさ、おれはずっとあの男がなんらかの形で関わっていると思っていた。ともかく清廉潔白ってことはない。良心が痛むようなことをいろいろやっているはずだ」

「ブラッツェン、ナンゴに最後までしゃべらせろ」

ブラッツェンは座ったが、いつでも飛びかかれそうな表情だった。

「せいぜいがんばれよ、おでぶちゃん。おれたちを驚かせてくれ」

クレメットはいつもどおり、ブラッツェンのことは無視をきめこんだ。

「解釈次第なんだ。形をわずかに曲解すれば——マークを刻んだとき急いでいた、それに数日経って耳が縮んだことなんかを考慮すると、オラフ一族のマークとの類似点をみつけられないこともない。だが二つの耳が揃うと、確信が薄れた。厳密に比較するとしたら……そう、本に載っているマークとはどれも一致しないんだ」

クレメットの説明に、濃い沈黙が流れた。シェリフが法医学者に合図をした。

「親愛なるドクトルよ、教えてくれることがたくさんあると期待していますよ。ここ数日、あなたは饒舌とは言えなかったし」

法医学者はトール・イェンセンのほうを向いて笑みを浮かべた。

「手順があるんだ、警部どの。手順というものがね。とりわけわれわれのような多国籍部署においては、手順を踏んで正しく進めることが大事だ。最終的に各国の首脳陣の間で誤解が起きないようにね。それに取り決めによれば、電話では何も報告してはいけないことに……」

「ドクトル、手順のことならよく存じ上げているよ。わたしとしては、たまにはほんの少しでいいから何か教えてもらえないものかと思っただけでね。だがここからずっと遠いキルナではそういうことは起きないようだ」

「クレメットが耳のことをまとめてくれたが、わたしもその点についてはあとで言及したいことがある。だがまずは最初に、切れこみのことだ。まだ二つ目の耳は調べていないものの、それも同じ所見になるだろうと予測している。切れこみは――つまり耳たぶと耳の上部に入ったマークのことだが、いや見事なものだ。どういうことかと言うと、ナイフを握っていた人間はその道の達人だということだ。肉や皮膚を壊さずに、きれいに切り取っている。しかも、切り傷が複数あるわけでもない。つまり、ナイフを握った者が複数回切断を試みたということを示す点はない」

法医学者はファイルを開いた。

「そこで死因だが。死体を解剖してみると、鋭利な刃物で強く刺されている。刃は広い部分で三・五から三・八センチ。トナカイ所有者たちがよく使っている〈刃物職人ストレメング〉のナイフなんかがそうだ。だが猟や釣りの店に売っているような、観光客が喜びそうな代物でもいい。傷はすごく深いわけではないが、こんなふうに刺すには力が要る。服を突き通さなくてはいけないからね。犯人は屈強な人間だ。たった一刺しでやってのけたのだから。被害者はオーバーオール、セーターを二枚――しかも一枚はかなり厚手のものを着ていた。さらにシャツ一枚とTシャツ二枚もだ。これだけ重ねていたから、現場には血が少量しか流れていなかったんだ。ほとんどは布に吸われたわけだ。傷は腎臓を傷つけるくらいには深かった。刃の長さを推測すると十七センチ。それが服の層を通して腎臓まで到達するのに必要な長さだ」

法医学者はそこで黙った。全員が耳をすませて聴いている。

「腎臓を一刺しだ。わかるかね、それでも一瞬で死に至るわけではない。心臓を一刺しするのとはちがってね。言いたいのはそこだ。ラッバは刺された直後には死なかった。普通の環境なら……つまり普通の気温、例えば屋内にいたなら、おそらく六時間は生きていただろう。だが今回はマイナス二十度だ。服を着こんでいたし、それに守られていたとはいえ、まもなく低体温状態に陥った。すると死の闘いはあっという間に進む。そういうわけで、刺されて一時間後には死亡したのではないかと推測している」

法医学者は警官たちに情報を消化する時間を与えた。

「だがそれだけじゃない。ここからは耳の話だ」

法医学者はタイミングを計ってまた話しだした。

「きみたちをがっかりさせてしまうだろうが、耳は拷問するために切り取られたわけではない。それは確実だ」

全員が法医学者を見つめ、驚きと、続きが待てないという表情になった。

「というのも、マッティス・ラッパの耳が切り取られたとき、死んでからおそらく二時間が経過していた」

警官たちは顔を見あわせた。部屋にささやき声が溢れる。ブラッツェンでさえも怪訝《けげん》な顔をしている。

「耳からはほとんど血が流れていなかった。ほんの数滴だ。血管収縮がすでに起きていたからね。死んでからはそれほど血が流れない。心臓がもう血を送り出していないからだ。生きていたときに耳が切り取られたなら、出血が見られただろう。だが今回はそれがなかった。厳しい寒さの影響もあっただろうね。耳が切り取られたとき、死体はすでに凍り始めていた。それで切り取られた耳の状態も説明がつく」

「つまりそれは、その結論を信じるとすると、犯人はラッパを刺し殺してから、現場に二時間以上とどまって……何か探していたのか？　そして最後に耳を切り取ってからその場を去ったと？」

全員が考えに沈んだ。
「もしくは」クレメットが声を上げた。「もしくは、二人別々の人間の仕業か……」

サプミ内陸部　十時三十分

アンドレ・ラカニャールはアスラク・ガウプサラの野営地を難なくみつけることができた。オルセンが地図に正確な印を入れたからだ。ぶっきらぼうなばあさんに説明してもらえなかったからといってなんの問題もなかった。ラカニャールは道路脇に車を停めた。そしてもう一度地質図を確認する。あと少しは車で近づける。老農夫いわく車が入れるという道を通って。その先はスノーモービルだ。これから通るつもりの道は通行禁止ではない。それはちゃんと確認しておいた。何にも予定を邪魔されるつもりはないのだから。それよりも、どのようにアスラクに接近すればいいかを考えていた。オルセンの警告に怯んだりはしていない。表に出たがらない、不穏な噂のある男の前で萎縮するようなラカニャールではないのだ。いやむしろ、そういう人間をどう扱えばいいかはよくわかっていた。ラカニャールはまた車を出し、湖に向かう近道を選んだ。その湖もやはり、周辺の何もかもと同様に凍りついている。何キロか雪の中を進んだところで、湖にたどり着いた。夏にアルタや近郊の村からやってくる漁師の小屋がいくつか並んでいるが、この季節は完全に無人だ。ラカニャールはボルボを停め、スノーモービルを下ろし、後ろに小型トレーラーをつないで荷物をのせた。最後にもう一度チェックリストを確認する。この種の探検旅行にミスは許されない。だがラカニャールは先を見通せる男だった。それも極端に鋭く見通す。偶然は大嫌いなのだ。その点で彼の同業者たちはよく間違いを犯す。鉱石を探すのに直感に頼るからといってラカニャールが楽観的だと、いやまったく真剣ではないと受けとるのだ。実際には真逆だった。細かいところまで何もかも準備しておいて初めて直感に頼るのだ。自分の知識の及ぶかぎりすべての不明点を解決してやっと、外に出る。五感を最高潮に研ぎ澄ませ、いつでも獲物に飛びかかれる状態で。

ラカニャールは最後にもう一度周りの景色に目をやった。ここからアスラクの野営地まで二時間もかからないだろう。途中、地図でみつけた小屋に宿泊するつもりだった。そうすれば翌朝早くトナカイ所有者の前に姿を現わすことができる。起き抜けの人間を驚かせるという方法は必ず効果があった。

アスラク・ガウプサラは規則的に深い呼吸をしながら、安定した速度で進んでいた。スキーが音もなく滑っていく。あとは最後の谷を確認するだけだ。昨日そこへ向かった小さな群にちゃんと食べるものがあるかどうかを確かめるために。自分の身体が過酷な要求に文句ひとつ言わず応える瞬間が好きだった。急いではいない。今日の仕事はもうじき終わりだ。トナカイたちのことをひどく心配しているわけでもない。彼らは自分と同じだ。勤勉で、極めて困難な状況下でも生き延びることができる。寒さに屈することなく、他に類を見ない抵抗力をもっている。二メートル積もった雪の下にも苔《こけ》をみつけ、餌を求めて数日間何も食べずに移動することもできる。この広いヴィッダのどこを探しても、彼の群ほどしつけが行き届き、飼い主の指示にちゃんと従う群はいなかった。アスラクは自分の片腕として三頭の犬を使っている。彼らもまた同類だった。迷った仔トナカイをみつけ、反抗的なトナカイを正しい方向に追い戻し、危ない道をふさぎ、ヴィッダに潜む危険を誰よりも早く嗅ぎつける。大自然の中で、彼らは完璧な調和を保って暮らしていた。アスラクは教育を受けていないし、今の若者たちのような世界には属していない。カウトケイノに立つマーケットでときどき出会う若者たちは、アスラクの生きかたを美化していた。美化することなど何もないのに。ただこれが彼の人生なだけだ。自分が他の人間とちがうのはわかっている。今までと同じように生きていると、つまり彼の民族が昔からずっとやってきたように生きていると、驚嘆されることがある。なぜ技術の進歩を否定するのかとも問われる。アスラクにはその意味がわからない。他のトナカイ所有者たちが自分と同じ作業をするのにスノーモービルや四駆車、ときにはヘリコプターまで出動させ、GPSを埋めこんだ首輪などを使っていることは知っている。それにかかる経費を支払うために、彼らは群を大きくしなければいけない。しかし大きな群は広大な放牧地を必要とする。そういったことすべてが、トナカイ所有者同士の軋轢《あつれき》を生んでいるのだ。役所が偽善的な視線で彼らを眺めている間にも。役所にしてみれば、サーミ人同士の緊張が保たれているほうがいいのだ。役所のほうで好きに決められるように。それと引き換えに、ヴィッダにいるサーミ人たちは自分たちのことをそっとしておいてほしい。それが技術の進歩と呼ばれるものなのか？　記入させられる書類に支配されたいのか？　サーミ人の人生のことなど何も知らないやつらに報告をしにいく奴隷だぞ？　マッティスのような小規模なトナカイ所有者も、騒ぎなど起こさず静かに暮らしたかっただけなのに、選択肢は他になかった。アスラクはそこで少し立ち止まり、ストックにもたれた。目をつむり、手袋の中で拳《こぶし》を握る。知らない人間が見たら、瞑想しているように見えたかもしれない。それほどまでにアスラクは自分の内面と向かいあっていた。謙虚ながらも、全身から光を放ちそうなほどの激しさで。マッティス、あの哀れな魂――アスラクはそう考えてから、身を起こした。そしてまたスキーで滑り始めた。

アスラクのトナカイは痩せている年もあるが、飢え死にすることはない。牧夫に長く放置されてきたトナカイとは一線を画する威厳をそなえている。朝起きるのが遅すぎる牧夫たち、早くグンピの暖かさの中に戻りたくて仕方がない牧夫たち。アスラクは高台で立ち止まった。ほとんど何も見えないが、自分が何を探しているかはちゃんとわかっている。犬たちが正確に彼を導いてくれる。十五分後には、探していた老トナカイが見えてきた。群の中でももっとも忍耐強いリーダートナカイで、いちばん賢くもあった。常に正しい場所へと仲間を導いていく。大きな犠牲を払ってでも。アスラクはそのトナカイを信頼していた。彼がそこにいるなら、まだ充分に苔があるということだ。アスラクはそっと近寄った。犬はずっと離れたところで待っている。飼い主が大きなトナカイに近づくとき、自分たちは離れておかなければいけないのを知っているから。

アスラクが近づくと、トナカイは大きく華奢な角を冠した頭を上げた。ゆっくりと数歩退いてから、もう一度アスラクをじっと見つめる。アスラクはあたりを見回した。視界にいるトナカイたちは雪を掘っている。この小さな谷は雪がそれほど降らなかったのだ。トナカイたちは簡単に苔に到達できるようだ。あと数日はここにとどまっていていいだろう。リーダートナカイは思慮深くこの谷を選んだのだ。アスラクは満足して、来た道を戻り始めた。犬たちもあとをついてくる。スキーで野営地に向かって滑る。まもなく妻が自分を必要とする時間だ。他のすべての日々と同じように。アスラクは新たな力を得て、ストックを地面についた。首元から押し入ろうとする氷のように冷たい空気などものともせずに。

29

一月十九日　水曜日
カウトケイノ　十時三十分

法医学者の驚くべき報告とクレメットの仮説——犯人は一人ではなく二人だった——に、警官たちは活発な議論を始めた。マッティスを殺した人間が一人と、また別に耳を切り取った人間がいるのだとしたら、捜査は新たな局面を迎える。容疑者が二人ということは、痕跡や手がかりをみつけられる可能性が倍になるということだ。もっと何かみつかるはず。自分たちは何か見逃しているはず。

シェリフが静まるよう命じた。皆を落ち着かせるために、ニーナにパリの報告をするよう指示した。クレメットはニーナがはっきりと明確に、肝要な点を報告するのを聞いていた。ニーナはスウェーデン人研究者のことや当時の政治的な背景、サーミの歴史の闇についても言及した。

「そのときばかりはスウェーデン人も頭が冴えていたようだな」ブラッツェンが嘲笑《ちょうしょう》した。

しかしシェリフの苦々しい表情を見て、こうつけ足した。「いや、もちろん冗談だが」

「太鼓を手に入れたがっていた人間についてわかっていることは?」

「北方民族博物館が連絡してきたけれど、アンリ・モンスがカウトケイノのヘルムートと直接連絡を取るようになると身を引いた。残るはアンティークショップのオーナーですが……。どうやらオスロの電話番号だから、簡単に調べられそうです」

トール・イェンセンは塩リコリスの器に手をつっこんだ。

「犯行現場のほうは? 何かわかったのか?」今度は鑑識官のフレデリックに尋ねた。

キルナ本部から来ているフレデリックは、目の前にあるフォルダを開くそぶりもみせずに立ち上がり、まずはニーナに微笑みかけた。

「そうですね、ツンドラの大地に掃除機をかけたのは、まったくの無駄というわけではなかった」彼はそこでちらりとブラッツェンを見た。「かなりはっきりしたスノーモービルの痕を確保することができた。マッティスのスノーモービルとは一致しないもので、マッティスのタイヤ痕の上に重なっていた。つまり、あとから来たことを示す。だが、もうひとつあります。そのタイヤ痕は深かった。特に、スノーモービルがスピードを緩めた部分がはっきり残っている。より深く沈むからだ。つまり、二人乗っていた。あとはお好きに結論を導き出してください」

「そこから立ち去ったのも二人だということか?」クレメットが尋ねた。

「そういうつもりで言った」

「スノーモービルのモデルを特定できる可能性は?」シェリフが尋ねた。

「それは難しいですね。もちろん、ヴィッダで二人の男を運ぶにはパワフルなマシンが必要だ。

だがそういうモデルはここでは珍しくない。ところで、マッティスの毛皮についていたオイルを採取した。マッティスはその毛皮を父親から譲り受け、とても大切にしていたと聞く。それ以外の持ちものへの接しかたとは少し矛盾するがね。だからそのオイルのしみに興味が湧いたんだ。新しいしみだというのは見てとれたし。それが犯人のオーバーオールについていたもので、マッティスを刺したときに毛皮についてしまったと勝手に結論づけるわけにはいかないが。ドクトルが言うとおり、激しい一刺しだった。体重をのせてナイフを押したのかもしれない。まだオイルの分析結果は受け取っていないが、ともかく動物性の油脂ではない」

「よし。よし」シェリフがつぶやいた。「他になければ、皆ここから消えてもらおうか」

クレメットが手を上げた。

「GPSは？　マッティスのGPSだ。そこから何か情報は得られたか？　焼けてしまったとはいえ、最後の数日にどこに行っていたかわかるのでは？」

シェリフがフレデリックに向き直ると、フレデリックは少々苦しげな笑顔になった。

「ああ、もちろん調べている最中だ。あと数日だ、我慢してくれよ」

全員が、フレデリックがGPSのことは思いつかなかったのを理解した。

会議は終わった。フレデリックが肩を落として通りすぎるときに、クレメットは「ニーナにはもう男がいるぞ」とささやかずにはいられなかった。キルナの犯罪鑑識官のカサノバぶりがどうにも気にくわないのだ。

シェリフの執務室から出るときに、クレメットは法医学者をつかまえ、ついてくるよう手で合図した。他の皆は廊下に消えていった。クレメットは自分の部屋のドアを閉め、法医学者に椅子を勧めた。

「質問がひとつある。これが重要なことなのかよくわからないが……」

「なるほど。ブラッツェンの前でその質問はしたくなかったと？　またからかわれるのが嫌だから」

クレメットは黙って相手を見つめていたが、その表情が答えを物語っていた。

「クレメット、言っておくが、われわれキルナの警官は、ブラッツェンのせいできみがおかれている状況はよくわかっている。だが、だからこそきみがカウトケイノ署にいるのが重要なんだ。ブラッツェンは階級制度に忠実だからな。ノルウェー人たちはあんな男がここにいることが気にならないようだが、われわれスウェーデン人はきみの仕事ぶりは素晴らしいと思っているよ。きみがおかれた状況を考えてもね」

「つまり、誰もあいつを配置替えしてくれるつもりはないと？」

「そんなふうに言わないでくれ、クレメット。それで、質問というのは？」

「ラッバの死体を調べたとき、目の周りに何か気づかなかったか？」

「目の周り？」

法医学者はその質問に驚いたようだった。記憶をたどっている。

「どういう点で？」

「よくはわからないが、目の周りが黒ずんでいるように見えた。青みがかったような黒、いや、灰色か？　ニーナも目の下にずいぶんはっきりしたくまがあると驚いていた。それをどう解釈するべきなのかはよくわからないが」

「わかった、キルナに戻ったら調べてみる。今回は最優先だ、約束するよ」

　警察署を出てスーパーで買い物しようとしたとき、ニーナはベーリット・クッツィとすれちがった。サーミ人のベーリットは善良そうな笑顔をニーナに向けた。

「その後は大丈夫？　あの悪いクレメットがあなたを不幸にしていないといいけど」

　ニーナもベーリットに笑顔を返した。ベーリットは目元をほころばせている。いつだって口を開けば冗談を言う準備ができているのだ。

「クレメットはいい同僚です。心配しないで。でもあなたのアドバイスはありがたく覚えておくと約束します」ニーナはそう請けあい、真面目な表情をつくろうとした。

「まったく不思議だわ……」ベーリットが続けた。「クレメットのことは彼が若い頃から知ってるのよ。カウトケイノに来たばかりの頃からね。まだ警官ではなくて、車やメカに夢中だった。女の子にはちっとももてなくてね。ここの警部が一度、夏に人手が足りない時期にアルバイトに誘ったの。クレメットは真面目な青年だったから。つまりお酒を飲まない、ここではそれで充分。そこから彼の警官人生が始まった。夏の初めには霊柩車を運転していたのが、夏が終わりになる頃には制服を着てパトカーを運転していた。スウェーデンの警察学校に送られたのはそのあと。戻ってきたときにはびっくりしたわ。筋骨隆々で、かっこいい制服を着て。そして全員に少しずつ仕返しをした。ちょっと厳しく違反切符を切ったりね。でもそんな時期もすぐに終わった。そのあとは県内の小さな村をあちこちたらい回しにされた。カウトケイノのような町では、昔は警官になるのはそんなに難しいことじゃなかったのよ」

ベーリットは急に悲しそうに頭を振り、顔を曇らせた。

「マッティスの身に起きたことを考えると気の毒で……」

「マッティスのことはよく知っていたんですか？」ニーナは寒さから逃れるために、そっとベーリットを押してスーパーの中に入った。

「どの子のこともね、わたしは本当に小さいときから見てきた。マッティス……あの子は少しやんちゃなところがあったけれど……」

「ベーリット」ニーナは声を落とした。「ひとつ訊きたいことがあるの。でも誰にも言わないと約束してちょうだい」

ベーリットはニーナを見つめた。その目が質問を促している。

「マッティスの噂を聞いたの。彼はその、ちょっと……なんと言えばいいのか、知能が低いと。それは……彼が……いいえ、彼の両親が……親戚だったからだと言う人がいるのだけど」

ニーナはブラッツェンが吐き捨てた噂などにこだわっている自分がとても恥ずかしくなった。

ベーリットは悲しそうな表情でニーナを見つめた。そして愛情をこめて若いニーナの左手を握った。

「ニーナ、可愛いニーナ。マッティスは心のきれいな子だった。他の人たちもそうだったと言えればどれだけよかったか……。でもね、こう言わせてちょうだい。あなたの聞いたことは本当ではないわ。わたしはマッティスの父親を知っていた。マッティスの母親のこともよく知っていた。母親がマッティスを産んだときに手伝ったのよ。だから、わたしがあの子にどれほど愛情を感じているのかわかるでしょう。あなたにその言葉を言う勇気がないなら……いや、責めているわけじゃないんだけれどね、可愛いお嬢さん。だからわたしが言いましょう。マッティスは近親相姦で生まれた子ではないわ。ただ、非常に嫌な噂が広まっているのは事実。その噂は牧師の耳にも入った。カール・オルセンがそういう話をぶちまけているのを聞いたこともある。知っているのよ、彼のところで働いているから。だけどわたしははっきりとそうではないと言える。ニーナ、あなたの目にはわたしたちサーミ人に対する偏見や悪意は一切ないのがわかる。だけど、今でもたくさんの人がわたしたちの陰口をたたく。なぜそんなことをされるのか、わたしにはわからない。なぜ一緒に暮らしていくことがそんなに難しいのか。こんなに大きなヴィッダが広がっているというのに。でもそうなのよ。わたしは毎日わが主に祈っている。それでも毎日のように苦しみや嫉妬、人間の心の狭さを感じることになる」

ニーナは自分も右手をベーリットの両手の上においた。二人はスーパーの入口で不思議な光景を繰り広げていた。少し脇によって、ペットボトルリサイクルの機械の前に立っているとはいえ。二人は周りが見えていないようだった。スーパーのカートが行きかい、客がせわしなく大きな袋をかかえて出ていく。そのあとにはふざけあう子供たちが続く。

「神の祝福を」ベーリットが言った。

ニーナは最後にまた微笑み、店の奥へと入っていった。ベーリットは長いことそこに立ったまま、ニーナの背中を見つめていた。

カウトケイノ　十八時

法医学者はクレメットと話したあと、鑑識班のカサノバもどきと一緒に車でキルナに帰っていった。クレメットも自分の家に帰った。本当の家のほうにだ。実際のところ、彼にとって家のほうがコタよりもずっとくつろげた。コタはクレメットにとってもエキゾチックな存在だ。クレメットの家族はトナカイ所有者ではなかった。今でも独自の耳のマークをもっているとはいえ。サーミ人の世界は複雑だった。トナカイ所有者を頂点にかなり明確なヒエラルキーが存在する。庭にコタを建てるというアイデアは当初、衝動的な反抗心から生まれたものだった。トナカイ放牧から脱落した一家の出身だという理由で、トナカイ所有者たちから見下されてきたからだ。幸いなことに、ほとんどのトナカイ所有者はそんな人間ではなかったが。彼らはトナカイ放牧がどれだけ大変な職業なのか知りすぎるほどよく知っている。だから様々な理由で――気候、不運、病気、トナカイを襲う野生動物など――放牧をやめて他の所有者に場所を譲ることになった人たちに反感をもつことはなかった。自分たちだっていつそうなるかはわからないのだ。一方でオラフ・レンソンのように耐えられないほど嫌なタイプもいる。クレメットのことを〝片棒担ぎ〟と呼ぶようなやつだ。しかしそれでも、レンソンの軽蔑は政治的なものだとわかっている。クレメットがトナカイ所有者ではないこととは関係ない。ヨハン・ヘンリックのようなトナカイ所有者は前時代の人間で、本物のタフガイだ。しかも狡猾《こうかつ》ときた。しかしヨハン・ヘンリックは誰にも借りをつくっていないし、常に全身全霊で生きている。自分の事業が細い糸の上でバランスをとっている状態なのをわかっているからだ。クレメットもヨハン・ヘンリックを好きではないものの、尊敬はしていた。アイロ・フィンマンはまた別の種類のトナカイ所有者だ。金持ちの息子で、クレメットに対する軽蔑を隠そうともしない。クレメットが庭にコタを建てようと決めたのは、フィンマンのような傲慢《ごうまん》なやつらを苛立たせようと思ってのことだった。隣人たちは最初クレメットがおかしなことをしていると思ったが、結局はなかなか面白いアイデアだと思うようになった。クレメット自身はこの神秘的なコタに新たな利点を見いだした。まもなく地元じゅうで、クレメットのコタはクールで居心地がいいと言われるようになったのだ。それが女性たちの興味も引いた。コタの存在が胸の奥にしまわれていた記憶を呼び起こしたのは、それよりずっとあとになってからだ。遙か昔、母親や叔父のニルス・アンテの物語の中で体験した思い出だった。

クレメットが自分独りでコタで過ごすことは滅多になかった。だからその夜も彼は当然のように家の中にいた。訪ねてくる人は全員クレメットのコタを心から満喫したが、庭にコタを建てるなんていう目立つ行為をするなら、他人とはちがうと思われても仕方がない。人とちがうと感じるということは、自分のほうが優れていると思っているのと同等で、それは罪なことだった。ここでは重い罪だ。

クレメットはキッチンに行き、グラスに牛乳を注いだ。パンにマーガリンを塗って、チーズをのせる。電子レンジの横にある小さなテレビをつけると、地元のニュースが流れた。マッティスが殺された事件がニュース番組のほとんどを占めていたが、新しい情報は何もなかった。推測と仮説だけがすごい速さで広まっている。匿名のトナカイ所有者が、今回起きたことはトナカイ所有者と役所の関係が長年悪化の一路をたどっていることの結果だと話している。放牧で生きていくのが年々難しくなってきているし、それに対して理性を失うほど怒っている者もいる。グンピに向かって脅しの銃弾が放たれたことも複数回あった。学識者も、気候変動により状況がさらに悪化しているというコメントをしていた。普通ならそれほど雪は積もらないから、トナカイたちは雪を掘って苔《こけ》を食べることができる。しかし温暖化のせいで雪と雨が交互に降るようになった。雨は凍って氷になる。氷の上にさらに氷が張る。トナカイたちはそれを割ることができないから、飢えて死ぬ危険性がある。餌のある放牧地が不足し、それが緊張を高めてもいる。

そのあとにはヘルムートへのインタビューが続いた。博物館のオーナーのドイツ人は消えてしまった太鼓のことを語り、展示ケースに入っている太鼓を見せた。そのうちのひとつはとりわけ美しい手工芸品だった。「これはマッティス・ラッパがつくったものだ。注文した客が引き取りに来なかったから、博物館で展示することにした。マッティスを偲んでね」

レポーターがヘルムートに、サプミではまだ古いサーミの信仰が残っているのかと尋ねた。

「わたしが知るかぎりそんなことはないが」ヘルムートがそつなく答えた。「その一方で、多くのサーミ人がそれが意味するところに大きな敬意を抱いている。マッティスも太鼓がなんらかの力を授けてくれると信じていたのかもしれない。だが残念ながら命は救ってくれなかったわけだ」

インタビューはクレメットの気分を暗くさせるような言葉で終わった。牛乳を飲み干し、立ち上がる。一瞬躊躇《ちゅうちょ》したものの、キッチンの棚から三ツ星コニャックを取り出した。コルクを抜き、そこで手を止め、またコルクを戻し、まずはコーヒーを淹れた。テレビでは、続いて国連会議の最終準備のニュースが流れている。二百人近い訪問客が数日間滞在することでどれほどの経済効果があるかという内容だった。ちょうどコーヒーができあがったときにニュースが終わった。クレメットはコニャックのコルクをもう一度抜き、なみなみとグラスに注いだ。コーヒーカップとコニャックのグラスをキッチンのテーブルに並べると、テレビを消した。それからしばらくコーヒーカップを手に考えこんでいた。さっきのニュースのことを考えていたのだ。それに、証拠がないからといってマッティス殺害と太鼓盗難の関連性を真剣に考えていないとニーナに非難されたことも。自分は仮説のひとつひとつに具体的な手がかりを与えなければと思いこんでいる――クレメットはそれを認めるしかなかった。またコーヒーをすすり、それからコニャックを一口飲む。ニーナはその必要性は感じていないようだ。それが高等教育を受けた利点なのかもしれない。そう自分に向かってつぶやく。大胆な考えをもつことを恐れていないのだ。手がかりをひとつ調べあげ、それが間違いだと気づいたら、また挑戦する。クレメットはそういう性格ではなかった。まったくちがう——そうつぶやいた。まったく、の部分を強調して。それは自分の育ちのせいだと思う。どんな小さなミスも自分に許さない。一歩踏み出すごとに自分の価値を証明してみせなければいけない。とんでもない仮説を披露してしまって、人に馬鹿にされるのが怖いのだ。たかが車の整備士ごときが自分を何様だと思っていたんだ？　今日はつい皆の前で容疑者が二人いるのかもしれないという仮説を口にしてしまい、われながら驚いた。誰にも言うつもりはないが、そのとき誰にも馬鹿にされなかったことが誇らしかった。ブラッツェンですら馬鹿にしなかった。それがすべてを物語っているじゃないか！　クレメットはコニャックを飲み干した。定年までそれほど長い年月が残っているわけじゃない。老婆のようにじっと座ったまま、自分の人生がこうなってしまったことを憐れんでいる。こんなに年をとっても、心の中にはティーンエージャーだった自分が生き続けている。クレメット、お前は本当に惨めだぞ——。グラスを見つめ、コーヒーを飲み、立ち上がってもっとコニャックを注いだ。美味しい。温かさが身体を満たす。酒を飲むのには慣れていないから、すでにほろ酔い気分だった。普段ならそれで充分だし、もう充分な量を飲んだという目安だ。で、何を考えていたんだっけな？　ええと、そうだ。マッティスと太鼓。気の毒なマッティス。クレメットはグラスを掲げ、殺されたトナカイ所有者のために無言で乾杯した。おれはマッティスについて何を知っていた？　マッティスの父親のことは？　知らなかった。ノアイデだって？　おれには関係ない世界だ。

クレメット自身はレスターディウス派の家庭に育った。本物のオーソドックスな、硬派なレスターディウス派。瀕死の病にかかったときしかコニャックを飲まないような。クレメットはまたコニャックを注ぎ、乾杯した。

「レスターディウス派に！」

そしてごくりと飲む。最高の気分だった。ほろ酔い加減が実に心地いい。自分の限界を知っていることが嬉しかった。酔っぱらいなら、パトロール中に多すぎるくらい見てきたが、他の男たちがそういう状態に陥るのを目にするのは好きではなかった。女性の場合はもっとだ。だが男でも嫌だった。見苦しい。自分の限界を知るのがなぜそんなに難しいのかさっぱりわからない。ええと、何を考えていたんだっけな。ああそうだ、レスターディウス派だ。ルーテル派のエリート。レスターディウスにはもううんざりだ。一家の中でルミヨキで行われる年次総会に参加しなかったのは自分だけだった。御言葉《みことば》に従わなかったのは。当然ながら、彼の家族はそれを深刻に受け止めた。なにしろ曾祖父はラーシュ・レヴィ・レスターディウス牧師その人に洗礼を受けたのだ。一族が何世代にもわたってそのことを誇りに思うのは当然だった。アルコールは禁止、ダンスも禁止、結婚前のセックスも禁止。学校でもスポーツをしてはいけない。テレビもだめ。そしてなるようになった。おでぶちゃん――二十歳のおれは皆がダンスをしたり、夏至祭のポールの下でキスしたりするのを羨ましそうに眺めていただけ。レスターディウスに乾杯！

ドアをノックする音が聞こえた。クレメットは腕時計を見つめたが、腕にはなかった。立ち上がると、テーブルにつかまらなければいけなかった。おやおや、まずいことになる前に飲むのをやめられてよかった。ゆっくりした足取りで玄関に向かいながら、今行くからと叫ぶ。今が何時だかもさっぱりわからない。いや平気だ。そんなに遅くはないはず。疲れてもいないし。ええと、そう、レスターディウス派。それに太鼓。不思議な話だ。クレメットはドアを開けた。可愛い金髪の女の子が目の前に立っている。おまけに彼に向かって微笑んでいる。

「こんな時間にごめんなさい、クレメット。コタに行ってみたけど、そっちにはいなかったから。アンリ・モンスの写真をまた見ていて、あることに気づいたの。それで……クレメット、あなた平気？」

「やあああああ、ニーナじゃないか！」

しっかりドアにつかまったまま、クレメットはニーナに一歩近寄った。そしてその唇にキスをした。その一秒後、平手打ちをくらっていた。さらに一秒後には、ニーナの背中が遠ざかっていくのが見えた。

30

一月二十日　木曜日
日の出：九時四十七分、日の入：十三時十四分
三時間二十七分の太陽
サプミ内陸部　八時十五分

アスラクが新しい薪を何本か投げ入れると、炎が上がり、コタの中を照らした。妻はまだ眠っている。いいことだ。寝ているときは苦しまずにすむから、眠るのはいいことだった。しかし彼女はあまり眠らない。頻繁に目を覚まし、悲鳴をあげる。アスラクはいつもの妻の朝食を温めていた。オーツ麦をトナカイの血で煮た粥《かゆ》だ。ずっと昔、まだマッティスの神経がまともで、自分の影に怯えていなかった頃は、彼をここに招いて二人でコーヒーを飲みパンを食べた。アスラクはコーヒーもパンも好きではない。幸いなことに、必要なものはすべてトナカイが与えてくれる。それは最初からずっとそうだった。彼は遊牧の移動の途中で生まれた。もうずっと昔のことだが。初めて母親が彼を胸に抱いたとき、外はマイナス四十度だった。それが母親の命を奪った。だからアスラクは溶かしたトナカイの脂で育てられた。トナカイは扱いを知っ

ていればとてもいい動物だ。食べ物、そして着る物を与えてくれる。とりわけ手先が器用な者は、角を小箱やナイフの柄、装飾品に仕上げることもできる。アスラクにもそれができた。アスラクは銀を扱うこともできる。銀はノマド系サーミの伝統における高貴な金属で、遊牧の途から途へと代々継承されてきた。そういうことはすべてできた。しかし自分が死んだあとは何もかも失われることもわかっている。アスラクは妻を見つめた。出会ったとき、彼女は若かった。その頃は苦しんでいなかった。少なくとも、今のようには。しかし邪悪が彼女に爪を立てた。そして邪悪とともに不幸がやってきた。

アスラクはゆっくりと朝食を食べた。まもなくまた外に出て、トナカイたちを見に行かなければいけない。いつもどおり自分がどれだけの時間留守にするかはわかっている。ここでは餌が何もかも決める。トナカイはそれに従う。そして牧夫はトナカイに従う。そういうものなのだ。妻のことは心配していない。飢え死にすることはない。必要なだけの食べ物は用意してある。必要とあらば数週間でも。彼女はもう本当の意味では生きていないが、生き延びることはできる。

妻はまだ眠っているが、アスラクは近づいてくるスノーモービルの音に気づいた。無線機はずっと無言のままだ。客が来る予定はない。アスラクは出かけるために道具を取り上げた。トナカイたちのところへ行く準備は整った。そのとき、入口にかかった幕が上がり、スノーモービルの運転手が入ってきた。男は膝をつき、アスラクの前に座った。微笑んでいる。

アスラクは微笑み返さなかった。口をぎゅっと結んだまま相手を見つめている。邪悪が再びやってきたことに、すでに気づいていた。

カウトケイノ　スオパトヤヴリ　八時三十分

クレメット・ナンゴはひどい気分で目を覚ました。昨晩はリビングのソファで眠ってしまった。シャワーから出ると、テレビのニュースを観ながら、いつもより濃いコーヒーを淹れ、配達されたフィンマルク・ダーグブラード紙を読んだ。頭痛がするわけではない。質の良いコニャックの利点だ。しかし何よりもうなだれていた。同僚にキスをしてしまったなんて信じられない。いちばんやってはいけないことだというのは明白なのに。数日前に二人でコタに座っていたときにも何度か頭に浮かんだことだとはいえ。

勇気を出してニーナの視線に耐え、彼女と一緒に働き続けなくてはいけない。ニーナは言いふらすだろうか。シェリフの耳に入ったら、いやもっと悪いことにブラッツェンの耳に入ったら、最悪の事態になる。クビにまではならないだろうが、完全に腐りきったような小さな署に左遷されるだろう。そこでは沿岸のバーを夜な夜な独りでパトロールするという耐えきれない生活が待っている。クレメットは顔をこすると、自分の馬鹿さ加減を呪った。昨晩のことを思いだそうとする。ひとつひとつ順を追って。すると、すぐに不安がふっきれた。マッティスと太鼓！　ニルス・アンテ！　叔父と話さなければ。年老いた叔父と。太鼓のことを教えてくれるとしたら叔父以外にいない。でもニーナはどうする？　本来なら彼女も連れていかなくてはいけない。しかし昨日の今日で面と向かうのは抵抗があった。ほとぼりは冷める――それはわかっている。北欧人は、強い酒が一晩だけ同僚を強く結びつけるような会社の飲み会には慣れている。そこにははっきりとした暗黙の了解があり、翌朝には集団で記憶喪失に陥るのだ。北欧人の実際的な一面だ――とクレメットは思う。そこには長所もある。それは否めない。クレメットはそれでも、ニーナに連絡するのを数時間は待ちたかった。あとで博物館には一緒に行くことになっている。だが叔父のところへ独りで行きたいのは理解してくれるだろう。そうだ、そうしよう。しかし自分でそれを伝える勇気はなかった。そうしたら謝らなければいけないから。署に電話して、秘書にニーナのデスクにメモを貼ってもらうことで解決した。ひとつ調べたいことがあるから、午後には戻ると。

二十分後、叔父のニルス・アンテの家が見えてきた。北欧の基準で考えると、ニルス・アンテは独特、というか批判的な人たちからしてみれば非社会的な、怪しげな存在だった。一言で言うと、変わっていた。既存のカテゴリーにはおさまらない。そのため、カテゴリー分けでは世界いちと呼ばれる社会に不安を投げかける存在だった。クレメットにとっては昔から、自由な精神を具現化した存在だった。レスターディウス派の実家がずっと否定してきた自由な精神を。叔父はクレメットのために特別な世界へのドアを開けてくれた。クレメットには、育った環境への架け橋をすべて燃やしてしまうような、ちょっとした狂気のようなものが欠けていたが、叔父が彼の心に小さな種をまき、それがときどき花開くのだ。無意識ながら、庭にコタを建てるというアイデアも叔父からきたものだろう。一方で警官になるという選択は、彼の育ちが勝利した証だった。厳格な価値観への回帰。レスターディウス派の信者の間では、国の法律は無責任で盲目的なものとされてはいるが。しかし叔父の精神は揺りかごからすでにクレメットに影響を与えてきたのだった。

叔父はずっと前に誰かが黄色に塗った簡素な木造の家に住んでいた。国道の南向き車線をカウトケイノに下りる出口からほんの十キロのところだ。その小さな村は人口が九人で、スオパトヤヴリという名前だった。家以外にも伝統的な濃い赤の元家畜小屋と道具入れと、さらには土と苔《こけ》に覆われた伝統的な木のコタがあった。コタの入口には大きな南京錠がかかっていて、煙は出ていない。

ニルス・アンテはずっと独りで暮らしてきた。それも、レスターディウス派の人々が普通は大家族で暮らすのと一線を画していた。そう考えると、両親はよく自分を反逆者である叔父と一緒に過ごさせてくれたものだと思う。両親はその後、後悔したことだろう。クレメットが家族をつくったり、聖書に基づいた生活をしたりしそうにないと悟ったとき。

雪は真っ白で、窓の下まで積もっているところもあった。小さな電気のランプが各窓を飾っている。母屋の前庭には古いシボレーのステーションワゴンが停まっていた。そんな車のチョイスもまた、叔父が一族になじめていない一例だ。その車を目にしてクレメットの顔がほころんだ。ここ二十年間、数えきれないほど何度も修理してきた車だ。錆については手の施しようがなかった。ボディは彼の得意分野ではなかったから。それでもこの車はここまでのりきってきた。まるで叔父自身のように。クレメットは二度クラクションを鳴らした。叔父は年をとってきている。寝起きを襲われたくないだろうし、電話は彼のスタイルではなかった。しかし誰もドアを開けない。もう一度鳴らしたが、無駄だった。叔父は寄る年波に勝てず、耳も遠くなったのだろうか。

クレメットはろくに雪かきもされていない深雪の中を玄関まで歩いた。足を踏みしめて雪を落とし、ドアを開けて中に入る。靴を脱ぎ、部屋から部屋へと進んだ。一階には誰もいなかったが、キッチンのテーブルにコーヒーカップが二個あった。外に知らない車は停まっていなかったのに。クレメットは叔父の名を呼んでから、二階への階段を上がることにした。するとやっと声が聞こえてきた。しかしクレメットの知らない言語だった。おかしい——声のする部屋にそっと近づき、ドアを開いた。中にはこちらに背を向けて座っているニルス・アンテがいた。老いた叔父が大きなヘッドフォンをつけて、パソコンの前で揺れている。リズムにのっているから、音楽を聴いているようだ。その右には、やはりこちらに背を向けて、女性が座っていた。彼女もヘッドフォンをつけて、話している。パソコンの画面には身振り手振りで話す女性が大きく映っている。

もう墓に片足をつっこんでいると思っていた叔父の家で、この光景は想像していなかった。二人とも、クレメットの存在には気づいていない。クレメットは咳ばらいをした。叔父に心臓発作を起こされては困るから。若い女性が先に振り返り、驚愕することもなく、静かにニルス・アンテの肩を叩いた。叔父は若い女性を見つめてから、やっとこちらを振り返った。クレメットのことが目に入ると、嬉しそうに笑う。ヘッドフォンを外すと素早く近寄り、甥を温かく抱きしめた。

「ミス・チャン、おばあちゃんにはあとで電話するからと伝えてくれるか。わしのお気に入りの甥っ子をきみに紹介したいからね」

ニルス・アンテはカメラの前に立つと、手で合図をしながら、クレメットの知らない言葉を発した。画面の中の女性は嬉しそうな笑顔を返した。スカイプを終了すると、ニルス・アンテは二人を紹介した。

「クレメット、こちらはミス・チャンだ。ミス・チャンはわしがもうろくするのを防いでくれている命の恩人だ。クレメット、お前は昔からわしをよく知っているから、年々ひどいことになっていたのにも気づいていただろう?」

「叔父さん、そんな大げさな。だって年のわりには……」

「馬鹿言うな、クレメット。そういうものなんだ。だがこの可愛いご婦人はまるで美しい真珠《しんじゅ》だ。ありがたいことに二人分のエネルギーをもちあわせている。ミス・チャンは見てのとおり中国の方でね。三峡ダムのほうから去年グループで、ベリー摘みの出稼ぎに来たんだ。ここに来るために借金をして、だがもちろん騙されていた。気の毒なベリー摘みの人たちを搾取する人間がいるのは知っているだろう? そのあと慈善コンサートで知りあって……そういうわけだ。滞在許可をとるのは簡単ではなかったが、なんとかうまくいったよ」

ニルス・アンテは若い女性にキスをした。自分より五十歳は若いだろう。彼女のほうは愛情をこめて彼の髪を撫でた。

「ミス・チャンは中国に年老いたおばあちゃんが一人いるだけなんだ。幸いなことに最新技術に明るい隣人がいて、安いパソコンにスカイプをインストールしてくれたんだよ」

ミス・チャンはクレメットと握手するために手を差し出した。

「今カメラに映っていたのがおばあちゃんなんです」彼女は笑いながらほぼ完璧なノルウェー語で言った。

「それで、叔父さんは何をしてたの」

「わしはスポティファイを聴いてたんだよ。この可愛いチャンに教えてもらってね。ライバルがどんな歌を唄っているのかを確認していたんだ」ニルス・アンテはそこでウインクをした。

「若い男の子で、ずいぶん上手に唄う子たちがいるもんだな。ほら、わしは歌には詳しいから」

ニルス・アンテの部屋は四方を埋めつくした棚に何百というヨイクの録音カセットが詰まっている。

しかし彼はそこで急に厳しい顔になった。

「だがクレメット、お前がわしを訪ねてくるなんて、拙宅の上でもうハゲタカが舞っているのか？　この裏切り者の甥が！」

「おれの世話が必要なようには見えないが」クレメットは若い中国人女性を見つめた。まだ叔父にはりついて、その胸を撫でている。「ちょっと話があって」

「じゃあキッチンに下りてコーヒーを淹れよう。ミス・チャン、おばあちゃんによろしく。彼女のヨイクはもうすぐできるからと伝えてくれ」

叔父はクレメットを連れて一階に下りた。

「素晴らしい女性だろう？」コーヒーが入ると叔父が言った。「で、お前のほうは最近は暇とは言えないだろう？」

「今日はそのことで来たんだ。あの太鼓の事件が頭から離れなくてね。マッティスの死と太鼓盗難に関連がないかどうか調べているところで。だがまだよくわからない。だから叔父さんに……」

「ではははっきり言っておこう。太鼓はわしの趣味じゃない。わしは歌手だ。詩人だ。なんでもいい。だが宗教だけはちがう」

「わかってる、わかってる。大丈夫だよ。だからこそ親戚の中で唯一付きあいがあるんじゃないか」

クレメットはそれから十五分かけて叔父に状況を説明した。叔父は事件の関係者をほぼ全員知っていた。クレメットはニーナがフランスで得た情報も語り、あますことなく伝えようとした。話し終わるとゆっくりコーヒーを飲み、叔父の反応を待った。

「マッティスを殺した犯人については、お前が早くみつけることを願っているよ。マッティスのことは直接は知らなかったが、彼の父親のことはよく知っていたからね。なんともすごい男だった。よき詩人になろうとあがいてもいたが、それには遊び心が足りなかった」

「というと？」

「あの男はキリスト教の牧師たちの影響を受けてしまったんだろうな、説教者のような雰囲気があったんだ。それを懸命に封じようと努力していた。知ってのとおり、宗旨替えはサーミ人にあるまじきことだからな。とりわけノアイデにとっては」

「ああ、ああ。それについては全部よく知ってるさ。偉大なるノアイデ。息子はその足元にも及ばず、そのせいで……。だがおれが言いたいのは」

「最後まで言わせてくれ。お前が語ったことで、もうひとつ驚いたことがある、興味を引いたことがね。ニルスが話したという恐ろしい呪いのことだ」

「金鉱と関係のある呪いのことか?」

「だからそう言ってるじゃないか。年寄りみたいに何度も同じことを訊くな。ヴィッダに伝わる伝説がある。ずっと昔から」

「昔の伝説だなんてやめてくれよ。おれはもう七歳じゃない」

「お前こそ失敬だな。かつてはわしの物語を夢中になって聞いていたじゃないか」

「ああ、明日にでもぜひ聞きたいよ。だが今日は警察の捜査で来たんだ。手がかりや証拠がほしくて。何百年も前からヴィッダに伝わる伝説ではなくてね」

「まあな、だがお前が望もうと望むまいと、サーミ人が文字を書くようになったのはほんの半世紀前だという事実は認めなさい。その前はすべて物語として語り継いだんだ。それにヨイクによっても」

クレメットはついに黙った。叔父がヨイクの話を始めると、午前中が永遠に終わらない可能性がある。ニルス・アンテは甥が黙りこんだのに気づき、急にヨイクを唄い始めた。

我慢ならないことのはずなのに、クレメットはヨイクに心を奪われた。あっという間に子供の頃の豊かな感情が戻ってきた。ニルス・アンテのヨイクには人を遥か彼方へとさらい、オーロラの壮大なダンスに引き入れてしまうような、他に類を見ない魅力がある。その中でもとりわけ素晴らしいのは、サーミ人ではなくサーミ語がわからなくても、その単調な歌に魔法をかけられたようになるところだ。今唄っているヨイクは呪われた家と不幸を呼ぶよそ者が、住民たちに不吉な魔法をかけ、表現する能力を失わせてしまうという物語だった。クレメットはじっと考えこんでいたが、急にある奇妙な思いにとらわれ、叔父を見つめた。叔父はすっかりヨイクに没頭している。まさか叔父はおれの考えが読めるんじゃないか？ ヨイクが辛い記憶をよみがえらせた。盗難と殺人の捜査が遠のいたように感じられた。ずっと昔の子供の頃の記憶に心から嫌な気分になった。叔父の喉から出てくる音を聴きながら、目の前にはアスラクのシルエットがおぼろげに浮かび上がった。

訳者紹介　1975年兵庫県生まれ。神戸女学院大学文学部英文科卒。スウェーデン在住。訳書にペーション『許されざる者』、ネッセル『殺人者の手記』、ハンセン『スマホ脳』、ヤンソン『メッセージ　トーベ・ヤンソン自選短篇集』など、また著書に『スウェーデンの保育園に待機児童はいない』がある。

検印
廃止

影のない四十日間　上

2021年11月12日　初版

著　者　オリヴィエ・トリュック

訳　者　久《く》　山《やま》　葉《よう》　子《こ》

発行所　(株)東京創元社
代表者　渋谷健太郎

162-0814/東京都新宿区新小川町1-5
電　話　03・3268・8231-営業部
03・3268・8204-編集部
URL　http://www.tsogen.co.jp
DTP　工　友　会　印　刷
暁印刷・本間製本

乱丁・落丁本は、ご面倒ですが小社までご送付ください。送料小社負担にてお取替えいたします。

ISBN978-4-488-22703-6　C0197

スウェーデン推理小説作家アカデミー最優秀賞受賞!

EN HELT ANNAN HISTORIA◆Håkan Nesser

殺人者の手記 上 下

ホーカン・ネッセル

久山葉子 訳　創元推理文庫

◆

「エリック・ベリマンの命を奪うつもりだ。お前に止められるかな?」シムリンゲ署のバルバロッティ捜査官が休暇に出発する直前に届いた手紙に書かれていたのは、殺人予告ともとれる内容だった。

悪戯かとも思ったが、無視することもできず、休暇先から署に連絡して調べてもらう。だが同名の人物が複数いたため手間取っているうちに、本当にエリック・ベリマンの遺体が発見されてしまう。予告は本物だったのだ。

急ぎ休暇を切り上げたバルバロッティの元に新たな予告状が……。

二転三転する事実が読者を翻弄する、

スウェーデンミステリの名手の代表作。